ISAAC ASIMOV
SEGUNDA FUNDAÇÃO

Tradução
Marcelo Barbão

ALEPH

SEGUNDA FUNDAÇÃO

TÍTULO ORIGINAL:
Second Foundation

COPIDESQUE:
Carlos Orsi

REVISÃO:
Ana Luiza Candido
Sérgio Motta

ILUSTRAÇÃO DE CAPA:
Michael Whelan

CAPA:
Giovanna Cianelli

PROJETO GRÁFICO E DIAGRAMAÇÃO:
Desenho Editorial

DIREÇÃO EXECUTIVA:
Betty Fromer

DIREÇÃO EDITORIAL:
Adriano Fromer Piazzi

DIREÇÃO DE CONTEÚDO:
Luciana Fracchetta

EDITORIAL:
Daniel Lameira
Andréa Bergamaschi
Débora Dutra Vieira
Luiza Araujo
Renato Ritto*

COMUNICAÇÃO:
Nathália Bergocce
Júlia Forbes

COMERCIAL:
Giovani das Graças
Lidiana Pessoa
Roberta Saraiva
Gustavo Mendonça
Pâmela Ferreira

FINANCEIRO:
Roberta Martins
Sandro Hannes

*Equipe original à época do lançamento.

COPYRIGHT © THE ESTATE OF ISAAC ASIMOV, 1951, 1979
COPYRIGHT © EDITORA ALEPH, 2009
(EDIÇÃO EM LÍNGUA PORTUGUESA PARA O BRASIL)

TODOS OS DIREITOS RESERVADOS.
PROIBIDA A REPRODUÇÃO, NO TODO OU EM PARTE, ATRAVÉS DE QUAISQUER MEIOS.

DADOS INTERNACIONAIS DE CATALOGAÇÃO NA PUBLICAÇÃO (CIP) DE ACORDO COM ISBD

A832s Asimov, Isaac
Segunda fundação / Isaac Asimov ; traduzido por Marcelo Barbão. – 2. ed. - São Paulo, SP : Editora Aleph, 2020.
296 p. ; 14cm 21cm.

Tradução de: Second foundation
ISBN: 978-85-7657-485-9

1. Literatura americana. 2. Ficção científica. I. Barbão, Marcelo II. Título.

2020-769

CDD 813.0876
CDU 821.111(73)-3

ELABORADO POR VAGNER RODOLFO DA SILVA - CRB-8/9410

ÍNDICES PARA CATÁLOGO SISTEMÁTICO:
1. Literatura americana : ficção científica 813.0876
2. Literatura americana : ficção científica 821.111(73)-3

EDITORA ALEPH
Rua Tabapuã, 81 - cj. 134
04533-010 – São Paulo – SP – Brasil
Tel.: [55 11] 3743-3202
www.editoraaleph.com.br

Em memória de
John W. Campbell, Jr.
(1910-1971)

PRÓLOGO **9**

PARTE 1 – A BUSCA DO MULO

01. DOIS HOMENS E O MULO **15**

02. DOIS HOMENS SEM O MULO **35**

03. DOIS HOMENS E UM CAMPONÊS **51**

04. DOIS HOMENS E OS ANCIÃOS **62**

05. UM HOMEM E O MULO **74**

06. UM HOMEM, O MULO – E OUTRO **89**

PARTE 2 – A BUSCA DA FUNDAÇÃO

07. ARCÁDIA **109**

08. O PLANO SELDON **126**

09. OS CONSPIRADORES **139**

10. UMA CRISE SE APROXIMA **154**

11. CLANDESTINA **158**

12. LORDE **170**

13. LADY **178**

14. ANSIEDADE **186**

15. PELA GRADE **202**

16. COMEÇO DA GUERRA **216**

17. GUERRA **230**

18. UM MUNDO FANTASMA **235**

19. FIM DA GUERRA **245**

20. "EU SEI..." **256**

21. A RESPOSTA SATISFATÓRIA **273**

22. A RESPOSTA VERDADEIRA **286**

PRÓLOGO

O Primeiro Império Galáctico durou dezenas de milhares de anos. Ele incluiu todos os planetas da Galáxia em um domínio centralizado, às vezes tirânico, às vezes benevolente, sempre disciplinado. Os seres humanos tinham esquecido que qualquer outra forma de existência era possível.

Todos, menos Hari Seldon.

Hari Seldon foi o último grande cientista do Primeiro Império. Foi ele quem desenvolveu completamente a ciência da psico-história, que pode ser considerada a quintessência da sociologia; era a ciência do comportamento humano reduzido a equações matemáticas.

O ser humano individual é imprevisível, mas as reações das multidões humanas, descobriu Seldon, poderiam ser tratadas estatisticamente. Quanto maior a multidão, maior a precisão que poderia ser atingida. E o tamanho das massas humanas com as quais Seldon trabalhava era nada menos que a população da Galáxia que, no tempo dele, era contada em quintilhões.

Foi Seldon, então, quem previu, contra todo o bom senso e as crenças populares, que o brilhante Império que parecia tão forte estava em um estado de decadência irremediável e declínio. Ele previu (ou resolveu suas equações e interpretou seus símbolos, o que dá no mesmo) que, sem nenhuma intervenção, a Galáxia passaria por um período de trinta mil anos de miséria e anarquia, antes do surgimento de um novo governo unificado.

Ele começou a tentar remediar a situação, criando um conjunto de condições que restauraria a paz e a civilização em apenas mil anos. Cuidadosamente, criou duas colônias de cientistas, as quais chamou de "Fundações". Deliberadamente, ele as criou "em extremos opostos da Galáxia". Uma Fundação foi criada abertamente, com toda a publicidade. A existência da outra, a Segunda Fundação, foi mergulhada em silêncio.

Em *Fundação* e *Fundação e Império*, vimos os três primeiros séculos da história da Primeira Fundação. Ela começou como uma pequena comunidade de enciclopedistas, perdida no vazio da periferia externa da Galáxia. Periodicamente, enfrentava crises nas quais as variáveis das relações humanas, das correntes sociais e econômicas da época se fechavam sobre ela. Sua liberdade de movimento se restringia a uma só linha e, quando ela caminhava naquela direção, um novo horizonte de desenvolvimento se abria. Tudo tinha sido planejado por Hari Seldon, há muito tempo falecido.

A Primeira Fundação, com sua ciência superior, dominou os planetas bárbaros que a rodeavam. Ela enfrentou os anárquicos senhores da guerra que haviam se separado do Império moribundo, e os derrotou. Enfrentou os vestígios do próprio Império, sob o domínio do último imperador forte e seu último general forte, e os derrotou.

Então precisou enfrentar algo que Hari Seldon não conseguiu prever, o impressionante poder de um único ser humano, um mutante. A criatura conhecida como Mulo nascera com a capacidade de moldar as emoções dos homens e configurar suas mentes. Seus piores oponentes se transformavam nos servos mais devotados. Exércitos não poderiam, não *iriam* lutar contra ele. Perante o Mulo, a Primeira Fundação caiu e os planos de Seldon ficaram parcialmente em ruínas.

Restava a misteriosa Segunda Fundação, o objetivo de todas as buscas. O Mulo deve encontrá-la para completar sua conquista da Galáxia. Os fiéis do que sobrara da Primeira Fundação devem encontrá-la por uma razão bem diferente. Mas onde está? Isso, ninguém sabe.

Esta, então, é a história da busca pela Segunda Fundação!

PARTE 1

A BUSCA DO MULO

—— **O Mulo...**

Foi depois da queda da Primeira Fundação que os aspectos construtivos do regime do Mulo ganharam forma. Depois do desmoronamento definitivo do primeiro Império Galáctico, foi ele quem primeiro apresentou à história um volume unificado de espaço de alcance verdadeiramente imperial. O império comercial anterior, da Fundação derrotada, havia sido diverso e pouco centralizado, apesar do apoio impalpável das previsões da psico-história. Não pode ser comparado com a "União dos Mundos" rigidamente controlada sob o Mulo, principalmente durante a era da chamada Busca...

ENCICLOPÉDIA GALÁCTICA[*]

---

[*] Todas as citações da *Enciclopédia Galáctica* aqui reproduzidas foram retiradas da 116ª edição, publicada em 1020 e.f. pela Companhia Editora Enciclopédia Galáctica Ltda., Terminus, com permissão dos editores.

1.

Dois homens e o Mulo

A Enciclopédia tem muito mais a falar sobre o Mulo e seu império, mas quase nada está vinculado à questão imediata, e a maior parte é consideravelmente seca demais para nossos propósitos, de qualquer forma. Principalmente, o verbete se ocupa, nesse momento, das condições econômicas que levaram à ascensão do "Primeiro Cidadão da União" – o título oficial do Mulo – e com as consequências econômicas daí resultantes.

Se, em qualquer momento, o redator do verbete ficou ligeiramente espantado com a colossal velocidade com que o Mulo foi do nada a seu vasto domínio em cinco anos, ele dissimula muito bem. Se ficou ainda mais surpreso com a repentina parada no processo de expansão, em favor de uma consolidação dos territórios por cinco anos, esconde o fato.

Nós, portanto, abandonamos a Enciclopédia e continuamos em nosso próprio caminho, atrás de nossos próprios propósitos, e retomamos a história do Grande Interregno – entre o Primeiro e o Segundo Impérios Galácticos – no final dos cinco anos de consolidação.

Politicamente, a União está calma. Economicamente, é próspera. Poucos prefeririam trocar a paz do pulso firme do

Mulo pelo caos que o precedera. Nos mundos que, cinco anos antes, haviam conhecido a Fundação, poderia haver um pesar nostálgico, mas não mais. Os líderes da Fundação estavam mortos, se eram inúteis; e haviam sido convertidos, se fossem úteis.

E, entre os convertidos, o mais útil de todos era Han Pritcher, agora tenente-general.

Nos dias da Fundação, Han Pritcher tinha sido capitão e membro da clandestina Oposição Democrática. Quando a Fundação caiu sem luta frente ao Mulo, Pritcher guerreou contra ele. Quer dizer, até ser convertido.

A conversão não era o processo normal, provocado pela força de um argumento superior. Han Pritcher sabia disso muito bem. Ele tinha sido mudado porque o Mulo era um mutante com poderes mentais, capaz de alterar os seres humanos normais da forma que lhe fosse mais conveniente. Mas isso o satisfazia completamente. Era assim que deveria ser. O próprio contentamento com a conversão era um sintoma importante, mas Han Pritcher já nem sentia curiosidade a respeito.

E, agora que estava voltando de sua quinta grande expedição à vastidão da Galáxia externa à União, era algo próximo a uma alegria ingênua que o veterano piloto espacial e agente da Inteligência considerava sua futura audiência com o "Primeiro Cidadão". Seu rosto duro, que parecia entalhado em madeira escura e maciça, incapaz de sorrir sem quebrar, não a mostrava – mas as indicações externas eram desnecessárias. O Mulo conseguia ver as emoções internas, até a menor, da mesma forma como um homem comum conseguiria ver o movimento de uma sobrancelha.

Pritcher deixou seu carro aéreo nos antigos hangares dos vice-reis e entrou no palácio a pé, como era exigido. Ele caminhou um quilômetro e meio pela estrada sinalizada com setas – que estava vazia e silenciosa. Pritcher sabia que, nos vários quilômetros quadrados do terreno do palácio, não havia nenhum guarda, nenhum soldado, nenhum homem armado.

O Mulo não precisava de proteção.

O Mulo era seu próprio protetor, o melhor e mais poderoso.

Os passos de Pritcher soavam macios em seus ouvidos, com o palácio brilhando, as paredes metálicas incrivelmente leves e incrivelmente fortes à sua frente, nos arcos atrevidos, pretensiosos e quase agitados que caracterizavam a arquitetura do império tardio. Ele se erguia, poderoso, sobre o terreno vazio, sobre a cidade cheia de gente no horizonte.

Dentro do palácio estava aquele homem – sozinho –, de cujos atributos mentais inumanos dependiam a nova aristocracia e toda a estrutura da União.

A enorme porta lisa abriu-se com a aproximação do general e ele entrou. Deu um passo na rampa ampla e vasta que se movia, para cima, debaixo de seus pés. Ele ascendeu rapidamente pelo elevador silencioso. Parou em frente à porta simples do quarto do Mulo, no ponto mais alto e brilhante das torres do palácio.

A porta se abriu.

Bail Channis era jovem e não era um convertido. Quer dizer, em linguagem simples, que sua estrutura emocional não tinha sido desajustada pelo Mulo. Permanecia exatamente como tinha sido formada pela hereditariedade original e pelas subsequentes modificações do ambiente. E isso o deixava bastante satisfeito também.

Sem ter chegado aos trinta anos, ele era muito bem-visto na capital. Era bonito e tinha um senso de humor afiado – portanto, bem-sucedido na sociedade. Era inteligente e dono de si – assim, fazia sucesso com o Mulo. E estava feliz com os dois sucessos.

E agora, pela primeira vez, o Mulo o convocara para uma audiência pessoal.

Suas pernas o carregaram pela estrada longa e brilhante que levava às torres de alumínio que já tinham sido a residência do vice-rei de Kalgan, que governava em nome dos últimos imperadores; depois, tinha sido a residência dos príncipes independentes de Kalgan, que haviam governado em nome de si mesmos; e agora era a residência do Primeiro Cidadão da União, que governava todo um império só seu.

Channis cantarolou baixinho. Ele não tinha dúvidas sobre o que era a reunião. A Segunda Fundação, naturalmente! O fantasma que estava em toda parte, cuja mera consideração tinha levado o Mulo a trocar sua política de expansão ilimitada por uma de cautela estática. O termo oficial era "consolidação".

Agora havia rumores – é impossível impedir os rumores. O Mulo iria voltar à ofensiva. O Mulo tinha descoberto a localização da Segunda Fundação e iria atacar. O Mulo tinha chegado a um acordo com a Segunda Fundação e dividido a Galáxia. O Mulo tinha decidido que a Segunda Fundação não existia, e iria tomar toda a Galáxia.

Não é necessário listar todas as versões que se ouviam nas antessalas. Não era nem a primeira vez que esses rumores circulavam. Mas agora eles pareciam ter mais consistência, e todas as almas livres e expansivas que vibravam com a guerra, as aventuras militares e o caos político, que pareciam murchar em tempos de estabilidade e paz estagnada, estavam radiantes.

Bail Channis era um desses. Ele não temia a misteriosa Segunda Fundação. Aliás, não temia o Mulo e gabava-se. Alguns, talvez, que desaprovavam uma pessoa ao mesmo tempo tão jovem e tão bem de vida, esperavam secretamente pelo acerto de contas com o alegre mulherengo que empregava abertamente seu humor afiado às custas da aparência física e da vida isolada do Mulo. Ninguém ousava acompanhá-lo em suas piadas e poucos ousavam rir, mas, quando nada aconteceu com ele, sua reputação cresceu de acordo. Channis estava improvisando palavras para a melodia que cantarolava. Palavras sem sentido com um refrão recorrente: "Segunda Fundação ameaça a Nação e toda a Criação".

Ele estava no palácio.

A enorme porta lisa se abriu quando ele se aproximou, permitindo sua entrada. O rapaz começou a caminhar na rampa que subia embaixo de seus pés. Ascendeu rapidamente pelo elevador silencioso. Parou na frente da pequena porta simples dos aposentos do Mulo, no ponto mais alto e brilhante das torres do palácio.

Ela se abriu...

O homem que não tinha outro nome a não ser Mulo e nenhum título a não ser Primeiro Cidadão olhava, através das paredes que eram como espelhos de face única, para a cidade brilhante e nobre no horizonte.

No fim de tarde, as estrelas surgiam e não havia nenhuma que não devesse obediência.

Ele sorriu com uma amargura fugaz perante esse pensamento. Elas deviam obediência a uma personalidade que poucos haviam visto.

Ele não era um homem para ser contemplado, o Mulo – não era um homem para ser contemplado sem desdém. Pouco mais de 50 quilos esticados em 1,70 m. Seus membros eram como pequenos caules ossudos que saíam de seu corpo esquelético em ângulos pouco graciosos. E seu rosto magro estava quase tomado pela proeminência de um bico carnudo que se projetava, chegando a sete centímetros.

Somente seus olhos desmentiam a comédia geral que era o Mulo. Na suavidade – algo estranho de se encontrar no maior conquistador da Galáxia – de seus olhos, a tristeza nunca estava de todo apagada.

Na cidade, encontrava-se toda a alegria de uma capital luxuosa de um mundo luxuoso. Ele poderia ter estabelecido sua capital na Fundação, o mais forte entre todos os seus inimigos conquistados, mas ela estava muito longe, na borda da Galáxia. Kalgan, mais centralmente localizada, com uma longa tradição de parque de diversões da aristocracia, servia melhor – estrategicamente.

Mas, em sua tradicional alegria, aumentada por uma prosperidade nunca antes vista, ele não encontrava paz.

Eles o temiam, obedeciam e, talvez, até respeitassem – de uma boa distância. Mas quem poderia olhar para ele sem desdém? Somente os que tinham sido convertidos. E de que valia essa lealdade artificial? Não tinha sabor. Ele poderia ter adotado títulos, imposto um ritual e inventado elaborações, mas mesmo isso não teria mudado nada. Melhor – ou menos pior – ser simplesmente o Primeiro Cidadão – e se esconder.

Houve uma repentina onda de rebelião dentro dele – forte e brutal. Nenhuma porção da Galáxia deveria ser negada a ele. Por cinco anos, permanecera silencioso e enterrado aqui em Kalgan por causa da ameaça eterna, mística, espalhada pelo espaço da nunca vista, nunca ouvida, nunca conhecida Segunda Fundação. Ele tinha trinta e dois anos. Não era velho – mas se sentia velho. Seu corpo, quaisquer que fossem seus poderes mentais mutantes, era fisicamente fraco.

Todas as estrelas! Todas as estrelas que ele podia ver – e todas as estrelas que não conseguia ver. Tudo devia ser dele!

Vingança contra todos. Contra uma humanidade da qual não fazia parte. Contra uma Galáxia onde não se encaixava.

O alarme de luz piscou. Ele conseguia seguir o progresso do homem que tinha entrado no palácio e, simultaneamente, como se o seu sentido mutante tivesse se ampliado e ficado mais sensível no crepúsculo solitário, sentiu uma onda de contentamento emocional tocar as fibras de seu cérebro.

Ele reconheceu a identidade sem esforço. Era Pritcher.

O capitão Pritcher da antiga Fundação. O capitão Pritcher, que tinha sido ignorado e preterido pelos burocratas daquele governo decadente. O capitão Pritcher, cujo emprego como um espião menor ele havia eliminado e a quem tinha tirado da lama. O capitão Pritcher a quem tinha promovido primeiro para coronel e depois, general; cujas atividades ele havia levado a toda a Galáxia.

O agora general Pritcher, que era completamente leal, apesar de ter sido um rebelde de ferro no início. E, mesmo assim, não era leal por causa dos benefícios ganhos, nem por gratidão, nem por justiça – mas era leal somente por causa dos artifícios da conversão.

O Mulo tinha consciência daquela forte camada superficial inalterável de lealdade e amor que coloria todos os redemoinhos e turbilhões da emotividade de Han Pritcher – a camada que ele mesmo tinha implantado havia cinco anos. Bem mais embaixo estavam os traços originais da individualidade teimosa, impaciência com os governantes, idealismo – mas mesmo ele quase não conseguia mais detectá-los.

A porta se abriu e ele se virou. A transparência da parede dissolveu-se em opacidade e a luz púrpura do entardecer deu lugar ao brilho esbranquiçado da energia nuclear.

Han Pritcher sentou-se na cadeira indicada. Não era preciso se inclinar, ajoelhar, nem o uso de títulos em audiências privadas com o Mulo. Era simplesmente o "Primeiro Cidadão". Deveria ser tratado por "senhor". Qualquer um pode se sentar na sua presença e até dar as costas a ele, se for o caso.

Para Han Pritcher essas eram todas evidências do poder seguro e confiante do homem. Ele ficava bastante satisfeito com isso.

O Mulo falou:

– Seu relatório final chegou ontem. Não posso negar que o achei de certo modo deprimente, Pritcher.

As sobrancelhas do general se tocaram:

– Sim, imaginei... mas não vejo a que outras conclusões poderia chegar. Não existe nenhuma Segunda Fundação, senhor.

E o Mulo pensou e devagar começou a balançar a cabeça, como já tinha feito muitas vezes antes:

– Há a evidência de Ebling Mis. Sempre há a evidência de Ebling Mis.

Não era uma história nova. Pritcher falou sem reservas:

– Mis pode ter sido o maior psicólogo da Fundação, mas era um bebê se comparado a Hari Seldon. Quando investigou os trabalhos de Seldon, estava sob o estímulo artificial do seu controle cerebral. Você pode ter forçado demais. Ele poderia estar errado. Senhor, ele *deve* ter errado.

O Mulo suspirou, seu rosto lúgubre se projetou sobre o pescoço fino.

– Se ele tivesse vivido só mais um minuto. Estava a ponto de me dizer onde estava a Segunda Fundação. Ele *sabia*, estou dizendo. Não precisaria ter recuado. Não precisaria ter ficado esperando e esperando. Tanto tempo perdido. Cinco anos se passaram para nada.

Pritcher não poderia criticar o fraco anseio de seu governante, o controle mental o impedia. Ficou perturbado em vez disso, vagamente intranquilo. Ele falou:

– Mas qual explicação alternativa pode existir, senhor? Por cinco vezes, viajei. O senhor mesmo marcou as rotas. E não deixei de visitar nenhum asteroide. Foi há trezentos anos que Hari Seldon do antigo Império supostamente estabeleceu duas Fundações para agirem como os núcleos de um novo Império, que substituiria o antigo, moribundo. Cem anos depois de Seldon, a Primeira Fundação... a que conhecemos tão bem... era conhecida por toda a Periferia. Cento e cinquenta anos depois de Seldon... na época da última batalha com o antigo Império... era conhecida por toda a Galáxia. E agora já se passaram trezentos anos... e onde estaria essa misteriosa Segunda? Em nenhum canto da Galáxia se ouviu falar dela.

– Ebling Mis disse que ela se mantinha secreta. Somente o segredo pode transformar sua fraqueza em força.

– Um segredo tão profundo como esse é impossível, se não estiver associado à inexistência.

O Mulo olhou para cima com seus grandes olhos cautelosos.

– Não. Ela *existe*. – Apontou com um dedo ossudo. – Vai haver uma pequena mudança de tática.

Pritcher franziu a testa.

– O senhor planeja viajar? Eu não recomendaria.

– Não, claro que não. Você terá de viajar novamente... mais uma vez. Mas com outra pessoa dividindo o comando.

Houve um silêncio e a voz de Pritcher saiu dura:

– Quem, senhor?

– Há um jovem aqui em Kalgan. Bail Channis.

– Nunca ouvi falar dele, senhor.

– Não, imaginei que não. Mas ele possui uma mente ágil, é ambicioso... e ele *não* é um convertido.

O longo queixo de Pritcher tremeu por um mero instante.

– Não vejo vantagem nisso.

– Há uma, Pritcher. Você é um homem empreendedor e experiente. Vem me prestando bons serviços. Mas é um convertido. Sua motivação é simplesmente uma lealdade a mim que lhe foi imposta e contra a qual nada pode fazer. Quando perdeu sua motivação natural, perdeu algo, um impulso sutil, que eu não poderia repor.

– Não sinto isso, senhor – disse Pritcher, com uma voz desalentada. – Sinto-me tão bem como nos dias em que era seu inimigo. Não me sinto nem um pouco inferior.

– Claro que não – e a boca do Mulo se contorceu num sorriso. – Seu julgamento nessa questão dificilmente poderia ser considerado objetivo. Esse Channis, no entanto, é ambicioso.... para si mesmo. Ele é completamente de confiança... mas só para si mesmo. Sabe que precisa se agarrar a mim para crescer e faria qualquer coisa para aumentar meu poder, para que a viagem seja longa e o destino, cheio de glórias. Se ele for com você, haverá esse impulso extra por trás da busca *dele*... esse impulso egoísta.

– Então – falou Pritcher, ainda insistindo –, por que não remover minha própria conversão, se acha que isso irá me aperfeiçoar? Seria difícil desconfiar de mim a esta altura.

– Isso nunca, Pritcher. Enquanto você estiver perto o bastante para me tocar com as mãos, ou com um desintegrador, vai permanecer firmemente preso à conversão. Se eu o libertasse neste minuto, no próximo estaria morto.

As narinas do general se dilataram:

– Fico ofendido que pense assim.

– Não quero ofendê-lo, mas é impossível para você perceber quais seriam seus sentimentos se eles pudessem se formar livremente, seguindo as linhas da sua motivação natural. A mente humana ressente o controle. O hipnotizador humano normal não consegue hipnotizar uma pessoa contra sua vontade por essa razão. Eu consigo, porque não sou um hipnotizador e, acredite, Pritcher, o ressentimento que você não consegue expor e nem sabe que tem é algo que eu não gostaria de enfrentar.

Pritcher inclinou a cabeça. A futilidade o arrebatou e deixou abatido. Ele falou com esforço:

– Mas como o senhor pode confiar nesse homem? Quero dizer, completamente... como confia em mim, com minha conversão.

– Bom, eu acho que não posso. Não completamente. É por isso que você deve ir com ele. Veja, Pritcher – e o Mulo se afundou na grande poltrona na qual ele parecia um palito animado –, se ele *encontrasse* a Segunda Fundação, *poderia* pensar que um acordo com eles seria mais lucrativo do que comigo... entende?

Uma luz de satisfação brilhou nos olhos de Pritcher:

– Assim é melhor, senhor.

– Exatamente. Mas lembre-se, ele deve ter o máximo possível de liberdade.

– Certamente.

– E... hã... Pritcher. O jovem é bonito, agradável e extremamente charmoso. Não se deixe enganar. Ele tem um caráter perigoso e inescrupuloso. Não fique no caminho dele, a não ser que esteja preparado para enfrentá-lo. Isso é tudo.

O Mulo estava sozinho novamente. Deixou que as luzes morressem e a parede na sua frente se tornou transparente de novo. O céu agora estava roxo e a cidade era um borrão de luz no horizonte.

Para que tudo isso? E se ele *fosse* o mestre de tudo que existia – e daí? Isso realmente impediria homens como Pritcher de serem eretos e altos, autoconfiantes, fortes? Bail Channis perderia sua bela aparência? Ele próprio seria diferente?

Ele amaldiçoou suas dúvidas. O que procurava?

A luz de alarme começou a piscar. Ele podia seguir o progresso do homem que tinha entrado no palácio e, quase contra sua vontade, sentiu a doce onda de contentamento emocional tocando as fibras de seu cérebro.

Reconheceu a identidade sem esforço. Era Channis. Aqui o Mulo não viu nenhuma uniformidade, mas a diversidade primitiva de uma mente forte, intocada e que não fora moldada, exceto pelas múltiplas desorganizações do universo. Ela se retorcia em fluxos e ondas. Havia um cuidado na superfície, uma camada fina, um efeito tranquilizador, mas com toques de humor cínico em pequenos redemoinhos. E, por baixo, havia uma forte corrente de autointeresse e narcisismo, com um jorro de humor cruel aqui e ali; e um lago profundo e parado de ambição na base de tudo.

O Mulo sentiu que poderia alcançar e represar a corrente, arrancar o lago de seu leito e pô-lo em curso, secar um fluxo e começar outro. Mas, e daí? Se ele pudesse torcer a cabeça cacheada de Channis até chegar a uma profunda adoração, isso mudaria seu próprio aspecto grotesco, que o fazia repudiar o dia e adorar a noite, que o tornava um recluso dentro de um império que era incondicionalmente seu?

A porta se abriu e ele se virou. A transparência da parede deu lugar à opacidade, e a escuridão abriu caminho para o brilho artificial da energia nuclear.

Bail Channis sentou-se rápido e disse:

– Essa não é uma honra inesperada, senhor.

O Mulo coçou sua probóscide com todos os quatro dedos ao mesmo tempo e soou um pouco irritado em sua resposta:

– Por quê, jovem?

– Um palpite, acho. A menos que eu queira admitir que estive ouvindo rumores.

– Rumores? A quais das várias dezenas de variedades você está se referindo?

– Àquelas que dizem que uma renovação da ofensiva galáctica está sendo planejada. É um desejo meu que isso seja verdade, e que eu possa desempenhar um papel apropriado.

– Então, você acha que *existe* uma Segunda Fundação?

– Por que não? Tornaria tudo tão mais interessante.

– E você acha isso interessante também?

– Certamente. O próprio mistério! Que melhor assunto poderia haver para especulações? Os suplementos dos jornais não trazem mais nada ultimamente... o que é, provavelmente, algo significativo. Um dos principais redatores do *Cosmos* criou uma história estranha sobre um mundo que consiste em seres de pura mente... a Segunda Fundação, veja você... que desenvolveu uma força mental a um nível de energia capaz de competir com qualquer ciência física conhecida. Espaçonaves poderiam ser destruídas a anos-luz de distância, planetas poderiam ser tirados de suas órbitas.

– Interessante. Sim. Mas *você* tem alguma noção do assunto? Acredita nessa noção de poder da mente?

– Pela Galáxia, não! Você acha que criaturas como essas ficariam em seu próprio planeta? Não, senhor. Acho que a Segunda Fundação permanece escondida porque é mais fraca do que pensamos.

– Nesse caso, posso me explicar bem facilmente. Você gostaria de encabeçar uma expedição para localizar a Segunda Fundação?

Por um momento, Channis pareceu pego numa repentina torrente de eventos só um pouco mais rápida do que estava preparado para enfrentar. Sua língua ficou muda por um bom tempo.

O Mulo disse secamente:

– E então?

Channis enrugou a testa:

– Certamente. Mas para onde vou? Você tem alguma informação disponível?

– O general Pritcher irá com você...

– Então eu *não* irei encabeçá-la?

– Julgue por si mesmo quando terminar. Ouça, você não é da Fundação. É um nativo de Kalgan, não? Sim. Bem, então, seu conhecimento do Plano Seldon pode ser vago. Quando o Primeiro Império Galáctico estava desmoronando, Hari Seldon e um grupo de psico-historiadores, analisando o curso futuro da história com ferramentas matemáticas não mais disponíveis nestes tempos degenerados, criaram duas Fundações, uma em cada extremo da Galáxia, de tal forma que as forças econômicas e sociológicas que evoluíam lentamente fariam com que elas servissem como focos para o Segundo Império. Hari Seldon fez planos para conseguir isso em mil anos... e teria demorado trinta mil sem as Fundações. Mas ele não podia contar *comigo*. Sou um mutante e imprevisível pela psico-história, que só pode lidar com as reações médias das massas. Você entende?

– Perfeitamente, senhor. Mas como eu me envolvo nisso?

– Você vai entender logo. Pretendo unir toda a Galáxia agora... e cumprir o objetivo de mil anos de Seldon em trezentos. Uma Fundação... o mundo das ciências exatas... ainda está florescendo, sob *mim*. Sob a prosperidade e ordem da União, as armas nucleares que eles desenvolveram são capazes de lidar com qualquer coisa na Galáxia... exceto, talvez, a Segunda Fundação. Então, devo saber mais sobre isso. O general Pritcher é um dos que têm a opinião definitiva de que ela não existe. Eu tenho certeza do contrário.

Channis falou delicadamente:

– Como o senhor sabe?

E as palavras do Mulo, de repente, transbordavam de indignação:

– Porque as mentes sob meu controle sofreram interferências. Delicadamente! Sutilmente! Mas não tão sutilmente que não pudesse perceber. E essas interferências estão aumentando e atingindo homens valiosos, em momentos importantes. Você imagina por que uma certa discrição me manteve parado durante esses anos? Essa é a importância que você tem. O general Pritcher é o melhor homem que me restou, então não é mais seguro. É claro, não sabe disso. Mas *você* é um não convertido e, assim, não é instantaneamente detectável como homem do Mulo. Você pode enganar a Segunda Fundação por mais tempo do que qualquer um dos meus homens... talvez só o suficiente. Entende?

– Hã-hã. Sim. Mas perdoe-me, senhor, se eu o questiono. Como esses seus homens são perturbados, para que eu possa detectar alguma mudança no general Pritcher, caso isso ocorra? Eles são desconvertidos? Eles se tornam desleais?

– Não. Eu falei que era algo sutil. É mais perturbador do que isso, porque é mais difícil de detectar e às vezes eu preciso esperar antes de agir, sem ter certeza se um homem importante está agindo normalmente de forma errática ou foi atacado. A lealdade deles permanece intacta, mas a iniciativa e a engenhosidade são apagadas. Sou deixado com uma pessoa perfeitamente normal, aparentemente, mas completamente inútil. No ano passado, seis passaram por isso. Seis dos meus melhores. – Levantou o canto da boca. – Eles estão responsáveis pelas bases de treinamento agora... e desejo muito que não tenham de enfrentar emergências nas quais precisem tomar decisões.

– Suponha, senhor... suponha que não tenha sido a Segunda Fundação. E se há outro, como o senhor... outro mutante?

– O planejamento é muito cuidadoso, muito a longo prazo. Um único homem teria mais pressa. Não, é um mundo, e você será minha arma contra ele.

Os olhos de Channis brilharam quando ele disse:

– Estou encantado com a oportunidade.

Mas o Mulo deteve a súbita erupção emocional. Disse:

– Sim, aparentemente lhe ocorre que você irá realizar um serviço fantástico, merecedor de uma recompensa fantástica... talvez, até mesmo, ser o meu sucessor. É possível. Mas há punições fantásticas, também, sabe. Minha ginástica emocional não está confinada somente à criação de lealdade.

E o pequeno sorriso em seus lábios finos tornou-se sinistro, enquanto Channis saltava da poltrona, horrorizado.

Apenas por um instante, só um rápido instante, Channis sentiu a ferroada de uma aflição incrível abatendo-se sobre ele, acompanhada de uma dor física que obscureceu sua mente de forma insuportável, desaparecendo em seguida. Agora, nada restava a não ser uma forte onda de raiva.

O Mulo disse:

– Raiva não servirá de nada... sim, você está tentando escondê-la, não? Mas eu consigo ver. Então, lembre-se... *esse* tipo de coisa pode se tornar mais intenso, e permanente. Já matei homens por meio do controle emocional, e não há morte mais cruel. – Ele fez uma pausa. – É tudo.

O Mulo estava sozinho novamente. Ele deixou as luzes se apagarem e a parede na sua frente tornou-se transparente de novo. O céu estava escuro e o corpo crescente da Lente Galáctica espalhava seu brilho estrelado pelas profundezas aveludadas do espaço.

Toda aquela confusão de nebulosa era uma massa de estrelas tão numerosas que se fundiam uma à outra e só deixavam uma nuvem de luz.

E tudo aquilo seria dele...

E agora só havia mais uma coisa a fazer, e ele poderia dormir.

Primeiro Interlúdio

O Conselho Executivo da Segunda Fundação estava reunido. Para nós, são apenas vozes. Nenhuma cena exata da reunião e nem a identidade dos presentes são essenciais neste momento.

Nem, estritamente falando, podemos considerar uma reprodução exata de qualquer parte da sessão – a menos que queiramos sacrificar completamente até mesmo o mínimo de compreensibilidade que temos direito de esperar.

Lidamos aqui com psicólogos – e não meros psicólogos. Digamos, em vez disso, que são cientistas com uma orientação psicológica. Isto é, homens cuja concepção fundamental da filosofia científica está apontada para uma direção completamente diferente de todas as direções que conhecemos. A "psicologia" dos cientistas treinados nos axiomas deduzidos a partir dos hábitos observacionais da ciência física tem uma vaga relação com a PSICOLOGIA.

O que é o mesmo que explicar a cor para um cego – sendo eu mesmo tão cego quanto a audiência.

O que estamos dizendo é que as mentes reunidas entendiam perfeitamente o funcionamento umas das outras, não só pela teoria geral, mas por uma aplicação específica, por um longo período, dessas teorias a indivíduos particulares. A fala, como nós a conhecemos, era desnecessária. Um fragmento de sentença equivalia quase a uma redundância prolixa. Um gesto, um resmungo, a curva de uma linha facial – mesmo uma pausa significativa – produziam muita informação.

Tomamos a liberdade, assim, de traduzir livremente uma pequena parte da conferência para as combinações de palavras extremamente específicas necessárias para mentes orientadas desde a infância para uma filosofia da ciência física, mesmo correndo o risco de perdermos as nuances mais delicadas. Havia uma "voz" predominante e ela pertence ao indivíduo conhecido simplesmente como Primeiro Orador.

Ele disse:

– Aparentemente, agora está muito claro o que deteve o Mulo em sua primeira investida. Não posso dizer que haja algum crédito para... bem, para a forma como organizamos a situação. Aparentemente, ele quase nos localizou, por meio do fortalecimento artificial do que eles chamam de "psicólogo" na Primeira Fundação. Esse psicólogo foi morto pouco antes de conseguir comunicar sua descoberta ao Mulo. Os eventos que levaram a essa morte foram completamente fortuitos para todos os cálculos abaixo de Fase Três. Suponho que queira continuar.

A inflexão da voz indicava o Quinto Orador. Ele falou, em tom sombrio:

– É certo que a situação foi mal conduzida. Somos, é claro, altamente vulneráveis a um ataque maciço, principalmente um ataque liderado por um fenômeno mental como é o Mulo. Logo depois que ele ficou famoso em toda a Galáxia com a conquista da Primeira Fundação, seis meses para ser mais exato, já estava em Trantor. Dentro de outro meio ano, ele estaria aqui e as probabilidades estariam absurdamente contra nós... 96,3 mais ou menos 0,05%, para ser exato. Gastamos tempo considerável analisando as forças que o fizeram parar. Sabemos, é claro, o que o impelia em primeiro lugar. As ramificações internas de sua deformidade física e sua singularidade mental são óbvias para todos nós. No entanto, foi só por meio da entrada na Fase Três que pudemos determinar... *depois do fato*... a possibilidade de sua ação anômala na presença de outro ser humano que tivesse uma afeição honesta por ele. E, como tal ação anômala dependeria da presença desse outro ser humano no momento apropriado, nesse aspecto todo o caso foi fortuito. Nossos agentes estão certos de que foi uma mulher que matou o psicólogo do Mulo... uma mulher por quem o Mulo desenvolveu uma confiança sentimental e a quem, portanto, não controlou mentalmente... simplesmente porque ela gostava dele. Desde o evento... e para aqueles que querem os detalhes, um tratamento matemático do assunto foi elaborado na Biblioteca Central... que nos avisou, temos mantido o Mulo distante usando métodos não ortodoxos com os quais arriscamos diariamente todo o esquema da história de Seldon. Isso é tudo.

O Primeiro Orador fez uma pausa breve para permitir que os indivíduos reunidos absorvessem todas as implicações. Ao final, disse:

– A situação é altamente instável. Com o esquema original de Seldon torcido a ponto de se romper... e devo enfatizar que erramos muito em toda a questão, em nossa terrível falta de visão... estamos perante um colapso irreversível do Plano. O tempo está correndo. Acho que só há uma solução... e mesmo essa é arriscada. Devemos permitir que o Mulo nos encontre... em certo sentido.

Outra pausa, na qual ele tomou conhecimento das reações:

– Repito: em certo sentido!

2.

Dois homens sem o Mulo

A NAVE ESTAVA QUASE PRONTA. Não faltava nada, a não ser o destino. O Mulo tinha sugerido um retorno a Trantor – o mundo que era a carcaça de uma metrópole incomparável do maior império que a humanidade já tinha conhecido –, o mundo morto que havia sido a capital de todas as estrelas.

Pritcher desaprovou. Era um caminho antigo – que já tinha dado tudo o que tinha para dar.

Ele encontrou Bail Channis na sala de navegação da nave. O cabelo encaracolado do jovem estava suficientemente desalinhado para permitir a existência de um único cacho pendurado em cima da testa – como se ele tivesse sido cuidadosamente colocado ali – e os dentes se abriam num sorriso que combinava. Vagamente, o rígido oficial sentiu uma certa animosidade contra o outro.

O entusiasmo de Channis era evidente:

– Pritcher, é muita coincidência.

O general respondeu friamente:

– Não estou ciente do assunto desta conversa.

– Oh, bem, então arraste uma cadeira, meu velho, e vamos ver isso. Estou repassando suas notas. São excelentes.

– Muito... ah... obrigado.

– Mas estive pensando se você chegou às mesmas conclusões que eu. Já tentou analisar o problema de forma dedutiva? Quero dizer, está ótimo vasculhar as estrelas aleatoriamente, e conseguir tudo o que você fez em cinco expedições foi um trabalho enorme. Isso é óbvio. Mas já calculou quanto demoraria para revisar cada mundo conhecido nesse passo?

– Sim. Muitas vezes. – Pritcher não sentia nenhuma necessidade de facilitar a vida para o jovem, mas era importante tirar o máximo da mente do outro; a mente não controlada, portanto imprevisível, do outro.

– Bem, então, vamos supor que somos analíticos e tentar decidir exatamente o que estamos procurando?

– A Segunda Fundação – falou Pritcher, mal-humorado.

– Uma Fundação de psicólogos – corrigiu Channis –, que é tão fraca em ciências físicas como a Primeira Fundação era fraca em psicologia. Bem, você é da Primeira Fundação, eu não. As implicações são provavelmente óbvias para você. Devemos encontrar um mundo que é governado pela virtude das habilidades mentais e que seja bastante atrasado cientificamente.

– É necessariamente assim? – questionou Pritcher, em voz baixa. – Nossa própria "União dos Mundos" não é atrasada cientificamente, apesar de nosso governante dever sua força a seus poderes mentais.

– Porque ele se baseia nos conhecimentos da Primeira Fundação – foi a resposta um pouco impaciente. – E esse é o único reservatório de conhecimento na Galáxia. A Segunda Fundação deve viver entre as migalhas secas do Império Galáctico. Não há outra alternativa.

– Então você está dizendo que eles possuem poder mental suficiente para dominar um grupo de mundos e impotência física, ao mesmo tempo?

– Impotência física *comparativamente*. Contra as áreas vizinhas decadentes, eles são competentes para se defender. Contra as forças renascentes do Mulo, com a base de uma economia nuclear madura, eles não podem resistir. Se não fosse por isso, por que teriam sido tão bem escondidos, tanto no começo, pelo fundador, Hari Seldon, como agora, por si mesmos? Sua própria Primeira Fundação não tornou sua existência um segredo nem quando era uma única cidade em um planeta solitário, há trezentos anos.

As linhas suaves do rosto de Pritcher se retorceram de forma sarcástica.

– E agora que você terminou sua profunda análise, gostaria de uma lista de todos os reinos, repúblicas, planetas-estado e ditaduras de um tipo ou de outro na selvageria política que existe lá fora, correspondendo à sua descrição e a outros vários fatores?

– Tudo isso já foi considerado, então? – Channis não perdeu a impertinência.

– Você não encontrará aqui, naturalmente, mas temos um guia completo das unidades políticas da Periferia Oposta. Realmente, você achou que o Mulo iria trabalhar de forma aleatória?

– Bom, então – e a voz do jovem se elevou com energia –, o que você acha da Oligarquia de Finstrel?

Pritcher coçou a orelha, pensativamente:

– Finstrel? Oh, acho que sei. Eles não estão na Periferia, estão? Parece que estão a um terço do caminho em direção ao centro da Galáxia.

– Sim. E daí?

– Os registros que temos colocam a Segunda Fundação no outro extremo da Galáxia. O espaço sabe que essa é nossa única pista. Por que falar de Finstrel? Seu desvio angular do raio da Primeira Fundação está somente a cento e dez ou cento e vinte graus, de qualquer forma. Nem perto de cento e oitenta.

– Há um outro ponto nos registros. A Segunda Fundação foi estabelecida no "Fim da Estrela".

– Essa região nunca foi localizada na Galáxia.

– Porque era um nome local, suprimido depois, para guardar o segredo. Ou talvez tenha sido inventado por Seldon e seu grupo. Mas parece haver alguma semelhança entre "Fim da Estrela" e "Finstrel", não acha?

– Uma vaga similaridade fonética? Insuficiente.

– Já esteve lá?

– Não.

– Mas aparece nos seus registros.

– Onde? Oh, sim, mas foi só para conseguir comida e água. Não havia nada muito importante nesse mundo.

– Você pousou no planeta principal? O centro do governo?

– Não saberia dizer.

Channis meditou sob o olhar frio do general. Então disse:

– Você olharia para a Lente comigo por um momento?

– Certamente.

A Lente era talvez o mais novo recurso dos cruzadores interestelares da época. Na verdade, era um computador complicado que poderia jogar, em uma tela, uma reprodução do céu noturno como visto de qualquer ponto da Galáxia.

Channis ajustou os pontos de coordenada e as luzes da parede da sala de navegação se apagaram. Sob a tênue luz vermelha no painel de controle da Lente, o rosto de Channis brilhou, corado. Pritcher sentou na cadeira do piloto, as longas pernas cruzadas, o rosto perdido na penumbra.

Lentamente, depois que o período de inicialização terminou, os pontos de luz brilharam na tela. E foram ficando densos e brilhantes com o grupo de estrelas populosas no centro da Galáxia.

– Isso – explicou Channis – é o céu da noite de inverno em Trantor. Esse é o ponto importante que, até onde sei, foi negligenciado na sua busca. Toda orientação inteligente deve começar tendo Trantor como ponto zero. Trantor foi a capital do Império Galáctico. Ainda mais científica e culturalmente do que politicamente. E, portanto, o significado de qualquer nome descritivo deve vir, em 90% dos casos, de uma orientação trantoriana. Quanto a isso, você irá se lembrar de que, apesar de Seldon ser de Helicon, que está na direção da Periferia, seu grupo trabalhou em Trantor.

– O que você está tentando me mostrar? – A voz gelada de Pritcher contrastava com o entusiasmo do outro.

– O mapa irá explicar. Você vê a nebulosa escura? – A sombra de seu braço marcou a tela, que havia assumido a majestade da Galáxia. O dedo indicador terminava numa pequena mancha de escuridão que parecia um buraco no tecido de luz.

– Os registros estelográficos chamam de Nebulosa de Pellot. Preste atenção. Vou expandir a imagem.

Pritcher tinha visto o fenômeno da expansão da imagem da Lente antes, mas ainda perdia o fôlego. Era como estar olhando pela visitela de uma nave irrompendo em uma Galáxia terrivelmente apinhada sem entrar no hiperespaço. As estrelas divergiam na direção deles vindas de um centro comum, brilhavam e caíam para fora da tela. Pontos individuais tornavam-se duplos, depois globulares. Áreas nebulosas se dissolviam em uma miríade de pontos. E sempre, a ilusão de movimento.

Channis falava enquanto isso:

– Você perceberá que estamos nos movendo numa linha reta entre Trantor e a Nebulosa de Pellot, assim, efetivamente, ainda estamos olhando de uma orientação estelar equivalente à de Trantor. Há, provavelmente, um pequeno erro por causa do desvio gravitacional da luz que eu não tenho a matemática para calcular, mas tenho certeza de que não pode ser muito significativo.

A escuridão estava se espalhando pela tela. À medida que a taxa de magnificação diminuía, as estrelas deslizavam pelos quatro cantos da tela como se acenassem, arrependidas em partir. Nas bordas da crescente nebulosa, o universo de estrelas brilhou abruptamente, numa amostra da luz escondida atrás de um redemoinho de fragmentos de átomos de sódio e cálcio não irradiantes que preenchiam parsecs cúbicos de espaço.

E Channis apontou novamente:

– Isso foi chamado de "A Boca" pelos habitantes dessa região do espaço. E é significativo porque só a partir de uma orientação trantoriana que ele se parece com uma boca. – O que ele indicava era uma falha no corpo da Nebulosa, com o formato de uma boca num esgar desigual, de perfil, contornada pela glória esplendorosa da luz estelar com a qual era preenchida.

– Siga "A Boca" – disse Channis. – Siga "A Boca" até a garganta enquanto ela se estreita numa fina linha de luz.

Novamente, a tela se expandiu um pouco até que a Nebulosa se esticou para além da "Boca", bloqueando tudo que estava na tela, menos aquele fiozinho estreito. O dedo de Channis seguiu-o silenciosamente até o fim e continuou ainda a se mover até um ponto onde uma única estrela brilhava solitária; e lá o dedo parou, pois tudo além era escuridão impenetrável.

– O "Fim da Estrela" – disse o jovem, simplesmente. – O tecido da Nebulosa é fino ali, e a luz daquela única estrela consegue abrir caminho em apenas uma direção... para brilhar em Trantor.

– Você está querendo me dizer que... – a voz do general do Mulo morreu, desconfiada.

– Não estou tentando. Aquilo *é* Finstrel... o Fim da Estrela.

As luzes se acenderam. A Lente desligou. Pritcher se aproximou de Channis em três longos passos:

– O que o fez pensar nisso?

E Channis se esticou em sua cadeira com uma expressão estranhamente misteriosa.

– Foi acidental. Gostaria de ter o crédito intelectual disso, mas foi apenas um acidente. De qualquer forma, independentemente de como foi, funciona. De acordo com nossas referências, Finstrel é uma Oligarquia que governa vinte e sete planetas habitados. Não é avançada cientificamente. E, o que é mais importante, é um mundo obscuro que aderiu a uma neutralidade estrita na política local daquela região estelar e não é expansionista. Acho que deveríamos dar uma olhada.

– Você informou o Mulo sobre isso?

– Não. Nem vamos. Estamos no espaço, a ponto de fazer o primeiro Salto.

Pritcher, sentindo um horror repentino, saltou até a visitela. O frio espaço foi o que viu depois de ajustá-la. Ele fixou os olhos na vista, depois se virou. Automaticamente, sua mão encontrou a curva confortável da coronha do desintegrador.

– Com ordem de quem?

– Minha, general. – Era a primeira vez que Channis usava o título do outro. – Enquanto estávamos aqui. Você provavelmente não sentiu a aceleração porque ela ocorreu no momento em que eu estava expandindo o campo da Lente e você, sem dúvida, imaginou que era uma ilusão do aparente movimento das estrelas.

– Por quê? O que você exatamente está fazendo? Qual foi o objetivo dessa besteira sobre Finstrel, então?

– Não foi besteira. Estou falando bastante sério. Estamos indo para lá. Partimos hoje porque estávamos agendados para viajar daqui a três dias. General, você não acredita que exista uma Segunda Fundação; eu, sim. *Você* está apenas seguindo as ordens do Mulo, sem fé; *eu* reconheço um perigo sério. A Segunda Fundação teve cinco anos para se preparar. Como eles fizeram isso, não sei, mas e se eles tiverem agentes em Kalgan? Se eu carrego na minha mente o conhecimento da localização da Segunda Fundação, eles podem descobrir. Minha vida poderia estar em perigo, e tenho grande afeição por minha vida. Mesmo numa possibilidade fraca e remota como essa, prefiro jogar seguro. Então ninguém sabe de Finstrel a não ser você. E, mesmo assim, só depois de já estarmos no espaço. Mesmo assim, há a questão da tripulação. – Channis estava sorrindo de novo, ironicamente, obviamente com o controle completo da situação.

A mão de Pritcher soltou o desintegrador, e por um momento um vago desconforto o atingiu. O que o *impedia* de agir? O que o *entorpecia*? Houve um tempo em que ele era um capitão rebelde e preterido em promoções do império comercial da Primeira Fundação, quando então seria *ele* e não esse Channis que tomaria iniciativas rápidas e ousadas como essa. O Mulo estaria certo? Sua mente controlada estaria tão preocupada em obedecer a ponto de perder a iniciativa? Ele sentiu um forte abatimento levando-o a um estranho cansaço.

– Muito bom! – falou. – No entanto, você irá me consultar no futuro, antes de tomar decisões dessa natureza.

O sinal piscante chamou sua atenção.

– É a sala de máquinas – disse Channis, casualmente. – Eles tiveram cinco minutos pra preparar tudo, e pedi que me avisassem se houvesse algum problema. Quer cuidar do comando?

Pritcher concordou com um gesto e refletiu, na solidão repentina, sobre os males de chegar aos cinquenta anos. A visitela estava esparsamente estrelada. O corpo principal da Galáxia estava enevoado em um dos extremos. E se ele fosse livre da influência do Mulo...

Mas fugiu horrorizado do pensamento.

O engenheiro-chefe Huxlani olhou diretamente para o jovem sem farda que andava com a segurança de um oficial da armada, e parecia estar em posição de autoridade. Huxlani, que era membro da armada desde sempre, geralmente confundia autoridade com insígnias específicas.

Mas o Mulo tinha indicado esse homem, e o Mulo tinha, é claro, a última palavra. A única palavra que importava. Nem mesmo subconscientemente ele poderia questionar. O controle emocional era profundo.

Ele entregou o pequeno objeto oval a Channis sem dizer uma palavra.

Channis o levantou e sorriu com simpatia.

– Você é um homem da Fundação, não é, chefe?

– Sim, senhor. Servi na armada da Fundação por dezoito anos, antes de o Primeiro Cidadão assumir.

– Treinamento em engenharia?

– Técnico Qualificado, Primeira Classe... Escola Central de Anacreon.

– Muito bom. E você achou isso no circuito de comunicação, onde eu pedi para procurar?

– Sim, senhor.

– Isso é parte do equipamento?

– Não, senhor.

– O que é isso?

– Um hipertransmissor, senhor.

– Explique melhor. Não sou um homem da Fundação. O que é isso?

– É um aparelho que permite que a nave seja seguida através do hiperespaço.

– Em outras palavras, podemos ser seguidos a qualquer lugar?

– Sim, senhor.

– Certo. Essa versão é um avanço recente, não? Foi desenvolvida por um dos Institutos de Pesquisa criados pelo Primeiro Cidadão, não foi?

– Acredito que sim, senhor.

– E seu funcionamento é um segredo do governo. Certo?

– Acredito que sim, senhor.

– E aparece aqui. Intrigante.

Channis jogou o hipertransmissor metodicamente, de uma mão para a outra, por alguns segundos. Então, bruscamente, parou:

– Leve-o e coloque-o de volta, exatamente onde encontrou e como estava. Entendeu? E depois esqueça o incidente. Completamente!

O chefe reprimiu uma continência quase automática, virou-se e saiu.

A nave saltava pela Galáxia, seu caminho uma linha de pontos afastados no espaço interestelar. Os pontos referidos eram os poucos trechos de dez a sessenta segundos-luz gastos no espaço normal e, entre eles, os vazios de muitos parsecs que representavam os Saltos pelo hiperespaço.

Bail Channis sentou-se ao painel de controle da Lente e sentiu novamente a onda involuntária de quase-adoração ao contemplar o aparelho. Ele não era um homem da Fundação, e a interação de forças no giro de uma manivela ou no corte de um contato não era algo familiar.

Não que a Lente fosse algo comum, mesmo para um homem da Fundação. Dentro de seu corpo incrivelmente compacto existiam circuitos suficientes para localizar, com precisão, cem milhões de estrelas separadas na posição relativa exata de uma com a outra. E, como se isso não fosse suficiente, era ainda capaz de traduzir qualquer porção do campo galáctico de acordo com qualquer um dos três eixos espaciais ou rotacionar qualquer porção do campo a partir de um centro.

Foi por causa disso que a Lente tinha realizado uma quase revolução nas viagens interestelares. Nos primeiros dias dessas viagens, os cálculos de cada Salto através do hiperespaço significavam uma boa quantidade de trabalho que podia durar um dia ou uma semana... e a maior parte do trabalho era o cálculo mais ou menos preciso da "posição da nave" na escala galáctica de referência. Essencialmente, isso significava a observação precisa de pelo menos três estrelas grandes cujas posições, em referência ao triplo zero galáctico, fossem conhecidas.

E é a palavra "conhecida" o verdadeiro problema. Para qualquer um que conheça o campo estelar bem, a partir de um ponto de referência, as estrelas são tão individuais quanto as pessoas. Salte dez parsecs, no entanto, e nem seu próprio sol será reconhecido. Pode nem ser visível.

A resposta era, é claro, a análise espectroscópica. Por séculos, o principal objeto da engenharia interestelar fora a análise da "assinatura de luz" de cada vez mais estrelas em detalhes cada vez maiores. Com isso, e com a crescente precisão do próprio Salto, as rotas padronizadas de viagem através da Galáxia foram adotadas e a viagem interestelar se tornou menos uma arte e mais uma ciência.

Ainda assim, mesmo sob a Fundação, com computadores melhores e um novo método de escaneamento mecânico do campo estelar atrás de uma "assinatura de luz" conhecida, às vezes ainda demorava dias para localizar três estrelas e depois calcular a posição em regiões com as quais o piloto não estava familiarizado.

Foi a Lente que mudou tudo isso. Primeiro, porque só exige uma única estrela conhecida. Segundo, mesmo um principiante como Channis consegue operá-la.

A estrela importante mais próxima, no momento, era Vincetori, de acordo com os cálculos do Salto. Ela aparecia na visitela, uma estrela brilhante bem no centro. Channis esperava que fosse Vincetori.

A tela do campo da Lente estava projetada bem ao lado da visitela e, com dedos cuidadosos, Channis inseriu as coordenadas de Vincetori. Ele fechou um transmissor e o campo estelar surgiu, brilhante. Nele, também, uma estrela brilhante estava centralizada, mas parecia não haver ligação entre as duas. Ele ajustou a Lente ao longo do eixo-z e expandiu o campo galáctico para onde o fotômetro mostrava as duas estrelas centralizadas com brilho igual.

Channis procurava uma segunda estrela, de brilho razoável, na visitela e encontrou uma correspondente na tela do campo. Ele rotacionou, lentamente, a tela para uma deflexão angular semelhante. Retorceu a boca e rejeitou o resultado com uma careta. Rotacionou novamente, e outra estrela brilhante surgiu, depois uma terceira. Então, sorriu. Era isso. Talvez um especialista com treinamento em percepção de relações poderia ter achado na primeira tentativa, mas ele estava feliz com três.

Esse era o ajuste. No passo final, os dois campos se sobrepunham e se mesclavam em um mar de não-muita-certeza. A maioria das estrelas tinha duplos quase perfeitos. Mas o ajuste fino não demorou muito. As estrelas duplas se uniram, um campo permaneceu, e a "posição da nave" poderia agora ser lida diretamente nos mostradores. Todo o procedimento tomara menos de meia hora.

Channis encontrou Han Pritcher em seus aposentos. O general estava aparentemente se preparando para dormir. Ele levantou os olhos.

– Novidades?

– Nada em especial. Estaremos em Finstrel em outro Salto.

– Eu sei.

– Não quero incomodá-lo se você pretende descansar, mas deu uma olhada no filme que conseguimos em Cil?

Han Pritcher olhou com desprezo para o objeto em questão, que estava numa caixa preta sobre uma estante baixa de livros:

– Sim.

– E o que achou?

– Acho que, se já existiu uma ciência da história, ela se perdeu nesta região da Galáxia.

Channis abriu um sorriso:

– Entendo o que está falando. Bastante estéril, não?

– Não se você gostar de crônicas pessoais dos governantes. Provavelmente nada muito confiável, eu diria, nas duas direções. Onde a história se preocupa principalmente com as personalidades, os esboços podem ser tanto positivos quanto negativos, de acordo com os interesses do escritor. Acho isso tudo bastante inútil.

– Mas há uma parte sobre Finstrel. Foi isso que quis mostrar quando lhe entreguei o filme. É o único que pude encontrar que cita o planeta.

– Certo. Eles têm bons e maus governantes. Conquistaram alguns planetas, venceram algumas batalhas, perderam outras poucas. Não há nada especial neles. Não acredito muito na sua teoria, Channis.

– Mas você deixou passar alguns pontos. Não percebe que eles nunca formaram coalizões? Sempre permaneceram completamente fora da política desse canto das estrelas. Como você disse, eles conquistaram alguns planetas, mas depois pararam... e isso sem terem sofrido nenhuma derrota importante. É como se tivessem se expandido o suficiente para se proteger, mas não o suficiente para atrair atenção.

– Muito bem – veio a resposta isenta de emoções. – Não tenho nenhuma objeção a pousarmos lá. No pior dos casos, será um tempo perdido.

– Oh, não. No pior, será uma derrota completa. Se *for* a Segunda Fundação. Lembre-se de que seria um mundo de sabe o espaço quantos Mulos.

– O que você pretende fazer?

– Pousar em algum planeta menos importante. Descobrir tudo sobre Finstrel primeiro, depois improvisar.

– Certo. Nenhuma objeção. Se não se importa agora, eu *gostaria* de apagar a luz. – Channis saiu com um aceno de mão.

E, na escuridão de um pequeno quarto em uma ilha de metal perdida na vastidão do espaço, o general Han Pritcher permaneceu acordado, seguindo os pensamentos que o levaram a viagens tão fantásticas.

Se tudo que tinha concluído tão dolorosamente fosse verdade – e como todos os fatos estavam começando a se encaixar –, então Finstrel *era* a Segunda Fundação. Não havia saída. Mas como? Como?

Poderia ser Finstrel? Um mundo comum? Sem nenhuma distinção? Uma favela perdida no meio dos restos de um império? Uma farpa em meio a fragmentos? Ele se lembrava, a distância, do rosto seco e da voz fina do Mulo, quando falava sobre o velho psicólogo da Fundação, Ebling Mis, o homem que tinha – talvez – descoberto o segredo da Segunda Fundação.

Pritcher lembra-se da tensão nas palavras do Mulo:

– Foi como se o assombro tivesse tomado Mis. Era como se algo sobre a Segunda Fundação tivesse superado suas expectativas, o tivesse levado para uma direção completamente diferente da que ele tinha imaginado. Se eu pudesse ler seus pensamentos em lugar de suas emoções. Mas as emoções estavam evidentes... e sobre todo o resto, estava essa imensa surpresa.

Surpresa dava o tom. Algo supremamente assombroso! E agora chegava esse rapaz, esse jovem sorridente, tranquilamente alegre com Finstrel e sua medíocre subnormalidade. E ele devia estar certo. Ele *tinha* de estar. De outro modo, nada faria sentido.

O último pensamento consciente de Pritcher tinha um toque sombrio. Aquele hiper-rastreador dentro do tubo etérico ainda estava ali. Ele tinha checado uma hora antes, quando Channis estava longe.

Segundo Interlúdio

Foi um encontro casual na antessala da Câmara do Conselho – apenas momentos antes de passar para a Câmara para tratar dos assuntos do dia – e os poucos pensamentos se projetavam de um lado para o outro com rapidez.

– Então, o Mulo está a caminho.

– Foi o que eu ouvi também. Arriscado! Muito arriscado!

– Não se os assuntos seguirem as funções montadas.

– O Mulo não é um homem comum... e é difícil manipular seus instrumentos sem que ele detecte. As mentes controladas são difíceis de tocar. Dizem que ele descobriu em alguns casos.

– Sim, não vejo como isso possa ser evitado.

– Mentes não controladas são mais fáceis. Mas tão poucas estão em posição de autoridade no governo dele...

Eles entraram na Câmara. Outros da Segunda Fundação os seguiram.

3.

Dois homens e um camponês

Rossem é um desses mundos marginais normalmente negligenciados na história galáctica, e que pouco se intromete na atenção de homens da miríade de planetas mais felizes.

Nos últimos dias do Império Galáctico, uns poucos prisioneiros políticos tinham habitado suas vastidões, enquanto um observatório e uma pequena guarnição naval serviam para evitar o abandono completo. Mais tarde, nos piores dias da confusão, mesmo antes da época de Hari Seldon, o tipo mais fraco de homem, cansado das décadas periódicas de insegurança e perigo, farto de planetas saqueados e de uma sucessão fantasmagórica de imperadores efêmeros que abriam caminho para o trono por alguns poucos anos ruins e infrutíferos – esses homens fugiram dos centros populosos e procuraram abrigo nos cantos vazios da Galáxia.

Ao longo das vastidões frias de Rossem, as vilas se apinham. O sol deles era uma pequena estrela fraca que preferia guardar os restos de calor para si mesma, enquanto a neve caía sobre o planeta durante nove meses do ano. O resistente cereal nativo permanece dormente no solo durante esses meses nevados, depois cresce e amadurece rápido, quase em pânico, quando a fraca radiação do sol eleva as temperaturas para quase dez graus.

Pequenos animais, parecidos com cabras, pastavam a relva, chutando a fina neve com pequenos pés de três cascos.

Os homens de Rossem tinham, assim, o pão e o leite – e, quando conseguiam abrir mão de um animal, até a carne. As florestas escuras e sinistras que cobriam quase metade da região equatorial do planeta forneciam uma madeira pesada e com veio fino para as casas. Essa madeira, junto com certas peles e minerais, era boa até para exportação, e as naves do Império chegavam de tempos em tempos e traziam, em troca, máquinas agrícolas, aquecedores nucleares, até mesmo televisores. O último item não era absurdo, já que o longo inverno impunha uma hibernação solitária aos camponeses.

A história imperial passava longe dos camponeses de Rossem. As naves de comércio podiam trazer notícias em jorros impacientes; ocasionalmente, novos fugitivos chegavam – em uma ocasião, um grupo relativamente grande chegou de uma vez e permaneceu – e esses normalmente traziam notícias da Galáxia.

Era então que os rossemitas ficavam sabendo de batalhas dramáticas e populações dizimadas, ou de imperadores tirânicos e vice-reis rebeldes. E eles suspiravam e sacudiam a cabeça, ajustavam as peles mais perto de seus rostos barbudos quando se sentavam nas praças das vilas sob o sol fraco e filosofavam sobre a maldade dos homens.

Então, depois de um tempo, as naves comerciais pararam de chegar e a vida ficou mais complicada. Suprimentos de comida estrangeira, tabaco e máquinas pararam. Palavras vagas de fragmentos de transmissões da hiperbanda captadas em seus televisores traziam notícias cada vez mais perturbadoras.

E, finalmente, eles souberam que Trantor tinha sido saqueada. A grande capital de toda a Galáxia, o lar esplêndido, lendário, inacessível e incomparável dos imperadores havia sido destruído, arruinado e levado à completa destruição.

Era algo inconcebível e, para muitos dos camponeses de Rossem, enquanto aravam seus campos, parecia realmente que o fim da Galáxia estava próximo.

Então, num dia não muito diferente dos demais, uma nave voltou a chegar. Os velhos de cada vila balançaram a cabeça com sabedoria e ergueram suas velhas pálpebras para sussurrar que assim tinha sido no tempo de seus pais – mas não era a mesma coisa, na verdade.

Essa nave não era imperial. A reluzente Espaçonave-e-Sol do Império tinha desaparecido da proa. Era um negócio estranho feito dos restos de velhas naves – e os homens dentro dela chamavam a si mesmos de soldados de Finstrel.

Os camponeses ficaram confusos. Nunca tinham ouvido falar em Finstrel, mas receberam os soldados, mesmo assim, com a tradicional hospitalidade. Os recém-chegados perguntaram muitas coisas sobre a natureza do planeta, o número de habitantes, o número de cidades – uma palavra que os camponeses confundiram com "vilas", o que confundiu todos os envolvidos –, o tipo de economia e assim por diante.

Outras naves vieram e proclamações foram feitas por toda parte de que Finstrel agora era o mundo governante, que estações de coleta de impostos seriam estabelecidas em toda a faixa do equador – a região habitada –, que porcentagens de grãos e de peles, de acordo com certas fórmulas matemáticas, seriam coletadas anualmente.

Os rossemitas piscaram solenemente, incertos do significado da palavra "impostos". Quando chegou a época da coleta, muitos pagaram ou ficaram confusos enquanto os estrangeiros uniformizados carregavam o cereal colhido e as peles em grandes carros terrestres.

Em vários lugares, camponeses indignados se juntaram e pegaram as velhas armas de caça – mas isso não deu em nada. Eles debandaram resmungando quando os homens de Finstrel chegaram e, consternados, viram que a dura luta pela existência tinha endurecido um pouco mais.

Mas um novo equilíbrio foi alcançado. O governador finstreliano vivia de forma austera na vila de Gentri, de onde todos os rossemitas foram expulsos. Ele e os oficiais sob sua direção eram estrangeiros que quase nunca impunham sua presença aos rossemitas. Os coletores de impostos, rossemitas empregados por Finstrel, vinham periodicamente, mas eram criaturas de hábito – e o camponês tinha aprendido a esconder os grãos, a levar o gado para a floresta e evitava melhorar muito sua cabana para não parecer ostensivamente próspero. Assim, com uma expressão indiferente, como se não compreendesse nada, ele respondia a todas as perguntas sobre seus bens apontando meramente para o que podia ser visto.

Mesmo isso diminuiu em frequência e os impostos baixaram, quase como se Finstrel tivesse se cansado de extorquir centavos de um mundo desse tipo.

O comércio cresceu, e talvez Finstrel achasse isso bem mais lucrativo. Os homens de Rossem não recebiam mais as criações finas do Império, mas até mesmo as máquinas e as comidas finstrelianas eram melhores que as nativas. E havia roupas para mulheres de outras cores além do cinza da lã local, o que era algo importante.

Então, mais uma vez, a história Galáctica passou por eles pacificamente, e os camponeses continuaram a arrancar a vida do solo duro.

Narovi assoprou a barba enquanto saía de sua cabana. Os primeiros flocos de neve estavam se espalhando pelo chão duro e o céu estava nublado, sem brilho, um pouco cor-de-rosa. Ele olhou cuidadosamente para o alto e decidiu que não havia nenhuma tempestade séria à vista. Poderia viajar para Gentri sem problema e se livrar do excedente de grãos em troca de comida enlatada suficiente para enfrentar o inverno.

Ele gritou para trás, em direção à porta, aberta apenas com uma pequena fresta para dar passagem à voz:

– O tanque do carro está cheio, rapaz?

Uma voz gritou de dentro da casa e o filho mais velho de Narovi, com a barba rala e vermelha ainda não completamente fechada, se juntou ao pai.

– O carro – ele disse, friamente – está cheio e anda bem, a não ser pela má condição do eixo. E isso não é culpa minha. Eu já disse que ele precisa de um especialista.

O velho se voltou e olhou seu filho de cima a baixo, projetando o queixo barbudo para a frente:

– E a culpa é minha? Onde, e de que maneira, vou conseguir um especialista? A colheita não foi pouca nos últimos cinco anos? Meus animais escaparam da peste? As peles surgem sozinhas...

– *Narovi!* – A bem conhecida voz vinda de dentro da cabana fez com que parasse no meio da frase.

Ele resmungou:

– Bem, bem... e agora sua mãe precisa se meter nos assuntos de pai e filho. Traga o carro e verifique se os reboques de estocagem estão bem presos.

Ele juntou as mãos enluvadas e olhou para cima de novo. As nuvens ligeiramente avermelhadas estavam se juntando e o céu cinzento que aparecia entre as fendas não emanava nenhum calor. O sol estava escondido.

Ele estava a ponto de desviar a vista quando viu algo e seu dedo apontou quase que automaticamente para o alto enquanto a boca se abria em um grito, em total desprezo pelo ar frio.

– Mulher – ele gritou, vigorosamente. – Velha... venha aqui.

Uma cabeça indignada apareceu na janela. Os olhos da mulher seguiram seu dedo, boquiaberta. Com um grito, ela desceu as escadas de madeira, pegando, enquanto corria, um velho agasalho e um lenço. Apareceu com o lenço, amarrado às pressas, cobrindo sua cabeça e orelhas, e o agasalho sobre os ombros, falando baixinho:

– É uma nave do espaço exterior.

E Narovi comentou, impaciente:

– E o que mais poderia ser? Temos visitantes, velha, visitantes!

A nave estava descendo lentamente para pousar no campo nevado na parte norte da fazenda de Narovi.

– Mas o que devemos fazer? – gritou a mulher. – Podemos oferecer nossa hospitalidade a essa gente? Vamos oferecer o chão sujo de nossa casinha e os restos de comida da semana passada?

– Eles deveriam ir, então, para a casa dos nossos vizinhos? – Narovi enrubesceu para além da roxidão causada pela temperatura baixa enquanto seus braços, em sua cobertura lisa de peles, projetavam-se para a frente e agarravam os ombros fortes da mulher.

– Esposa de minha alma – ele ronronou –, você vai pegar as duas cadeiras de nosso quarto e trazê-las para baixo; vai pegar uma cria bem gorda e matá-la, cozinhar com tubérculos; vai preparar um pão fresco. Agora eu vou receber esses homens poderosos do espaço exterior... e... e... – Ele fez uma pausa, colocou seu chapéu de lado e coçou a cabeça, hesitante.

– Sim, vou trazer uma jarra de cereais fermentados. Uma bebida forte é sempre agradável.

A boca da mulher tinha se mantido aberta durante esse discurso. Nada saía. E, quando a confusão acabou, ela só conseguiu emitir um gemido agudo de discordância.

Narovi levantou um dedo:

– Mulher, o que foi que os Anciãos da vila disseram algumas noites atrás? Hã? Puxe pela memória. Os Anciãos foram de fazenda em fazenda (eles próprios! Imagine a importância disso!) para nos pedir que, se qualquer nave do espaço exterior pousasse, eles fossem avisados imediatamente *por ordem do governador*. E agora eu não vou aproveitar a oportunidade de ganhar as boas graças dos que estão no poder? Olhe aquela nave. Já viu algo assim? Esses homens dos mundos exteriores são ricos, poderosos. O próprio governador manda mensagens tão urgentes sobre eles que os Anciãos andam de fazenda em fazenda no frio. Talvez a mensagem seja enviada por toda Rossem de que esses homens são esperados pelos senhores de Finstrel... e é na *minha* fazenda que eles pousaram.

Ele estava agitado e ansioso.

– A hospitalidade apropriada agora... a menção de meu nome ao governador... quanto poderemos ganhar?

A mulher percebeu, de repente, o frio que estava sentindo por causa de suas roupas finas. Correu para a porta, gritando por cima do ombro:

– Então, vá logo!

Mas ela estava falando com um homem que já corria em direção ao segmento do horizonte no qual pousava a nave.

Nem o frio do mundo, nem seus espaços inóspitos e vazios preocupavam o general Han Pritcher. Nem a pobreza dos arredores, nem o camponês que transpirava. O que o incomodava era a questão da sabedoria de suas táticas. Ele e Channis estavam sozinhos aqui.

A nave, deixada no espaço, poderia se virar em circunstâncias normais, mas, mesmo assim, ele se sentia inseguro. Era Channis, claro, o responsável pela jogada. Ele olhou para o jovem e o pegou piscando alegremente para o vão por entre as peles por onde os olhos e a boca de uma mulher apareceram por um instante.

Channis, ao menos, parecia completamente à vontade. Esse fato Pritcher saboreou com uma satisfação azeda. Seu jogo não tinha muito mais tempo para seguir exatamente como desejara. Mas, enquanto isso, os transmissores de pulso deles eram a única conexão com a nave.

E o camponês que os recebeu deu um grande sorriso e inclinou a cabeça várias vezes, dizendo numa voz pastosa cheia de respeito:

– Nobres senhores, anseio dizer-lhes que meu filho mais velho... um rapaz bom e valoroso a quem minha pobreza me impediu de educar como sua sabedoria merece... informou-me que os Anciãos logo chegarão. Confio que sua estadia aqui tenha sido o mais prazerosa que minhas humildes posses poderiam tornar possível, porque sou muito pobre, apesar de ser um fazendeiro trabalhador, honesto e simples, como qualquer um pode confirmar.

– Anciãos? – disse Channis, rápido. – Os chefes dessa região?

– Assim são, nobres senhores, e homens honestos e valorosos... todos eles, porque toda a nossa vila é conhecida em toda Rossem como um lugar justo e correto... apesar da vida dura e do lucro magro do campo e das florestas. Talvez possam mencionar aos Anciãos, nobres senhores, sobre o meu respeito e honra para com os viajantes e isso possa fazer com que eles peçam um novo carro motorizado para nossa casa, já que o velho mal consegue rastejar e nossa sobrevivência depende do que resta dele.

Ele olhou humilde e ansioso, e Han Pritcher meneou a cabeça com a condescendência própria do papel de "nobres senhores" outorgada a eles.

– Um relato da sua hospitalidade chegará aos ouvidos de seus Anciãos.

Pritcher aproveitou os momentos seguintes de isolamento para falar com o aparente sonolento Channis.

– Não estou particularmente feliz com esse encontro com os Anciãos – ele disse. – Pensou no assunto?

Channis pareceu surpreso:

– Não. O que o preocupa?

– Parece que temos coisas melhores a fazer do que chamar a atenção por aqui.

Channis falou apressadamente, em um tom de voz baixo e monótono:

– Pode ser necessário nos arriscarmos a chamar muito mais atenção em nossos próximos movimentos. Não vamos encontrar o tipo de homens que queremos, Pritcher, simplesmente enfiando a mão numa sacola e puxando. Homens que governam por meio de truques da mente não precisam ser, necessariamente, os que estão obviamente no poder. Em primeiro lugar, os psicólogos da Segunda Fundação são, provavelmente, uma minoria muito pequena da população, assim como na sua própria Primeira Fundação, na qual os técnicos e cientistas formavam uma minoria. Os habitantes comuns são provavelmente isso... gente comum. Os psicólogos podem até mesmo se esconder bem e os homens nas aparentes posições de poder podem honestamente achar que são os verdadeiros senhores. Nossa solução para esse problema pode ser encontrada aqui, neste pedaço congelado de planeta.

– Não entendo isso, de nenhuma maneira.

– Por quê? Veja bem, é bastante óbvio. Finstrel é provavelmente um mundo enorme, com milhões ou centenas de milhões. Como poderíamos identificar os psicólogos entre eles e sermos capazes de informar o Mulo de que localizamos a Segunda Fundação? Mas aqui, neste pequeno mundo camponês, um planeta dominado, todos os governantes finstrelianos, nosso anfitrião nos informa, estão concentrados na vila central de Gentri. Pode haver somente algumas centenas deles, Pritcher, e entre eles *deve* ter um ou mais homens da Segunda Fundação. Chegaremos lá, no final, mas vamos nos encontrar com os Anciãos primeiro... é um passo lógico.

Eles se separaram quando o anfitrião barbudo voltou à sala, obviamente agitado.

– Nobres senhores, os Anciãos estão chegando. Eu imploro mais uma vez que mencionem uma palavra a meu favor...

– Ele quase se dobrou ao meio, num exagero de adulação.

– Certamente, lembraremos de você – disse Channis. – Esses são seus Anciãos?

Aparentemente eram. Estavam em três.

Um deles se aproximou inclinando a cabeça com um respeito digno:

– Estamos honrados. O transporte já foi providenciado, respeitáveis senhores, e esperamos ter o prazer da companhia de vocês em nossa sala de reuniões.

Terceiro Interlúdio

O Primeiro Orador olhou melancolicamente para o céu noturno. Nuvens pequenas se moviam depressa, cobrindo o brilho das estrelas. O espaço parecia hostil. Era frio e terrível, no melhor dos casos, mas agora ainda continha aquela estranha criatura, o Mulo, e esse conteúdo parecia tornar o céu mais escuro e espesso, e transformá-lo numa ameaça.

A reunião acabara. Não fora muito longa. Houve dúvidas e questionamentos inspirados pelo difícil problema matemático de lidar com uma mente mutante de funcionamento incerto. Todas as permutações extremas deveriam ser consideradas.

Eles estavam, mesmo assim, certos? Em algum lugar, nessa região do espaço – dentro de uma distância possível de ser alcançada, considerando os espaços galácticos –, estava o Mulo. O que ele estaria fazendo?

Era muito fácil cuidar de seus homens. Eles reagiam... estavam reagindo... de acordo com plano.

Mas, e o próprio Mulo?

4.

Dois homens e os Anciãos

Os Anciãos dessa região em particular de Rossem não eram exatamente o que alguém poderia esperar. Não eram uma mera extrapolação do campesinato; mais velhos, mais autoritários, menos amigáveis.

Nem um pouco.

A dignidade que os tinha marcado no primeiro encontro havia crescido na impressão até atingir a marca de ser a característica predominante entre eles.

Os Anciãos se sentaram à mesa oval como se fossem pensadores graves e de movimentos lentos. A maioria já tinha deixado o auge do vigor físico para trás, mas os poucos que tinham barba usavam-na curta e cuidadosamente aparada. Mesmo assim, vários pareciam ter menos de quarenta anos, tornando bastante óbvio que "Anciãos" era um termo de respeito, mais do que uma descrição literal de idade.

Os dois homens do espaço exterior estavam na ponta da mesa, e, no silêncio solene que acompanhava a refeição leve que parecia cerimoniosa em vez de nutritiva, absorviam a atmosfera nova e contrastante.

Depois da refeição e de um ou dois comentários respeitosos – muito curtos e simples para serem chamados de discursos – terem sido feitos pelo Ancião mais estimado, uma informalidade tomou conta da reunião.

Foi como se a dignidade de saudar personalidades estrangeiras tivesse finalmente aberto caminho para as qualidades amáveis e rústicas da curiosidade e da simpatia.

Eles se juntaram ao redor dos dois estrangeiros e começaram uma enxurrada de perguntas.

Perguntaram se era difícil pilotar uma nave espacial, quantos homens eram necessários, se seus carros terrestres poderiam ter melhores motores, se era verdade que raramente nevava em outros mundos, como parecia ser o caso em Finstrel, quantas pessoas viviam no mundo deles, se era tão grande quanto Finstrel, se era distante, do que eram feitas suas roupas e o que as deixava com esse brilho metálico, por que eles não usavam peles, se se barbeavam todos os dias, que tipo de pedra havia no anel de Pritcher... a lista não diminuía.

E, quase sempre, as questões eram dirigidas a Pritcher, como se, por ser o mais velho, eles automaticamente o vissem como o homem de autoridade maior.

Pritcher se viu forçado a responder a cada vez mais perguntas. Era como um mergulho no meio de uma multidão de crianças. As perguntas eram de uma ingenuidade que desarmava. A vontade de saber era completamente irresistível e não poderia ser negada.

Pritcher explicou que naves espaciais não eram difíceis de pilotar e que as tripulações variavam de acordo com o tamanho, de um a muitos, que ele não conhecia detalhes dos motores dos carros, mas que sem dúvida poderiam ser melhorados, que os climas dos mundos variavam quase que infinitamente, que muitas centenas de milhões viviam em seu mundo, mas que ele era muito menor e mais insignificante do que o grande império de Finstrel, que suas roupas eram feitas de plástico de silicone, no qual o brilho metálico era artificialmente produzido pela orientação apropriada das moléculas da superfície e que elas poderiam ser aquecidas artificialmente, assim as peles eram desnecessárias, que eles se barbeavam diariamente, que a pedra em seu anel era ametista. A lista continuava. Ele acabou se abrindo, contra a vontade, a esses provincianos ingênuos.

E sempre que ele respondia algo havia uma conversa rápida entre os Anciãos, como se debatessem a informação recebida. Era difícil seguir essas discussões internas porque eles conversavam numa versão própria da língua galáctica universal e que, por causa da longa separação das correntes principais da língua, tinha ficado arcaica.

Os breves comentários entre eles, é possível dizer, quase ficavam bem perto da zona de compreensão, mas conseguiam escapar sem serem entendidos.

Até que finalmente Channis interrompeu:

– Caros senhores, vocês devem responder nossas perguntas agora, porque somos estrangeiros e seria muito interessante saber tudo o que pudermos sobre Finstrel.

E o que aconteceu em seguida foi que caiu um grande silêncio sobre a mesa e sobre cada um dos Anciãos. As mãos, que se movimentavam rápida e delicadamente, acompanhando as palavras deles como se isso lhes desse maior alcance e variadas nuances de sentido, de repente perderam as forças. Eles olharam furtivamente entre si, aparentemente querendo que alguém tomasse a iniciativa.

Pritcher interveio rapidamente:

– Meu companheiro pergunta isso de forma amigável, porque a fama de Finstrel se espalha pela Galáxia e nós, é claro, devemos informar o governador da lealdade e amor dos Anciãos de Rossem.

Nenhum suspiro de alívio se ouviu, mas rostos brilharam. Um Ancião coçou a barba, alisando-a, e disse:

– Somos servos fiéis dos senhores de Finstrel.

O aborrecimento de Pritcher com a pergunta grosseira de Channis diminuiu. Ficou aparente, pelo menos, que a idade que ele sentia como um peso não tinha diminuído sua capacidade de atenuar os erros dos outros.

Ele continuou:

– Não conhecemos, em nossa parte distante do universo, muito sobre o passado dos senhores de Finstrel. Presumimos que eles governem de forma benevolente, aqui, há muito tempo.

O mesmo Ancião que falara antes respondeu. De uma forma doce e automática, ele se tornara o porta-voz.

– Nem o avô do mais velho pode se lembrar de um tempo no qual os senhores estivessem ausentes.

– Foi uma época de paz?

– Foi uma época de paz! – ele hesitou. – O governador é um senhor forte e poderoso, que não vacilaria em punir traidores. Nenhum de nós é um traidor, é claro.

– Ele puniu alguns no passado, imagino, como mereciam.

Novamente, um momento de hesitação:

– Ninguém aqui já foi traidor, nem nossos pais ou os pais de nossos pais. Mas em outros mundos já existiram, e a morte chegou rapidamente para eles. Não é bom pensar nisso para nós, que somos homens simples, fazendeiros pobres e não nos preocupamos com a política.

A ansiedade em sua voz e a preocupação universal nos olhos de todos eram óbvias.

Pritcher falou com calma:

– Vocês poderiam nos informar como podemos conseguir uma audiência com o governador de vocês?

E, instantaneamente, um elemento de repentino desconcerto entrou na conversa.

Depois de um longo instante, o Ancião falou:

– Mas vocês não sabiam? O governador estará aqui amanhã. Ele os esperava. Foi uma grande honra para nós. Nós... nós esperamos que vocês informem como somos leais a ele.

O sorriso de Pritcher se apagou:

– Esperando por nós?

Os Anciãos trocaram olhares intrigados.

– Mas... faz uma semana que estamos esperando por vocês.

Seus aposentos eram inquestionavelmente luxuosos para esse mundo. Pritcher já tinha vivido em piores. Channis só mostrou indiferença.

Mas havia um elemento de tensão entre eles, diferente da que existira até então. Pritcher sentiu que o tempo se aproximava para uma decisão definitiva, mas ainda havia o desejo de esperar mais. Ver o governador primeiro seria aumentar a aposta a dimensões perigosas e, mesmo assim, vencer a aposta poderia dobrar várias vezes os ganhos. Ele sentiu uma onda de raiva ao ver a ruga na testa de Channis, a delicada incerteza mostrada pela forma como mordia os lábios. Ele detestava a inútil dissimulação, e queria que ela terminasse.

Acabou falando:

– Parece que fomos previstos.

– Sim – disse Channis, simplesmente.

– Só isso? Não tem mais nada a dizer? Chegamos aqui e descobrimos que o governador nos espera. Provavelmente, vamos descobrir, pelo governador, que Finstrel também já nos esperava. Como isso serve à nossa missão?

Channis olhou para o alto, sem tentar esconder o tom cansado em sua voz:

– O fato de estarem nos esperando é uma coisa; outra é se eles sabem quem somos e para que viemos.

– Você espera esconder essas coisas dos homens da Segunda Fundação?

– Talvez. Por que não? Você está pronto para se entregar? Suponha que nossa nave tenha sido detectada no espaço. É incomum um reino manter postos de observação na fronteira? Mesmo se fôssemos estrangeiros comuns, eles teriam interesse em nós.

– Interesse suficiente para um governador vir até nós, em vez de irmos até ele?

Channis deu de ombros:

– Vamos tratar dessa questão mais tarde. Vejamos como é esse governador.

Pritcher fez uma careta. A situação estava ficando ridícula.

Channis continuou com uma animação que parecia artificial:

– Pelo menos sabemos uma coisa. Finstrel é a Segunda Fundação, ou um milhão de pistas estão apontando para a direção errada. Como você interpreta o óbvio terror que esses nativos sentem em relação a Finstrel? Não vejo nenhum sinal de dominação política. O grupo de Anciãos aparentemente se reúne livremente e sem interferência de nenhum tipo. Os impostos do qual falam não parecem ser nem um pouco exagerados, e nem são coletados de modo eficiente. Os nativos falam muito de pobreza, mas parecem fortes e bem alimentados. As casas são grosseiras, e as vilas, rudes, mas obviamente adequadas para o objetivo. Na verdade, esse mundo me fascina. Nunca vi nenhum tão hostil, mas estou convencido de que a população não vive sofrendo e que suas vidas descomplicadas conseguem conter uma felicidade bem equilibrada, algo que falta nas populações sofisticadas dos centros avançados.

– Você, agora, é um admirador das virtudes rurais?

– Pelo amor das estrelas! – Channis parecia abismado com a ideia. – Só estou mostrando o significado de tudo isso. Aparentemente, Finstrel é um administrador eficiente... eficiência em um sentido bem diferente da que tinha o velho Império ou a Primeira Fundação, mesmo nossa própria União. Todos esses trouxeram eficácia mecânica a seus cidadãos, ao custo de valores mais intangíveis. Finstrel traz felicidade e suficiência. Não vê que toda a orientação do domínio deles é diferente? Não é físico, é psicológico.

– Realmente? – Pritcher se permitiu alguma ironia. – E o terror com o qual os Anciãos falaram da punição para os traidores por esses adoráveis administradores psicólogos? Como isso se encaixa na sua tese?

– Eles receberam a punição? Falam da punição de outros. É como se o conhecimento da punição estivesse tão bem implantado neles que a punição, em si, nunca tivesse sido usada. As atitudes mentais apropriadas estão de tal modo inseridas em suas mentes que tenho certeza de que não existe nenhum soldado finstreliano no planeta. Você não consegue *ver* tudo isso?

– Verei, talvez – respondeu Pritcher friamente –, quando me encontrar com o governador. E se, por acaso, *nossas* mentalidades estiverem sendo manipuladas?

Channis respondeu com um desprezo brutal:

– *Você* deveria estar acostumado com *isso*.

Pritcher ficou visivelmente pálido e, com esforço, afastou-se. Eles não trocaram nenhuma outra palavra durante todo o dia.

Foi na noite silenciosa e fria, enquanto ouvia os movimentos calmos do seu companheiro adormecido, que Pritcher ajustou silenciosamente seu transmissor de pulso para a região de ultraondas para a qual o de Channis não poderia ser ajustado e, com toques silenciosos da ponta dos dedos, contatou a nave.

A resposta chegou em pequenas vibrações que quase não eram sentidas.

Duas vezes Pritcher perguntou:

– Alguma comunicação?

Duas vezes a resposta foi a mesma:

– Nenhuma. Continuamos esperando.

Ele se levantou. Fazia frio no quarto, e ele se enrolou no cobertor de peles quando se sentou na poltrona e ficou olhando para a grande quantidade de estrelas, tão diferentes, em brilho e complexidade de arranjos, do nevoeiro uniforme da Lente Galáctica que dominava o céu noturno de sua Periferia nativa.

Em algum lugar entre as estrelas estava a resposta para as complicações que o abatiam, e ele sentiu uma forte vontade de que a solução chegasse logo e acabasse com tudo.

Por um momento, ele se perguntou novamente se o Mulo estaria certo – se a conversão teria lhe tirado o gume firme e afiado da autoconfiança. Ou era simplesmente a idade e as flutuações de todos esses últimos anos?

Ele realmente não se importava.

Estava cansado.

O governador de Rossem chegou com pouca ostentação. Seu único companheiro era o homem uniformizado que dirigia o carro.

O veículo tinha um design exuberante, mas, para Pritcher, parecia ineficiente. Era lento ao fazer curvas; mais de uma vez parou no que poderia ter sido uma troca rápida de marchas. Era óbvio, pelo design, que seu combustível era químico, não nuclear.

O governador finstreliano caminhou rapidamente pela fina camada de neve e avançou entre duas linhas de Anciãos respeitosos. Não olhou para eles, mas entrou rapidamente. Eles o seguiram.

Dos aposentos designados, os dois homens da União do Mulo assistiam a tudo. Ele – o governador – era bem gordo, baixo, pouco impressionante.

Mas, e daí?

Pritcher se amaldiçoou pela falta de coragem. Seu rosto, para ser claro, permanecia rigidamente calmo. Não sentia nenhuma humilhação visível para Channis, mas sabia muito bem que sua pressão sanguínea tinha subido, e a garganta estava seca.

Não era o caso de medo físico. Ele não era um desses homens de mente fraca, sem imaginação, pedaços de carne sem nervos – estúpidos demais para sentir medo –, mas o medo físico era algo que podia entender e descartar.

Contudo, isso era diferente. Era outro medo.

Ele olhou rapidamente para Channis. O jovem observava com os olhos vazios as unhas de uma mão, procurando alguma irregularidade.

Algo dentro de Pritcher ficou muito indignado. O que Channis tinha a temer da manipulação mental?

Pritcher recuperou o fôlego mental e tentou se lembrar do passado. Como tinha sido antes de o Mulo convertê-lo do democrata tenaz que fora, era difícil lembrar. Ele não conseguia se localizar mentalmente. Não conseguia quebrar as correntes que o prendiam emocionalmente ao Mulo. Intelectualmente, podia se lembrar de que já tentara assassinar o

Mulo, mas não conseguia se lembrar, de jeito nenhum, de suas emoções na época. Isso poderia ser um processo de autodefesa da própria mente, no entanto, porque, ao imaginar intuitivamente o que aquelas emoções poderiam ser – sem perceber os detalhes, mas somente compreendendo o fluxo disso –, sentia um enjoo no estômago.

E se o governador interferisse com sua mente?

E se os tentáculos etéreos de um homem da Segunda Fundação se insinuassem pelas fendas emocionais de sua composição e as abrissem e voltassem a juntá-las...

Não houve nenhuma sensação na primeira vez. Não houve nenhuma dor, nenhum golpe mental – nem mesmo uma sensação de descontinuidade. Ele sempre havia amado o Mulo. Se houve algum tempo antes – uns cinco curtos anos antes, quando pensou que não o havia amado, que o odiava –, isso era apenas uma terrível ilusão. Pensar na ilusão o deixava embaraçado.

Mas não houvera dor nenhuma.

Será que encontrar o governador duplicaria isso? Será que tudo aquilo pelo que passara... todo o tempo de serviço ao Mulo... toda a orientação de sua vida iria se juntar ao sonho vago, que parecia de outra vida... que ostentava aquela palavra "democracia"? O Mulo também seria um sonho e a lealdade dele, dirigida somente a Finstrel...

Abruptamente, ele se virou.

Sentiu uma forte contração no estômago.

E nesse momento a voz de Channis chocou-se contra seu ouvido:

– Acho que chegou o momento, general.

Pritcher se voltou mais uma vez. Um Ancião tinha aberto a porta silenciosamente e parado, com um respeito calmo e digno, no umbral.

Ele falou:

– Sua Excelência, o governador de Rossem, em nome dos senhores de Finstrel, tem o prazer de conceder uma audiência e solicita a presença dos senhores.

– Claro. – Channis apertou o cinto com um puxão e ajustou o capuz rossemita na cabeça.

Pritcher mordeu forte. *Esse* era o começo do verdadeiro jogo.

O governador de Rossem não tinha uma aparência formidável. Por um lado, ele estava com a cabeça descoberta e os cabelos ralos, castanho-claros tendendo para o cinza, davam-lhe um ar bondoso. Sua testa de ossos proeminentes voltou-se pra eles, e os olhos, cercados por rugas, pareciam calculistas, mas seu queixo, com a barba recém-aparada, era suave e pequeno e, por convenção universal dos seguidores da pseudociência da leitura das estruturas ósseas faciais, ele parecia "fraco".

Pritcher evitou os olhos e mirou no queixo. Ele não sabia se isso poderia funcionar – se algo funcionaria.

A voz do governador era aguda, indiferente:

– Bem-vindos a Finstrel. Saudamos em paz. Vocês já comeram?

Quarto Interlúdio

Os dois Oradores se cruzaram na estrada e pararam.

– Tenho um comunicado do Primeiro Orador.

Houve uma piscada meio apreensiva nos olhos do outro:

– Ponto de intersecção?

– Sim! Que possamos viver para ver a alvorada!

5.

Um homem e o Mulo

NÃO HAVIA NENHUM SINAL, nas ações de Channis, de que ele tivesse consciência de qualquer mudança sutil na atitude de Pritcher e no relacionamento entre ambos. Ele se inclinou no banco de madeira e esticou as pernas.

– O que você achou do governador?

Pritcher deu de ombros:

– Nada. Ele certamente não me pareceu nenhum gênio. Um espécime muito pobre da Segunda Fundação, se é isso o que ele deveria ser.

– Não acho que seja, sabe? Não tenho certeza do que pensar. Suponha que você fosse da Segunda Fundação. – Channis ficou pensativo. – O que *você* faria? Suponha que soubesse do nosso objetivo aqui. Como lidaria conosco?

– Conversão, é claro.

– Como o Mulo? – Channis olhou para o alto, subitamente. – Nós saberíamos se eles *tivessem* nos convertido? Eu me pergunto. E se eles fossem simples psicólogos, só que bastante espertos?

– Nesse caso, eu nos mataria logo.

– E nossa nave? Não – Channis negou com um dedo. – Estamos jogando contra blefadores, Pritcher, meu velho. Só pode ser um blefe. Mesmo se eles possuírem o controle emocional, nós... você e eu... somos somente a ponta de lança. É contra o Mulo que eles devem lutar e estão sendo tão cuidadosos conosco como somos com eles. Estou assumindo que sabem quem somos.

Pritcher deu um olhar frio:

– E o que você vai fazer?

– Esperar. – A palavra saiu em voz baixa. – Deixe que eles venham até nós. Estão preocupados, talvez por causa da nave, mas provavelmente pelo Mulo. Eles blefaram com o governador. Não funcionou. Ficamos tranquilos. A próxima pessoa que eles vão mandar *será* alguém da Segunda Fundação, e ele vai propor algum tipo de acordo.

– E então?

– Então faremos um acordo.

– Acho que não.

– Porque você acha que isso será trair o Mulo? Não será.

– Não, o Mulo pode lidar bem com traições, qualquer uma que você inventar. Mas continuo achando que não.

– Porque você acha que não conseguiríamos trair a Fundação?

– Talvez não. Mas essa também não é a razão.

Channis deixou que seu olhar caísse sobre o que o outro tinha na mão e disse, de mau humor:

– Então *essa* é a razão.

Pritcher acariciou seu desintegrador:

– Exato. Você está preso.

– Por quê?

– Por traição contra o Primeiro Cidadão da União.

Channis mordeu os lábios:

– O que está acontecendo?

– Traição! Como falei. E correção da situação, da minha parte.

– Quais são suas provas? Ou evidências, suposições, divagações? Ficou louco?

– Não. E você? Acha que o Mulo envia jovens ainda nem desmamados para missões de aventura ridículas, espionagem e intriga a troco de nada? Achei isso muito estranho, na hora. Mas perdi tempo duvidando de mim mesmo. Por que ele mandaria *você*? Porque sorri e se veste bem? Porque tem vinte e oito anos?

– Talvez porque sou confiável. Ou você não se interessa por razões lógicas?

– Ou talvez porque você não é confiável. O que é bastante lógico, no final das contas.

– Estamos comparando paradoxos ou é só um jogo de palavras para ver quem pode dizer menos com mais palavras?

E o desintegrador avançou, com Pritcher logo atrás. Ele parou na frente do jovem:

– De pé!

Channis se levantou sem muita pressa e sentiu o cano do desintegrador tocar seu cinto sem que tremessem os músculos do estômago.

Pritcher disse:

– O que o Mulo queria era encontrar a Segunda Fundação. Ele falhou e eu falhei, e o segredo que nenhum de nós consegue encontrar está muito bem escondido. Então havia uma incrível possibilidade... que era encontrar alguém que já conhecesse o esconderijo.

– E esse sou eu?

– Aparentemente, era. Eu não sabia na época, é claro, mas, apesar de minha mente estar ficando mais lenta, ela ainda aponta para a direção correta. Como foi fácil, para nós, encontrar o Fim da Estrela! Como foi milagroso seu exame da correta região do campo da Lente, entre um número infinito de possibilidades! E tendo feito isso, como encontramos perfeitamente o ponto correto para observar! Seu tolo! Você me subestimou tanto que achou que nenhuma combinação de golpes de sorte seria exagerada demais, que eu nunca desconfiaria?

– Você quer dizer que eu fui bem-sucedido demais?

– Bem-sucedido demais para qualquer homem leal.

– Porque os padrões de sucesso que você esperava de mim eram muito baixos?

E a pressão do desintegrador aumentou, *apesar* de que no rosto que confrontava Channis somente o brilho frio dos olhos traía a raiva crescente:

– Porque você está sendo pago pela Segunda Fundação.

– Pago – disse com um desprezo infinito. – Prove.

– Ou sob a influência mental deles.

– Sem o conhecimento do Mulo? Ridículo.

– *Com* o conhecimento do Mulo. Exatamente o que estou dizendo, jovem tolo. *Com* o conhecimento do Mulo. Você acha que de outra forma ganharia uma nave para brincar? Você nos trouxe até a Segunda Fundação, como deveria fazer.

– Estou pegando algo que preste no que você está falando. Posso perguntar por que eu faria tudo isso? Se fosse um traidor, por que os levaria à Segunda Fundação? Por que não ir de um lado para o outro da Galáxia, navegando feliz, sem encontrar nada além do que vocês já descobriram?

– Pela nave. E porque os homens da Segunda Fundação precisam, obviamente, de armas nucleares para autodefesa.

– Terá de explicar melhor que isso. Uma nave não significará nada para eles, e se acham que aprenderão ciência a partir dela e construirão usinas nucleares no ano que vem, são muito, muito ingênuos. No mesmo nível da sua simplicidade, devo dizer.

– Você terá a oportunidade de explicar isso para o Mulo.

– Vamos voltar a Kalgan?

– Ao contrário. Vamos ficar aqui. E o Mulo virá se encontrar conosco em quinze minutos... mais ou menos. Você acha que ele não nos seguiu, seu montinho de inteligência aguçada e mente ágil, cheio de autoadmiração? Você jogou muito bem a isca ao contrário. Pode não ter levado nossas vítimas até nós, mas nos levou às nossas vítimas.

– Posso me sentar – disse Channis – e explicar algo para você com desenhos? Por favor.

– Você vai ficar em pé.

– Sendo assim, posso dizer isso em pé. Você acha que o Mulo nos seguiu por causa do hipertransmissor no circuito de comunicação?

O desintegrador pode ter vacilado. Channis não poderia jurar. Ele continuou:

– Você não parece surpreso. Mas eu não perderia tempo duvidando de que se sente surpreso. Sim, eu sabia. E agora, tendo mostrado que sabia de algo que você não achava que eu soubesse, vou lhe contar algo que *você* não sabe, que sei que não sabe.

– Você se permite muitas preliminares, Channis. Eu deveria pensar que seu sentido de invenção estivesse funcionando melhor.

– Não há nenhuma invenção nisso. *Deve* haver traidores, é claro, ou agentes inimigos, se preferir o termo. Mas o Mulo sabia disso de uma forma muito curiosa. Parece, veja, que alguns dos convertidos foram manipulados.

O desintegrador se moveu dessa vez. Com certeza.

– Eu enfatizo isso, Pritcher. Foi por isso que ele precisava de mim. Eu era um não convertido. Ele não enfatizou para você que precisava de um não convertido? Será que ele lhe deu a verdadeira razão para isso?

– Tente outra coisa, Channis. Se eu estivesse contra o Mulo, saberia. – Em silêncio e rapidamente, Pritcher estava sentindo sua mente. Sentia-se o mesmo. Sentia-se o mesmo. Obviamente, o homem estava mentindo.

– Você quer dizer que se sente leal ao Mulo. Talvez. A lealdade não foi manipulada. Ela é facilmente detectada, disse o Mulo. Mas como você se sente mentalmente? Lento? Desde que começou a viagem, sentiu-se sempre normal? Ou se sentiu estranho algumas vezes, como se não fosse você mesmo? O que está tentando fazer, cavar um buraco em mim sem atirar?

Pritcher afastou o desintegrador uns centímetros:

– O que está querendo dizer?

– Digo que você foi manipulado. Completamente. Não viu o Mulo instalar aquele hipertransmissor. Não viu ninguém fazer isso. Simplesmente o encontrou, suponho, como eu também, e assumiu que foi o Mulo quem o havia colocado ali, e desde então assumiu que ele nos seguia. Claro, o transmissor de pulso que você está usando contata a nave numa ultraonda que o meu não capta. Você acha que eu não sabia disso? – Ele estava falando rápido agora, com raiva. Sua capa de indiferença tinha se dissolvido em selvageria. – Mas não é o Mulo que está vindo em nossa direção. Não é o Mulo.

– Quem, então?

– Bom, quem você acha? Descobri o hipertransmissor no dia em que partimos. Mas não achei que fosse o Mulo. *Ele* não tinha razão para usar meios indiretos naquele momento. Não vê a falta de sentido nisso? Se eu fosse um traidor e ele soubesse disso, poderia ter sido convertido tão facilmente quanto você foi, e ele arrancaria o segredo da localização da Segunda Fundação da minha mente sem me fazer viajar por metade da Galáxia. *Você* consegue esconder um segredo do Mulo? E se eu *não* soubesse, então não poderia levá-lo. Então, por que me enviar mesmo assim? Obviamente, aquele hipertransmissor deve ter sido colocado ali por um agente da Segunda Fundação. *Ela* é que está vindo em nossa direção. E você teria sido enganado se sua preciosa mente não tivesse sido manipulada? Que tipo de normalidade é a sua, que imagina que tamanha besteira seja sabedoria? *Eu*, trazer uma nave até a Segunda Fundação? O que eles fariam com uma nave? É *você* que eles querem, Pritcher. Você sabe mais sobre a União do que qualquer um além do Mulo, e não é perigoso para eles como o Mulo. É por isso que colocaram a direção da busca na minha mente. É claro, para mim seria completamente impossível encontrar Finstrel através de buscas aleatórias na Lente. Eu sabia disso. Mas sabia que a Segunda Fundação estaria atrás de nós, e sabia que eles fariam tudo isso. Por que não entrar no jogo deles? Era um jogo de blefes. Eles nos queriam e eu queria a localização deles... e o espaço carregue quem não conseguir blefar mais que o outro. Mas somos nós que iremos perder enquanto você segurar o desintegrador contra mim. Obviamente isso não é ideia sua. É deles. Dê-me o desintegrador, Pritcher. Sei que parece errado para você, mas não é a sua mente falando, é a Segunda Fundação dentro de você. Dê-me o desintegrador, Pritcher, e iremos enfrentar o que vier em seguida, juntos.

Pritcher enfrentava sua crescente confusão com horror. Plausibilidade! Ele poderia estar tão errado? Por que essa eterna dúvida sobre si mesmo? Por que ele não tinha certeza? O que fazia com que Channis parecesse tão plausível?

Plausibilidade!

Ou era sua própria mente torturada, lutando contra a invasão do alienígena.

Ele estava dividido em dois?

Via vagamente Channis parado na sua frente, a mão esticada – e, de repente, sabia que iria entregar o desintegrador.

E, quando os músculos de seu braço estavam a ponto de contraírem-se da maneira apropriada para fazer isso, a porta se abriu, sem pressa, atrás dele – o que o fez girar.

Talvez existam homens na Galáxia que possam ser confundidos com outros, mesmo por homens de mente tranquila e com tempo para longa consideração. Da mesma forma, podem existir condições na mente em que pares improváveis podem ser confundidos. Mas o Mulo se eleva acima de qualquer combinação desses dois fatores.

Nem toda a agonia de Pritcher evitou o fluxo mental instantâneo de vigor refrescante que o engolfou.

Fisicamente, o Mulo não poderia dominar nenhuma situação. Nem essa.

Ele era uma figura bastante ridícula, em camadas de roupas que o tornavam mais espesso, mas sem permitir que alcançasse dimensões normais. Seu rosto estava todo coberto e o nariz se destacava com uma cor avermelhada.

Provavelmente, como visão de salvação, não havia nenhuma incongruência pior.

O Mulo falou:

– Fique com seu desintegrador, Pritcher.

Virou-se para Channis, que encolheu os ombros e se sentou:

– O contexto emocional aqui parece bastante confuso e consideravelmente em conflito. Que história é essa de que alguma outra pessoa, além de mim, estaria seguindo vocês?

Pritcher interveio imediatamente:

– O hipertransmissor foi colocado na nossa nave por ordem sua, senhor?

O Mulo fixou seus olhos frios nele:

– Certamente. Você acha provável que qualquer outra organização na Galáxia, a não ser a União dos Mundos, tivesse acesso a um desses?

– Ele falou...

– Bom, ele está aqui, general. Citações indiretas não são necessárias. Você estava dizendo algo, Channis?

– Sim. Mas eram equívocos, aparentemente, senhor. Foi minha opinião que o hipertransmissor havia sido colocado ali por alguém pago pela Segunda Fundação, e que tínhamos sido trazidos para cá por algum objetivo deles, que eu estava preparado para combater. Eu achava que o general estivesse dominado por eles.

– Parece que você não acredita mais nisso.

– Acho que não. Ou não seria o senhor na porta.

– Bom, então vamos colocar tudo isso em pratos limpos. – O Mulo tirou as camadas exteriores de suas roupas eletricamente aquecidas. – Você se importa se eu me sentar também? Agora... estamos seguros aqui e perfeitamente livres de qualquer perigo de intromissão. Nenhum nativo deste pedaço de gelo irá sentir vontade de se aproximar deste lugar. Garanto isso. – Havia muita seriedade na insistência com que mencionava seus poderes.

Channis mostrou seu desgosto:

– Para que a privacidade? Alguém está vindo nos servir chá e trazendo dançarinas?

– Difícil. Qual era essa teoria sua, jovem? Alguém da Segunda Fundação estava seguindo vocês com um aparelho que só eu tenho e... como você disse que encontrou esse lugar?

– Aparentemente, senhor, parece óbvio, levando-se em conta os fatos conhecidos, que certas noções foram colocadas na minha cabeça...

– Por essas pessoas da Segunda Fundação?

– Mais ninguém poderia, acho.

– Então, você não pensou que se alguém da Segunda Fundação pudesse forçá-lo, atraí-lo ou enganá-lo para ir até a Segunda Fundação com objetivos próprios... e eu assumo que você imaginou que ele usou métodos similares aos meus, embora, lembre-se, consigo implantar somente emoções, não ideias... não lhe ocorreu que, se ele pudesse fazer isso, seria de pouca utilidade colocar um hipertransmissor em vocês?

Channis olhou bruscamente para cima e encontrou, assustado, os grandes olhos do Mulo. Pritcher murmurou algo, e seus ombros ficaram visivelmente relaxados.

– Não – disse Channis –, isso não me ocorreu.

– Ou que, se eles fossem obrigados a segui-lo, não poderiam se sentir capazes de direcioná-lo e que, sem ser direcionado, você teria uma pequena, preciosa chance de encontrar seu caminho para cá, como fez. *Isso* lhe ocorreu?

– Nem isso.

– Por que não? Seu nível intelectual diminuiu a esse patamar?

– A única resposta é uma pergunta, senhor. O senhor concorda com o general Pritcher na acusação de traidor?

– Você teria alguma defesa contra tal acusação de minha parte?

– Somente a que apresentei ao general. Se fosse um traidor e soubesse a localização da Segunda Fundação, o senhor poderia me converter e aprender o conhecimento diretamente. Se sentisse a necessidade de me seguir, então eu não teria o conhecimento antecipadamente, e não seria um traidor. Então, respondo a seu paradoxo com outro.

– E sua conclusão?

– Que não sou um traidor.

– Com a qual devo concordar, já que seu argumento é irrefutável.

– Então, posso perguntar por que o senhor nos seguiu secretamente?

– Porque para todos os fatos há uma terceira explicação. Tanto você como Pritcher explicaram alguns fatos, cada um de seu jeito, mas não todos. Eu... se posso tomar um pouco do tempo de vocês... explicarei tudo. E em pouco tempo, o que não os deixará entediados. Sente-se, Pritcher, e dê-me seu desintegrador. Não há nenhum perigo de ataque contra nós. Nem daqui, nem de lá. Nem mesmo da Segunda Fundação, na verdade. Graças a você, Channis.

O quarto estava iluminado à moda rossemita, com fios aquecidos eletricamente. Uma única lâmpada estava suspensa do teto e, sob seu fraco brilho amarelo, os três projetavam sombras individuais.

O Mulo continuou:

– Como senti a necessidade de seguir Channis, era óbvio que esperava ganhar algo com isso. Como ele se dirigiu à Segunda Fundação com rapidez impressionante, podemos assumir de forma razoável que isso era o que eu esperava que acontecesse. Como não recebi esse conhecimento diretamente dele, algo deve ter me impedido. Esses são os fatos. Channis, é claro, sabe a resposta. Eu também. Você está entendendo, Pritcher?

E Pritcher respondeu, de má vontade:

– Não, senhor.

– Então, explico. Somente um tipo de homem pode, ao mesmo tempo, saber a localização da Segunda Fundação e evitar que eu saiba. Channis, acho que você não é, na verdade, um traidor; é mais provável que seja um membro da Segunda Fundação.

Channis cravou os cotovelos nos joelhos quando se inclinou para a frente. Através de lábios tensos e com raiva, ele falou:

– Qual é a prova direta? A dedução já falhou duas vezes hoje.

– Há uma prova direta também, Channis. Foi muito fácil. Eu contei que meus homens tinham sido manipulados. O manipulador deveria ser, óbvio, alguém que a) fosse um não convertido e b) estivesse razoavelmente perto do centro das coisas. O campo era grande, mas não completamente ilimitado. Você era alguém muito bem-sucedido, Channis. As pessoas gostavam muito de você. Progrediu muito. Fiquei admirado... E eu o indiquei a essa expedição e você não se assustou. Observei suas emoções. Isso não o incomodou. Você exagerou na confiança, Channis. Nenhum homem realmente competente poderia ter evitado um pingo de incerteza em um empreendimento como esse. O fato de conseguir evitar isso era porque ou você era um tolo ou alguém controlado. Foi fácil testar as alternativas. Tomei sua mente em um momento em que estava relaxado e a enchi com dor por um instante, e depois removi. Você ficou bravo depois, com uma arte tão completa que poderia jurar que era uma reação natural, se não fosse o que aconteceu antes. Porque, quando toquei suas emoções, só por um instante, por um ridículo instante antes de você perceber, sua mente resistiu. Era tudo que eu precisava saber. Ninguém poderia resistir a mim, mesmo por um mínimo instante, sem um controle parecido com o meu.

A voz de Channis saiu baixa e dura:

– Bem, então? E agora?

– Agora você morre... como um membro da Segunda Fundação. É necessário, como acho que percebe.

E mais uma vez, Channis olhou para o cano de um desintegrador. Mas agora não estava sob o controle de uma mente, como a de Pritcher, passível de manipulação improvisada, e sim por uma mente madura como a sua e capaz de resistir, como a sua.

E o período de tempo que ele tinha para corrigir os eventos era pequeno.

O que se seguiu é difícil de ser descrito por alguém com o complemento normal de sentidos e a incapacidade normal de controle emocional.

Essencialmente, foi isso que Channis percebeu no pequeno espaço de tempo compreendido até que o dedo do Mulo entrasse em contato com o gatilho.

A base emocional do Mulo, naquele momento, era de uma determinação dura e decidida, sem nenhuma sombra de hesitação. Se Channis tivesse se interessado em calcular o tempo envolvido desde a determinação de atirar até a chegada das energias desintegradoras, poderia ter percebido que sua liberdade de ação era de aproximadamente um quinto de segundo.

Era um tempo absurdamente curto.

O que o Mulo percebeu naquele mesmo espaço exíguo de tempo foi que o potencial emocional do cérebro de Channis tinha crescido repentinamente sem que sua própria mente sentisse qualquer impacto e que, simultaneamente, um fluxo de ódio puro e impressionante caiu sobre ele, vindo de uma direção inesperada.

Foi esse novo elemento emocional que tirou seu polegar do gatilho. Nada mais poderia tê-lo obrigado a isso e, quase junto com essa mudança de ação, chegou a compreensão completa da nova situação.

Era uma cena que comportava bem menos do que deveria, do ponto de vista dramático, dada a importância do que continha. Havia o Mulo, com o polegar afastado do gatilho, olhando intensamente para Channis. Havia Channis, tenso, ainda não ousando respirar. E havia Pritcher, sofrendo convulsões na sua cadeira, cada músculo passando por um espasmo terrível, cada tendão se retorcendo em um esforço para se lançar à frente, seu rosto se contorcia como uma máscara mortuária de ódio horrível, e seus olhos estavam voltados completamente para o Mulo.

Somente uma ou duas palavras foram trocadas entre Channis e o Mulo – uma palavra ou duas que revelavam o fluxo de consciência emocional que continua sendo, sempre, o verdadeiro jogo de compreensão entre homens como eles. Por causa dos nossos próprios limites, é necessário traduzir em palavras o que se deu então, e o que veio depois.

Channis disse, tenso:

– Você está entre dois fogos, Primeiro Cidadão. Não consegue controlar duas mentes simultaneamente, não quando uma delas é a minha... então, precisa escolher. Pritcher está livre da sua conversão, agora. Eu cortei as ligações. Ele é o velho Pritcher, aquele que já tentou matá-lo uma vez, aquele que acha que você é o inimigo de tudo que é livre, correto e sagrado, e também sabe que você o reduziu a uma adulação abjeta por cinco anos. Estou segurando o general, suprimindo sua vontade, mas, se me matar, isso acaba, e muito antes de você conseguir girar seu desintegrador ou mesmo sua vontade... ele o matará.

O Mulo já tinha percebido isso. Ele não se moveu.

Channis continuou:

– Se tentar controlá-lo, matá-lo, fazer qualquer coisa, não será rápido o suficiente para me impedir.

O Mulo ainda não se movia. Somente um suspiro de compreensão.

– Então – continuou Channis –, jogue fora o desintegrador e permanecemos quites. Poderá recuperar Pritcher.

– Cometi um erro – disse o Mulo, finalmente. – Foi errado ter uma terceira pessoa presente quando o confrontei. Isso introduziu muitas variáveis. É um erro pelo qual devo pagar, acho.

Ele colocou o desintegrador no chão e chutou-o para o outro lado do quarto. No mesmo momento, Pritcher caiu em um sono profundo.

– Ele estará normal quando acordar – disse o Mulo, indiferente.

Toda a negociação, desde o momento em que o dedo do Mulo começou a apertar o gatilho até o momento em que jogou o desintegrador, ocupou um tempo inferior a um segundo e meio.

Mas por baixo das fronteiras da consciência, por um momento pouco mais do que o detectável, Channis capturou um brilho emocional de relance na mente do Mulo. E era de confiança e triunfo.

6.

Um homem, o Mulo – e outro

DOIS HOMENS, APARENTEMENTE relaxados e inteiramente à vontade, fisicamente muito diferentes – mas com todos os nervos que serviam como detectores emocionais tremendo com a tensão.

O Mulo, pela primeira vez em muitos anos, não tinha certeza suficiente de suas ações. Channis sabia que, apesar de conseguir se proteger no momento, era um esforço – e que o ataque sobre ele não era difícil para seu oponente. Em um teste de resistência, Channis sabia que iria perder.

Mas era letal pensar nisso. Entregar ao Mulo sua fraqueza emocional seria o mesmo que lhe entregar uma arma. Já havia aquela rápida visão de algo – como uma vitória – na mente do Mulo.

Ganhar tempo...

Por que os outros demoravam? Era essa a fonte da confiança do Mulo? O que seu oponente sabia que ele não? A mente que ele espreitava não mostrava nada. Se conseguisse ler pensamentos. E, mesmo assim...

Channis deteve bruscamente seu redemoinho mental. Só havia isso, ganhar tempo... Ele acabou falando:

– Como foi decidido, e não negado depois de nosso rápido duelo em torno de Pritcher, que sou da Segunda Fundação, suponho que me dirá por que vim a Finstrel.

– Oh, não – e o Mulo riu, com confiança. – Não sou Pritcher. Não preciso explicar-lhe nada. Você teve o que imaginou serem as suas razões. Independentemente de quais sejam, suas ações me serviram bem, então não questiono mais nada.

– Deve haver buracos como esse na sua concepção da história. Será que Finstrel é a Segunda Fundação que você esperava encontrar? Pritcher falou muito de outra tentativa de encontrá-la e do seu psicólogo, Ebling Mis. Ele balbuciou bastante sob meu... ah... leve encorajamento. Pense em Ebling Mis, Primeiro Cidadão.

– Por que deveria? – Confiança!

Channis sentia que a confiança estava se fortalecendo, como se, com a passagem do tempo, qualquer ansiedade que o Mulo pudesse ter sentido estivesse desaparecendo.

Ele falou, impedindo firmemente o fluxo de desespero:

– Não tem curiosidade, então? Pritcher me falou da grande surpresa de Mis com *algo*. Havia uma insistência terrível, drástica, na rapidez, para avisar a Segunda Fundação. Por quê? Por quê? Ebling Mis morreu. A Segunda Fundação não foi avisada. E mesmo assim ela existe.

O Mulo sorriu, satisfeito e com um súbito e surpreendente surto de crueldade que Channis sentiu avançar e, repentinamente, desaparecer:

– Mas, aparentemente, a Segunda Fundação *foi* avisada. De outra forma, como e por que um Bail Channis chegou a Kalgan para manipular meus homens e assumir a ingrata tarefa de me enganar? O aviso veio muito tarde, só isso.

– Então – e Channis permitiu que a piedade surgisse –, você nem sabe o que é a Segunda Fundação, ou algo sobre o sentido mais profundo de tudo que aconteceu?

Ganhar tempo!

O Mulo sentiu a piedade do outro e seus olhos transmitiram hostilidade instantânea. Ele esfregou o nariz com seu conhecido gesto de quatro dedos e disse:

– Divirta-se, então. O que *tem* a Segunda Fundação?

Channis falou deliberadamente, em palavras, em vez de simbologia emocional:

– Do que ouvi, foi o mistério que circundava a Segunda Fundação que mais intrigou Mis. Hari Seldon fundou suas duas unidades de forma muito diferente. A Primeira Fundação era uma ostentação que, em dois séculos, deslumbrava metade da Galáxia. E a Segunda era um abismo escuro. Você não entenderá por que foi assim, a menos que possa sentir a atmosfera intelectual do Império em decadência. Era um tempo de absolutos, de grandes generalidades finais, pelo menos no pensamento. Era um sinal de cultura decadente, claro, barragens erguidas contra o desenvolvimento das ideias. Foi sua revolta contra essas represas que tornaram Seldon famoso. Foi essa última centelha de criação juvenil presente nele que acendeu o Império em um brilho de crepúsculo e serviu como um fraco presságio do nascer do sol do Segundo Império.

– Muito dramático. E daí?

– Então, ele criou suas Fundações de acordo com as leis da psico-história, mas ninguém sabia, mais do que ele, que até essas leis são relativas. *Ele* nunca criou um produto finalizado. Produtos finalizados são para mentes decadentes. Ele tinha um mecanismo em desenvolvimento e a Segunda Fundação era o instrumento dessa evolução. *Nós*, Primeiro Cidadão da sua União Temporária dos Mundos, *nós* somos os guardiões do Plano Seldon. Somente nós!

– Você está tentando injetar coragem em si mesmo – perguntou o Mulo depreciativamente – ou está tentando me impressionar? Porque a Segunda Fundação, o Plano Seldon, o Segundo Império, nada disso me impressiona nem um pouco, nem me traz um pingo de compaixão, simpatia, responsabilidade ou qualquer outra ajuda emocional que você possa estar querendo extrair de mim. E, de qualquer forma, pobre tolo, fale da Segunda Fundação no passado, porque ela foi destruída.

Channis sentiu o potencial emocional que pressionava sua mente a crescer em intensidade quando o Mulo se levantou e se aproximou. Lutou furiosamente, mas algo rastejava implacavelmente para dentro dele, batendo e torcendo sua mente – para trás.

Ele sentiu a parede às suas costas e o Mulo o encarou, com os braços ossudos na cintura, um sorriso medonho por baixo da montanha de nariz.

O Mulo disse:

– O seu jogo acabou, Channis. O jogo de todos vocês... de todos os homens do que costumava ser a Segunda Fundação. Do que era! *Do que era!* O que você estava fazendo aqui sentado todo esse tempo, falando besteira com Pritcher, quando poderia ter pegado seu desintegrador com pouco esforço físico? Estava esperando por mim, não é? Esperando para me receber em uma situação que não despertaria minhas suspeitas. Uma pena para você que não precisavam ser despertadas. Eu o conhecia. Conhecia muito bem, Channis da Segunda Fundação. Mas o que você está esperando agora? Ainda joga palavras desesperadamente em minha direção, como se o mero som de sua voz pudesse me congelar. E durante todo o tempo, algo em sua mente está esperando e esperando, e ainda espera. Mas ninguém virá. Nenhum daqueles que você espera... nenhum dos seus aliados. Você está sozinho aqui, Channis, e permanecerá sozinho. Sabe por quê? Porque sua Segunda Fundação me subestimou completamente. Eu sabia do plano deles desde o começo. Eles achavam que eu o seguiria até aqui e me tornaria carne para o cozido deles. Você foi uma isca, na verdade... uma isca para o pobre e estúpido mutante, tão obcecado por controlar um império que cairia fácil em uma armadilha tão óbvia. Mas me tornei o prisioneiro? Fico pensando se ocorreu a eles que dificilmente eu viria sem minha frota, cuja artilharia, em apenas uma unidade, é superior a eles? Pensaram que eu iria fazer uma pausa, para discutir ou esperar eventos? Minhas naves foram lançadas contra Finstrel há doze horas e já cumpriram perfeitamente a missão. Finstrel está em ruínas; seus centros populacionais foram destruídos. Não houve resistência. A Segunda Fundação já não existe, Channis... e eu, o grotesco, o horrível fracote, sou o governante da Galáxia.

Channis só poderia balançar a cabeça debilmente:

– Não... Não...

– Sim... Sim... – imitou o Mulo. – E se você é o último deles vivo, e pode bem ser, isso não irá durar muito.

E se seguiu uma pausa curta e eloquente. Channis quase uivou com a repentina dor da penetração dos tecidos mais profundos de sua mente.

O Mulo se afastou e murmurou:

– Não é o suficiente. Você não passou no teste, afinal. Seu desespero é fingido. Seu medo não é o amplo e devastador que acompanha a destruição de um ideal, mas o débil choro da destruição pessoal.

E a mão fraca do Mulo apertou a garganta de Channis num aperto débil, mas que Channis era incapaz de evitar.

– Você é meu seguro, Channis. Minha direção e minha salvaguarda contra qualquer subestimação que possa cometer.

– Os olhos do Mulo tentavam penetrá-lo. Insistentes... Exigentes... – Eu calculei corretamente, Channis? Fui mais esperto que os homens da Segunda Fundação? Finstrel *está* destruída, Channis, completamente destruída; então, por que o desespero fingido? Onde está a realidade? Quero a realidade e a verdade! Fale, Channis, fale. Eu não penetrei, então, fundo o bastante? O perigo ainda existe? *Fale, Channis.* Onde errei?

Channis sentiu as palavras escaparem da sua boca. Elas não saíram por livre vontade. Ele fechou a boca para evitar. Mordeu a língua. Todos os músculos de sua garganta ficaram tensos.

Mas elas saíram – aos bocados – arrancadas à força e rasgando sua garganta, língua e dentes no caminho.

– A verdade – ele gemeu –, a verdade...

– Sim, a verdade. O que resta fazer?

– Seldon fundou a Segunda Fundação aqui. Aqui, como falei. E não estou mentindo. Os psicólogos chegaram e tomaram o controle da população nativa.

– De Finstrel? – O Mulo mergulhou profundamente na tortura das emoções do outro, rasgando-as brutalmente. – É Finstrel que destruí. Sabe o que quero. Entregue-me.

– Finstrel, *não*. Eu *disse* que os homens da Segunda Fundação podem não ser aqueles que parecem estar no poder; Finstrel é decorativo... – As palavras estavam quase irreconhecíveis, formando-se contra a vontade de cada átomo do homem da Segunda Fundação. – Rossem... Rossem... *Rossem é o mundo...*

O Mulo afrouxou a mão e Channis caiu, dolorido e torturado.

– E você achou que podia me enganar? – disse o Mulo, em voz baixa.

– Você *foi* enganado. – Era o último traço de resistência de Channis.

– Mas não por muito tempo, para você e os seus. Estou me comunicando com minha frota. Depois de Finstrel, pode vir Rossem. Mas primeiro...

Channis sentiu a excruciante escuridão se fechar contra ele e o braço que levantou automaticamente para proteger os olhos não pôde evitá-la. Era uma escuridão que estrangulava, e, enquanto sentia sua mente ferida e machucada recuar, sumindo para uma escuridão eterna, surgiu uma última imagem do Mulo triunfante – uma figura ridícula, com seu nariz comprido, carnudo, tremendo com suas gargalhadas.

O som desapareceu. A escuridão o abraçou carinhosamente.

Ela terminou com uma sensação repentina que era como o brilho de uma luz piscando, e Channis voltou lentamente à terra enquanto sua visão retornava dolorosamente, em uma transmissão borrada por olhos cheios de lágrimas.

Sua cabeça doía muito e era só com uma agonia, que parecia uma facada, que ele era capaz de mover o braço para tocá-la.

Obviamente, estava vivo. Calmamente, como plumas erguidas por um redemoinho que já passava, seus pensamentos começaram a se assentar. Ele se sentiu tomado por um conforto externo. Vagarosamente, de forma torturante, moveu o pescoço – e o alívio era uma pontada aguda.

A porta estava aberta; e o Primeiro Orador parado justamente na entrada. Ele tentou falar, gritar, avisar – mas sua língua congelou, e ele sabia que uma parte da poderosa mente do Mulo ainda o prendia e o impedia de falar.

Ele moveu o pescoço mais uma vez. O Mulo ainda estava no quarto. Estava bravo, e com os olhos brilhando. Não estava mais rindo, mas seus dentes estavam à mostra em um sorriso feroz.

Channis sentiu a influência mental do Primeiro Orador movendo-se gentilmente sobre sua mente com um toque de cura e, depois, uma sensação paralisante quando entrou em contato com a defesa do Mulo por um instante de luta, e desistiu.

O Mulo disse com raiva, com uma fúria que era grotesca em seu exíguo corpo:

– Então outro veio me cumprimentar. – Sua mente ágil alcançou a parte de fora do quarto... – Você está sozinho.

E o Primeiro Orador o interrompeu, concordando:

– Realmente, estou sozinho. É necessário que esteja sozinho, já que fui eu quem errou os cálculos sobre o seu futuro, há cinco anos. Eu ficaria bem satisfeito se conseguisse corrigir essa questão sem nenhuma ajuda. Infelizmente, não contava com a força do seu campo de repulsa emocional que circundava esse lugar. Demorei a entrar. Dou os parabéns pela habilidade com a qual foi construído.

– Obrigado por nada – foi a resposta hostil. – Não me dirija elogios. Você veio juntar a migalha de seu cérebro ao daquele pobre pilar quebrado de seu reino?

O Primeiro Orador sorriu:

– Ah, o homem que você chama de Bail Channis realizou sua missão muito bem, ainda mais porque ele não poderia se igualar a você de jeito nenhum. Posso ver, é claro, que você o maltratou, mas é possível que ainda possamos restaurá-lo completamente. Ele é um homem corajoso, senhor. Foi voluntário para essa missão, apesar de termos sido capazes de calcular matematicamente as grandes chances de dano à sua mente... uma alternativa mais assustadora do que mutilação física.

A mente de Channis pulsou de forma fútil com o que queria dizer, mas não conseguia; o aviso que desejava gritar e era incapaz. Ele só conseguia emitir aquela contínua onda de medo... medo...

O Mulo estava calmo.

– Você sabe, é claro, da destruição de Finstrel.

– Sei. O assalto da sua frota foi previsto.

Sinistro, o Mulo continuou:

– Sim, acredito. Mas não evitado, não é?

– Não, não foi evitado. – A simbologia emocional do Primeiro Orador era bastante simples. Quase como um auto--horror, um completo autodesgosto. – E a culpa é muito mais minha do que sua. Quem poderia ter imaginado os seus poderes cinco anos atrás? Suspeitamos desde o início... do momento em que você capturou Kalgan... que tinha o poder do controle emocional. Isso não foi muito surpreendente, Primeiro Cidadão, como posso explicar. O contato emocional como nós possuímos não é um desenvolvimento muito novo. Na verdade, é implícito no cérebro humano. A maioria dos humanos consegue ler as emoções de uma forma bem primitiva, associando-as pragmaticamente a expressões faciais, tons de voz e assim por diante. Uma boa parte dos animais possui a faculdade em um grau mais alto, eles usam o sentido do olfato e as emoções envolvidas são, é claro, bem menos complexas. Na verdade, os humanos são capazes de muito mais, porém, a faculdade de direcionar o contato emocional tendeu à atrofia com o desenvolvimento da fala, há um milhão de anos. Foi o maior avanço da nossa Segunda Fundação que esse sentido esquecido tenha sido restaurado para, pelo menos, algumas das suas potencialidades. Mas não nascemos para usá-lo por completo. Um milhão de anos de decadência é um obstáculo formidável, e devemos educar o sentido, exercitá-lo como exercitamos nossos músculos. E aí está nossa principal diferença. *Você* nasceu com isso. Até aí, conseguimos calcular. Também conseguimos calcular o efeito de um sentido assim em uma pessoa no meio de um mundo de homens que não o possuíam. O homem com visão no reino dos cegos... calculamos a extensão da megalomania que tomaria conta de você e pensávamos que estávamos preparados. Mas, por dois fatores, não estávamos. O primeiro foi a grande extensão de seu sentido. *Nós* podemos induzir o contato emocional somente quando temos contato visual, que é o motivo pelo qual somos mais indefesos contra armas físicas do que você poderia imaginar. A visão desempenha um papel muito importante. Não é o mesmo com você, que sabemos ser capaz de controlar muitos homens e ter contato emocional íntimo com eles sem precisar ser visto ou ouvido. Isso foi descoberto tarde demais. Em segundo lugar, não sabíamos dos seus problemas físicos, principalmente o que parece ser tão importante para você, a ponto de ter adotado o nome de Mulo. Não previmos que você não só era um mutante, mas um mutante estéril, e a distorção psíquica do seu complexo de inferioridade nos escapou. Só levamos em conta a megalomania... não uma intensa paranoia psicótica também. Eu tenho a responsabilidade de ter deixado isso passar, porque era o líder da Segunda Fundação quando você capturou Kalgan. Quando destruiu a Primeira Fundação, nós descobrimos... mas era muito tarde... e por essa falha milhões morreram em Finstrel.

– E você vai corrigir as coisas agora? – Os lábios do Mulo se abriram, a mente dele pulsava de ódio. – O que vai fazer? Me engordar? Restaurar meu vigor masculino? Apagar do meu passado a longa infância em um ambiente estranho? Você lamenta os *meus* sofrimentos? Lamenta a *minha* infelicidade? Não tenho nenhum remorso pelo que fiz quando tive necessidade. Deixe que a Galáxia se proteja o melhor que puder, porque não recebi nenhuma proteção quando precisei.

– As suas emoções são, é claro – disse o Primeiro Orador –, produto do seu passado e não podem ser condenadas... somente modificadas. A destruição de Finstrel era inevitável. A alternativa teria sido uma destruição muito maior por toda a Galáxia, por um período de séculos. Fizemos o melhor que pudemos de acordo com nossos limites. Retiramos o máximo de homens de Finstrel. Descentralizamos o resto do mundo. Infelizmente, nossas medidas foram bem abaixo do necessário. Milhões ficaram para morrer... você não se arrepende disso?

– Nem um pouco, não mais do que me arrependo das centenas de milhares que devem morrer em Rossem, em menos de seis horas.

– Em Rossem? – perguntou o Primeiro Orador, rapidamente.

Ele se voltou para Channis, que tinha se forçado a ficar numa postura meio sentada, e sua mente exerceu sua força. Channis sentiu o duelo de mentes sobre ele, houve uma ligeira quebra das correntes e as palavras começaram a sair de sua boca:

– Senhor, eu falhei completamente. Ele me forçou, dez minutos antes de sua chegada. Não consegui resistir e não tenho desculpas para isso. Ele sabe que Finstrel não é a Segunda Fundação. Sabe que Rossem é.

E as correntes se fecharam novamente.

O Primeiro Orador franziu a testa:

– Entendo. O que você planeja fazer?

– Você realmente duvida? Realmente acha difícil entender o óbvio? Todo esse tempo em que você me deu uma aula sobre a natureza do contato emocional... todo esse tempo em que você me jogou palavras como megalomania e paranoia, eu estive trabalhando. Estive em contato com minha frota e dei ordens. Em seis horas, a menos que eu, por algum motivo, mude minhas ordens, eles bombardearão Rossem, exceto esta vila e uma área de cento e cinquenta quilômetros quadrados ao redor. Eles vão completar o trabalho e depois vão pousar aqui. Você tem seis horas e, nesse período, não conseguirá derrotar minha mente, nem salvar o resto de Rossem.

O Mulo abriu os braços e riu novamente enquanto o Primeiro Orador parecia encontrar dificuldades em absorver a nova situação.

Por fim, disse:

– Qual é a alternativa?

– Por que deveria dar uma alternativa? Não tenho nada a ganhar com uma alternativa. É com as vidas em Rossem que devo ser cauteloso? Talvez, se você permitir que minhas naves pousem e todos vocês se rendam... todos os homens da Segunda Fundação... a um controle mental que eu aprove, posso modificar as ordens de bombardeio. Pode valer a pena colocar tantos homens de grande inteligência sob meu controle. Mas, por outro lado, seria um esforço considerável e talvez não valesse a pena, afinal, então não estou particularmente interessado em que você concorde com isso. O que diz, homem da Segunda Fundação? Qual arma tem contra minha mente que é tão forte quanto a sua, no mínimo, e contra minhas naves, que são mais fortes do que qualquer coisa que você já sonhou possuir?

– O que eu tenho? – repetiu o Primeiro Orador, devagar. – Bem, nada... exceto um pequeno grão... um grão de conhecimento tão pequeno que nem você possui.

– Fale rapidamente – riu o Mulo. – Seja inventivo. Não importa o quanto você se contorça, não há saída.

– Pobre mutante – disse o Primeiro Orador. – Eu não tenho por que fugir. Pergunte a si mesmo: por que Bail Channis foi enviado a Kalgan como isca? Bail Channis que, embora jovem e corajoso, é quase tão inferior mentalmente, em comparação a você, quanto esse seu oficial dorminhoco, esse Han Pritcher. Por que não fui eu, ou outro dos nossos líderes, alguém que estaria mais à sua altura?

– Talvez – veio a resposta de uma confiança suprema – vocês não tenham sido suficientemente tolos, já que provavelmente nenhum está à minha altura.

– A verdadeira razão é mais lógica. Você sabia que Channis era da Segunda Fundação. Ele não tinha a capacidade de esconder isso. E sabia, também, que era superior a ele, então não teve medo de seguir o jogo, como ele queria. Se eu tivesse ido para Kalgan, você teria me matado porque saberia que eu era um perigo real ou, se eu tivesse evitado a morte, escondendo minha identidade, ainda assim teria falhado e não o convenceria a me seguir pelo espaço. Foi o conhecimento da inferioridade dele que o atraiu. E se você tivesse permanecido em Kalgan, nem todas as forças da Segunda Fundação poderiam feri-lo, cercado como estava por seus homens, suas máquinas e seu poder mental.

– Meu poder mental ainda está comigo – disse o Mulo. – E meus homens e máquinas não estão longe.

– Verdade, mas você não está em Kalgan. Está aqui no Reino de Finstrel, logicamente apresentado a você como a Segunda Fundação... muito logicamente apresentado. Precisava ser assim, porque você é um homem inteligente, Primeiro Cidadão, e só seguiria a lógica.

– Correto, e foi uma vitória momentânea para o seu lado, mas ainda tive tempo de arrancar a verdade do seu homem, Channis, e ainda tive sabedoria para perceber que tal verdade poderia existir.

– E do nosso lado, ó, criatura não-tão-suficientemente-sutil, houve a percepção de que você poderia dar um passo além, e assim Bail Channis estava preparado para você.

– O que ele certamente não estava, porque estripei todo o seu cérebro, como uma galinha depenada. Ele tremeu, nu, abriu a mente, e, quando disse que Rossem era a Segunda Fundação, era a verdade básica, porque eu o havia esmagado e polido a um ponto em que não haveria fenda ou irregularidade onde o menor grão de mentira pudesse se esconder.

– Bastante verdade. Tanto melhor que fizemos boas previsões. Porque eu já disse que Bail Channis era voluntário. Você sabe que tipo de voluntário? Antes de deixar nossa Fundação para Kalgan e você, ele se submeteu a uma cirurgia emocional de natureza drástica. Você acha que seria suficiente enganá-lo? Acha que Bail Channis, mentalmente intocado, conseguiria mentir para você? Não, Bail Channis foi ele mesmo enganado, por necessidade e voluntariamente. Na profundeza de sua mente, Bail Channis honestamente acredita que Rossem seja a Segunda Fundação. E, por três anos, nós da Segunda Fundação construímos essa aparência aqui, no Reino de Finstrel, preparando-nos e esperando por você. E fomos bem-sucedidos, não? Você penetrou em Finstrel e, além disso, em Rossem, mas, além disso, não conseguiu ir.

O Mulo estava de pé:

– Você ousa me contar que Rossem também não é a Segunda Fundação?

Channis, do chão, sentiu suas correntes se arrebentarem completamente, sob um fluxo de força mental vindo do lado do Primeiro Orador, e se endireitou. Ele deixou escapar um grito longo e incrédulo:

– Quer dizer que Rossem *não* é a Segunda Fundação?

As memórias da vida, o conhecimento de sua mente – tudo entrava num redemoinho de confusão.

O Primeiro Orador sorriu:

– Vê, Primeiro Cidadão. Channis está tão perturbado quanto você. É claro, Rossem não é a Segunda Fundação. Somos loucos, então, para levá-lo, nosso maior, mais poderoso inimigo, ao nosso próprio mundo? Oh, não! Deixe que sua frota bombardeie Rossem, Primeiro Cidadão, se pretende deixar as coisas seguirem desse jeito. Porque, no máximo, eles podem matar Channis e a mim mesmo... e isso não melhorará nem um pouco sua situação. Porque a Expedição da Segunda Fundação para Rossem, que está aqui há três anos e funcionou, temporariamente, como os Anciãos nessa vila, embarcou ontem e está voltando para Kalgan. Eles irão evitar sua frota, claro, e chegarão a Kalgan pelo menos um dia antes de você, e essa é a razão pela qual eu lhe conto isso. A menos que eu envie ordens em contrário, quando retornar, você encontrará um império em revolta, um reino desintegrado, e somente os homens com você, em sua frota aqui, permanecerão leais. Eles estarão em completa minoria. Além do mais, os homens da Segunda Fundação estarão com sua frota doméstica e garantirão que você não consiga reconverter ninguém. Seu império está terminado, mutante.

Vagarosamente, o Mulo abaixou a cabeça, porque a raiva e o desespero dominavam sua mente por completo:

– Sim. Muito tarde. Muito tarde. Agora eu vejo.

– Agora você vê – concordou o Primeiro Orador. – E agora, não.

No desespero do momento, quando a mente do Mulo se abriu, o Primeiro Orador – pronto para aquele momento e certo de sua natureza – entrou rapidamente. Foi preciso apenas uma insignificante fração de segundo para consumar a mudança completamente.

O Mulo olhou para cima e disse:

– Então, devo retornar a Kalgan?

– Certamente. Como se sente?

– Excelente – piscou os olhos. – Quem é você?

– Isso é importante?

– É claro que não. – Ele descartou o assunto e tocou o ombro de Pritcher.

– Acorde, Pritcher, estamos indo para casa.

Duas horas depois, Bail Channis sentiu-se forte o suficiente para andar sozinho. Ele comentou:

– Ele não irá se lembrar?

– Nunca. Ele retém seu poder mental e seu império... mas suas motivações agora são inteiramente diferentes. A noção de uma Segunda Fundação é um branco para ele, que se tornou um homem de paz. Ele será um homem muito mais feliz de agora em diante também, durante os poucos anos de vida que ainda lhe restam, por causa de seu físico mal ajustado. E então, depois de sua morte, o Plano Seldon continuará... de alguma forma.

– E é verdade – perguntou Channis –, é verdade que Rossem não é a Segunda Fundação? Eu poderia jurar... digo que *sei* que é. Não estou louco.

– Você não está louco, Channis, simplesmente, como eu falei, foi modificado. Rossem *não* é a Segunda Fundação. Venha! Nós também estamos indo para casa.

Último Interlúdio

Bail Channis sentou-se na pequena sala branca e permitiu que sua mente relaxasse. Ele estava satisfeito de viver no presente. Havia as paredes e a janela e a grama do lado de fora. Elas não tinham nomes. Elas eram somente coisas. Havia uma cama e uma cadeira e livros que iam avançando na tela ao pé da sua cama. Havia uma enfermeira que trazia a comida.

No começo ele tinha feito esforços para juntar os pedaços de tudo que ouvia. Por exemplo, esses dois homens conversando.

Um tinha dito:

– Afasia completa agora. Está limpo e acho que sem danos. Somente será necessário retornar a gravação da composição de ondas cerebrais original.

Ele se lembrou dos sons mecanicamente, e por alguma razão eles pareceram bem peculiares – como se significassem algo. Mas por que se importar?

Melhor assistir à linda mudança de cores na tela aos pés da coisa sobre a qual ele está deitado.

Então, alguém entrou e fez coisas com ele e, por um bom tempo, ele dormiu.

E, quando aquilo passou, a cama de repente virou uma cama, ele sabia que estava no hospital e as palavras de que se lembrava faziam sentido.

Ele se sentou:

– O que está acontecendo?

O Primeiro Orador estava ao seu lado:

– Você está na Segunda Fundação e recuperou sua mente; sua mente original.

– Sim! *Sim*! – Channis percebeu que ele era *ele mesmo* e havia triunfo e alegria nisso.

– Agora, diga-me – falou o Primeiro Orador –, agora você sabe onde está a Segunda Fundação?

E a verdade chegou em uma tremenda onda e Channis não respondeu. Como Ebling Mis antes dele, foi tomado por uma vasta e paralisante surpresa.

Até que finalmente ele balançou a cabeça e falou:

– Pelas Estrelas da Galáxia, agora eu sei.

PARTE 2

A BUSCA DA FUNDAÇÃO

─────── **Darell, Arkady...**

Romancista, nascida em 11, 5, 362 E.F., falecida em 1, 7, 443 E.F. Apesar de ser principalmente uma escritora de ficção, Arkady Darell é mais conhecida pela biografia de sua avó, Bayta Darell. Apoiada em informações em primeira mão, serviu durante séculos como uma fonte primária de informação sobre o Mulo e sua época... Como *Memórias Escancaradas*, seu romance *Tempo e Tempo e Além* é uma reflexão comovente da brilhante sociedade kalganiana do começo do Interregno, baseada, diz-se, em uma visita a Kalgan em sua juventude...

ENCICLOPÉDIA GALÁCTICA

7.

Arcádia

ARCÁDIA DARELL DECLAMOU firmemente no microfone de seu transcritor:

– O futuro do Plano Seldon, por A. Darell. – E pensou tristemente que algum dia, quando fosse uma grande escritora, escreveria todas as suas obras-primas sob o pseudônimo de Arkady. Só Arkady. Nenhum sobrenome.

"A. Darell" *seria* somente o tipo de coisa que ela colocaria em todas as redações de sua aula de composição e retórica – tão sem graça. Todas as outras crianças tinham de fazer o mesmo, exceto Olynthus Dam, porque toda a turma riu quando ele falou seu nome pela primeira vez. E "Arcádia" era nome de menininha, que ela tinha herdado de sua bisavó; os pais dela não tinham *nenhuma* imaginação.

Agora que tinha catorze anos e dois dias, era de se esperar que os pais reconhecessem o simples fato de que já era uma adulta e passassem a chamá-la de Arkady. Seus lábios se apertaram quando pensou em seu pai desviando os olhos de seu leitor de livros por tempo suficiente para dizer:

– Mas se você vai fingir que tem dezenove, Arcádia, o que irá fazer quando tiver vinte e cinco e todos os rapazes acharem que tem trinta?

Deitada na poltrona especial, ela conseguia ver o espelho do guarda-roupa. Seu pé atrapalhava um pouco a vista porque o chinelo estava pendurado pelo dedão. Então ela o calçou e sentou-se com uma rigidez pouco natural que, de alguma forma, ela sentia que lhe encompridava o pescoço em uns majestosos e elegantes cinco centímetros.

Por um momento, considerou seu rosto pensativamente – muito gordo. Ela abriu a boca um pouco, mantendo os lábios fechados, e observou os traços resultantes de magreza antinatural por todos os ângulos. Passou a língua pelos lábios, deixando-os macios e úmidos. Depois deixou as pálpebras caírem de uma forma cansada – oh, céus, se essas bochechas não fossem dessa ridícula cor *rosa*.

Ela tentou colocar os dedos nos cantos externos de seus olhos e puxou as pontas um pouco para conseguir aquele olhar lânguido e misterioso das mulheres dos sistemas estelares internos, mas suas mãos estavam na frente e ela não conseguia ver o rosto muito bem.

Então, ela levantou o queixo, ficou meio de perfil e, com os olhos um pouco torcidos por olhar pelos cantos e os músculos do pescoço doloridos, disse, em uma voz uma oitava abaixo de seu tom natural:

– Realmente, pai, se você acha que faz uma *partícula* de diferença para mim o que alguns estúpidos *garotos* pensam, você só...

E então se lembrou de que ainda estava com o transmissor ligado na mão e disse, chateada:

– Ah, droga. – E desligou-o.

O papel ligeiramente violeta, com as margens alaranjadas no lado esquerdo, mostrava o seguinte:

O FUTURO DO PLANO SELDON, POR A. DARELL

"Realmente, pai, se você acha que faz uma *partícula* de diferença para mim o que alguns estúpidos *garotos* pensam, você só..."

"Ah, droga."

Ela puxou, aborrecida, a folha de papel da máquina e outra apareceu no lugar com um clique.

Mas seu rosto ficou mais tranquilo, mesmo assim, e sua pequena boca se esticou em um sorriso satisfeito. Ela cheirou o papel com delicadeza. Exato. O toque exato de elegância e charme. E a caligrafia era mesmo a mais moderna.

A máquina tinha sido entregue dois dias antes em seu primeiro aniversário adulto. Ela dissera:

– Mas pai, todo mundo... absolutamente *todo mundo* na minha classe com menor pretensão de *ser* alguém tem uma. Ninguém, a não ser alguns velhos sonsos, usam máquinas com teclas...

O vendedor tinha dito:

– Não há outro modelo tão compacto, por um lado, e adaptável, pelo outro. Ela irá seguir a ortografia e a pontuação corretas de acordo com o sentido da sentença. Naturalmente, é uma grande ajuda para a educação, porque encoraja o usuário a empregar enunciação cuidadosa e pausada para garantir a ortografia correta, sem falar da exigência de uma pronúncia elegante e apropriada para a correta pontuação.

Mesmo assim, seu pai tentou comprar uma geringonça para digitação, como se ela fosse uma professora velha, seca e solteirona.

Mas, quando foi entregue, era o modelo que ela queria... obtido, talvez, com um pouco mais de choro e reclamação do que se esperava de uma adulta de catorze anos... e o texto saía numa caligrafia feminina charmosa, com as mais lindas letras maiúsculas que alguém já havia visto.

Mesmo a frase "Ah, droga" de alguma forma tinha glamour quando era feita pelo transcritor.

Mas ela tinha de completar a tarefa, então, sentou-se direito na poltrona, colocou seu rascunho na frente, de forma séria, e recomeçou, com esmero e clareza; seu abdome reto, o peito levantado, e a respiração, cuidadosamente controlada. Ela usava entonação, com fervor dramático:

– O Futuro do Plano Seldon. A história do passado da Fundação é, tenho certeza, bem conhecida por todos nós, que tivemos a sorte de sermos educados no sistema escolar do nosso planeta, que é eficiente e conta com bons funcionários.

(Pronto! Isso seria uma boa forma de começar com a srta. Erlking, aquela bruxa velha.)

– Aquela história é, em boa parte, a história do grande Plano de Hari Seldon. Os dois são o mesmo. Mas a questão, na mente da maioria das pessoas hoje, é se esse Plano continuará em toda a sua grande sabedoria ou se será destruído ou, quem sabe, já tenha sido destruído. Para entender isso, talvez seja melhor revisar rapidamente alguns dos pontos principais do Plano, como foi revelado para a humanidade até o momento.

(Essa parte era fácil porque ela tinha tido história moderna no semestre anterior.)

– Nos dias, quase quatro séculos atrás, em que o Primeiro Império Galáctico estava caindo na paralisia que precedeu sua morte final, um homem... o grande Hari Seldon... previu que o fim se aproximava. Por meio da ciência da psico--história, cuja matemática intrinquada está esquecida há muito tempo...

(Ela fez uma pausa porque ficou com uma pequena dúvida. Tinha certeza de que "intricada" se pronunciava com *c* e a ortografia não parecia certa. Oh, bem, a máquina não poderia estar errada...)

– ... ele, e os homens que trabalhavam com ele, foram capazes de prever o curso das grandes correntes sociais e econômicas que varriam a Galáxia na época. Era possível perceber que, deixado por si, o Império iria se dissolver e que, depois, haveria pelo menos trinta mil anos de caos anárquico antes do estabelecimento de um novo Império. Era muito tarde para evitar a grande Queda, mas ainda possível, pelo menos, diminuir o período intermediário de caos. O plano era, assim, fazer com que apenas um milênio separasse o Segundo Império do Primeiro. Estamos terminando o quarto século daquele milênio, e muitas gerações de homens viveram e morreram enquanto o Plano continuou seu funcionamento inexorável. Hari Seldon estabeleceu duas Fundações nos extremos opostos da Galáxia, de uma maneira e sob tais circunstâncias que produzissem a melhor solução matemática para seu problema psico-histórico. Em uma delas, na *nossa* Fundação, estabelecida aqui em Terminus, ficou concentrada a ciência física do Império e, por meio da posse dessa ciência, a Fundação foi capaz de resistir aos ataques dos reinos bárbaros que tinham se separado e se tornado independentes, nas fronteiras do Império. A Fundação, de fato, foi capaz de conquistar, por sua vez, esses reinos de vida curta, pela liderança de uma série de homens sábios e heroicos, como Salvor Hardin e Hober Mallow, que foram capazes de interpretar o Plano de forma inteligente e guiar nossa terra através de suas...

(Ela tinha escrito "intricadas" aqui também, mas decidiu não arriscar uma segunda vez.)

– ... complicações. Todos os nossos planetas ainda reverenciam suas memórias, apesar dos séculos que se passaram. No final, a Fundação estabeleceu um sistema comercial que controlou uma grande parte dos setores siwenniano e anacreoniano da Galáxia e até derrotou o que restava do velho Império sob seu último grande general, Bel Riose. Parecia que nada poderia impedir o funcionamento do Plano Seldon. Todas as crises que Seldon tinha planejado haviam acontecido no momento apropriado e tinham sido resolvidas; e, a cada solução, a Fundação tinha dado um passo gigante para o Segundo Império e para a paz. E então, ...

(Ela ficou sem fôlego e teve de assoprar as palavras por entre os dentes, mas o transmissor as escreveu da mesma forma, calma e graciosamente.)

– ... com os últimos vestígios do Primeiro Império destruídos e com apenas senhores da guerra ineficazes dominando os dissidentes e remanescentes do colosso decadente,...

(Ela tinha tirado *essa* frase de um filme ao qual assistira na semana passada, mas a velha srta. Erlking só ouvia sinfonias e palestras, então *ela* não saberia.)

– ... surgiu o Mulo. Esse estranho homem não tinha espaço no Plano. Ele era um mutante, cujo nascimento não poderia ter sido previsto. Tinha um poder estranho e misterioso de controlar e manipular as emoções humanas. Dessa maneira, podia fazer qualquer homem seguir a vontade dele. Com uma rapidez de tirar o fôlego, ele se tornou um conquistador e criador de um império, até que, finalmente, derrotou a própria Fundação. Mas nunca obteve o domínio universal, já que em sua primeira investida foi detido pela sabedoria e ousadia de uma grande mulher...

(Agora havia aquele velho problema. Seu pai *iria* insistir para que ela nunca trouxesse à tona o fato de que era neta de Bayta Darell. Todo mundo sabia disso, e Bayta era simplesmente a mulher mais importante que já existira, e ela *tinha* parado o Mulo sozinha.)

– ... de uma maneira cuja verdadeira história só é completamente conhecida por poucos.

(Pronto! Se ela tivesse de ler isso na sala, aquela última parte poderia ser dita em uma voz sombria, alguém certamente perguntaria qual era a verdadeira história, e então... bem, então ela não poderia *evitar* contar a verdade se eles pedissem, poderia? Em sua mente, já estava tendo de se explicar, magoada e eloquente, a seu pai severo e curioso.)

– Depois de cinco anos de um governo ditatorial, outra mudança aconteceu, sem causa conhecida, e o Mulo abandonou todos os planos de conquista. Seus últimos cinco anos foram os de um déspota esclarecido. Dizem alguns que a mudança no Mulo aconteceu por intervenção da Segunda Fundação. No entanto, ninguém descobriu a exata localização dessa outra Fundação, nem sabe sua função exata, então essa teoria permanece sem provas. Toda uma geração se passou desde a morte do Mulo. E o futuro, então, agora que ele surgiu e desapareceu? Ele interrompeu o Plano Seldon e parece tê-lo fragmentado, mas, assim que morreu, a Fundação voltou a crescer, como uma nova que se levanta das cinzas de uma estrela morta.

(Ela tinha inventado essa sozinha.)

– Mais uma vez, o planeta Terminus abriga o centro de uma federação comercial quase tão grande e rica quanto antes da conquista, e até mesmo mais pacífica e democrática. Isso foi o planejado? Será que o grande sonho de Seldon ainda está vivo e um Segundo Império Galáctico será formado daqui a seiscentos anos? Eu acredito nisso, porque...

(Essa era a parte importante. A srta. Erlking sempre colocava esses grandes riscos em tinta vermelha que diziam: "Mas isso é só descritivo. Quais são suas reações pessoais? Pense! Expresse sua opinião! Penetre em sua própria alma!

Penetre em sua própria alma". Como se *ela* soubesse muito de alma, com aquela cara de limão que nunca deu um sorriso na vida...)

– ... a situação política nunca foi tão favorável. O velho Império está completamente morto, e o período de domínio do Mulo colocou um fim na era de senhores da guerra que o precedeu. A maior parte da Periferia da Galáxia está civilizada e pacífica. Além do mais, a saúde interna da Fundação é melhor do que nunca. Os tempos despóticos, dos prefeitos hereditários pré-conquista, deram lugar às eleições democráticas dos primeiros tempos. Não há mais mundos dissidentes dos comerciantes independentes; não há mais as injustiças e deslocamentos que acompanharam o acúmulo de grande riqueza nas mãos de poucos. Não há razão, assim, para temer o fracasso, a menos que seja verdade que a própria Segunda Fundação represente um perigo. Aqueles que pensam assim não têm provas para bancar essa afirmação, mas somente temores vagos e superstições. Acho que a confiança em nós mesmos, em nossa nação e no grande Plano de Hari Seldon deveria tirar de nossos corações e mentes todas as incertezas e...

(Hum-m-m. Isso foi muito brega, mas algo assim é esperado no final.)

– ... então eu digo...

"O Futuro do Plano Seldon" só chegou até aqui naquele momento, porque houve um suave toque na janela e, quando Arcádia se levantou sobre o braço da poltrona, confrontou um rosto sorridente do outro lado do vidro, sua simetria de traços acentuada de forma interessante pela linha curta e vertical de um dedo entre os lábios.

Com a pausa rápida necessária para assumir uma atitude de perplexidade, Arcádia saiu da poltrona, andou até o sofá em frente à grande janela onde estava a aparição e, ajoelhando-se, olhou, pensativa.

O sorriso no rosto do homem desapareceu logo. Enquanto os dedos de uma mão se agarravam ao parapeito até ficarem brancos, a outra fazia um gesto rápido. Arcádia obedeceu calmamente e tocou o contato que moveu o terço inferior da janela até a parede, permitindo que o vento morno da primavera interferisse nas condições internas.

– Você não pode entrar – disse, satisfeita. – As janelas estão todas monitoradas e programadas somente para as pessoas que moram aqui. Se você entrar, todos os tipos de alarmes irão disparar. – Uma pausa, então acrescentou: – Você parece meio tonto se balançando nessa saliência embaixo da janela. Se não for cuidadoso, vai cair, quebrar seu pescoço e muitas flores valiosas.

– Nesse caso – disse o homem na janela, que tinha pensado na mesma coisa, com um ligeiro arranjo diferente de adjetivos –, por que você não desliga os monitores e me deixa entrar?

– Não tenho por que fazer isso – disse Arcádia. – Você provavelmente está pensando em uma casa diferente, porque não sou o tipo de menina que deixa um estranho entrar em seus... em seu quarto a essa hora da noite. – Seus olhos, enquanto ela falava, assumiram uma sensualidade de cílios compridos, ou uma cópia absurda disso.

Todos os traços de humor desapareceram do rosto do jovem estranho. Ele murmurou:

– Esta é a casa do dr. Darell, não é?

– Por que deveria contar?

– Oh, Galáxia... Adeus...

– Se você pular, jovem, soarei pessoalmente o alarme. – (Isso teve a intenção de ser refinado e irônico, já que, para os olhos iluminados de Arcádia, o intruso era um homem obviamente maduro, com trinta anos, pelo menos – bem velho, na verdade.)

Uma boa pausa. Depois, ele disse:

– Bom, agora olhe aqui, garotinha, se não quer que eu fique e não quer que eu vá, o que *quer* que eu faça?

– Você pode entrar, eu acho. O dr. Darell *vive* aqui. Vou desligar os monitores agora.

Com receio, depois de um olhar inquisidor, o jovem enfiou o dedo pela janela, depois se curvou para cima e a atravessou. Ele limpou os joelhos com um gesto raivoso e virou o rosto vermelho para ela.

– Você tem certeza de que seu caráter e reputação não sofrerão se me encontrarem aqui?

– Não tanto quanto o seu, porque, assim que eu ouvir passos do lado de fora, vou gritar e dizer que você entrou aqui à força.

– Sim? – ele respondeu, com cortesia forçada. – E como pretende explicar os monitores desligados?

– Puf! Essa seria fácil. Não existe nenhum, para começar.

Os olhos do homem se abriram com desgosto.

– Foi um blefe? Quantos anos você tem, menina?

– Considero essa uma pergunta muito impertinente, meu jovem. E não estou acostumada a ser tratada como "menina".

– Não me admira. Você é provavelmente a avó do Mulo disfarçada. Você se importa se eu sair agora antes que você arranje um linchamento, comigo como estrela principal?

– É melhor você não ir embora... porque meu pai o espera.

O olhar do homem ficou cauteloso, novamente. Uma sobrancelha se levantou quando disse, com voz baixa:

– Oh? Seu pai está com alguém?

– Não.

– Alguém ligou para ele, ultimamente?

– Só vendedores... e você.

– Algo estranho aconteceu?

– Somente você.

– Esqueça de mim, certo? Não, não se esqueça de mim. Diga-me, como sabia que seu pai estava me esperando?

– Oh, isso foi fácil. Na semana passada, recebeu uma Cápsula Pessoal, com uma chave especial para ele, com uma mensagem auto-oxidante, sabe. Ele jogou a cápsula no desintegrador de lixo, e ontem deu a Poli... nossa empregada, sabe... um mês de férias, para que ela pudesse visitar a irmã na Cidade de Terminus e, hoje à noite, preparou a cama no quarto de hóspedes. Então, eu sabia que ele esperava alguém e que eu não deveria saber nada a respeito. Normalmente, ele me conta tudo.

– Verdade! Estou surpreso que faça isso. Acho que você sabe de tudo antes de ele contar.

– Normalmente, sei. – E riu. Ela estava começando a se sentir mais calma. O visitante era mais velho, porém muito elegante, com cabelos castanhos enrolados e olhos bem azuis. Quem sabe ela pudesse encontrar alguém como ele, de novo, algum dia, quando ficasse mais velha?

– E exatamente como – ele perguntou – você sabia que ele *me* esperava?

– Bem, quem mais *poderia* ser? Ele estava esperando alguém de forma tão secreta, se é que você me entende... e de repente você aparece esgueirando-se pela janela, em vez de entrar pela porta da frente, do jeito que deveria, se tivesse algum juízo. – Ela se lembrou de sua frase favorita e usou-a no ato: – Os homens são tão estúpidos!

– Bem segura de si, não, menina? Quero dizer, senhorita. Você poderia estar errada, sabe. E se lhe dissesse que tudo isso é um mistério para mim e que, até onde sei, seu pai está esperando outra pessoa?

– Oh, acho que não. Não permiti que você entrasse antes que deixasse cair sua pasta.

– Minha o quê?

– Sua pasta, meu jovem. Não sou cega. Você não a derrubou por acidente, porque olhou para baixo *primeiro*, para ter certeza de que ela cairia no lugar certo. Então, deve ter percebido que ela cairia atrás da sebe e não seria vista, então deixou que ela caísse e *não* olhou para baixo depois. Agora, como você entrou pela janela em vez de pela porta da frente, deve significar que tinha um pouco de medo de entrar numa casa antes de investigar o lugar. E, depois de ter alguns problemas comigo, cuidou da sua pasta antes de cuidar de si, o que significa que você considera o que está na pasta mais valioso do que sua própria segurança e *isso* significa que, enquanto estiver aqui e a pasta lá fora (e sabemos que está lá fora), você está provavelmente bastante desamparado.

Ela fez uma pausa para respirar e o homem comentou, irritado:

– Exceto que acho que vou estrangulá-la até que fique meio morta e sairei daqui, *com* a pasta.

– Exceto, meu jovem, que tenho um taco de beisebol embaixo da minha cama, que posso alcançar em dois segundos de onde estou sentada, e sou bem forte para uma menina.

Impasse. Finalmente, com uma cortesia forçada, o "jovem" disse:

– Devo me apresentar, já que nos tornamos amigos. Sou Pelleas Anthor. E você?

– Sou Arca.. Arkady Darell. Prazer em conhecê-lo.

– E agora, Arkady, você poderia ser uma boa menininha e chamar seu pai?

Arcádia ficou brava:

– Não sou uma menininha. E acho que você é muito mal-educado, principalmente quando está pedindo um favor.

Pelleas Anthor deu um suspiro.

– Muito bem. Você poderia ser uma boa, doce, querida, pequena velha senhora e chamar seu pai?

– Não era o que eu esperava também, mas vou chamá-lo. Só que não vou tirar meus olhos de *você*, meu jovem. – E começou a bater os pés no chão.

Logo ouviram o som de passos no corredor e a porta se abriu.

– Arcádia... – Houve uma pequena explosão de ar exalado e o dr. Darell perguntou: – Quem é você, senhor?

Pelleas se endireitou com um óbvio alívio.

– Dr. Toran Darell? Sou Pelleas Anthor. Você foi avisado a meu respeito, acho. Pelo menos, sua filha diz que sim.

– Minha *filha* diz que sim? – Olhou inquisitivo para ela, que respondeu com uma expressão de inocência.

Finalmente, o dr. Darell falou:

– Eu *realmente* estou esperando o senhor. Gostaria de descer comigo, por favor? – E parou ao captar um pequeno movimento, fato percebido simultaneamente por Arcádia.

Ela tentou pular até o transcritor, mas era inútil, já que seu pai estava parado bem ao lado dele. Seu pai, com voz doce, disse:

– Você o deixou ligado o tempo todo, Arcádia.

– Pai – ela gaguejou, angustiada –, é pouco cavalheiresco ler a correspondência particular de outra pessoa, principalmente quando é uma conversa.

– Ah – disse o pai –, mas conversas com estranhos em seu quarto! Como pai, Arcádia, devo protegê-la contra o mal.

– Ah, droga, não foi nada *disso*.

Pelleas riu de repente.

– Oh, mas foi, dr. Darell. A jovem ia me acusar de todo o tipo de coisa e devo insistir que leia, pelo menos para limpar *meu* nome.

– Oh... – Arcádia segurou as lágrimas com esforço. Seu próprio pai não confiava nela. E aquele maldito transcritor. Se aquele tonto não tivesse vindo se arrastando pela janela, fazendo com que ela se esquecesse de desligar. E agora seu pai ficaria dando sermões sobre o que jovens garotas não deveriam fazer. Não havia nada que elas *deveriam* fazer, parece, a não ser se afogar e morrer, talvez.

– Arcádia – disse o pai, gentilmente –, é impressionante que uma jovem...

Ela sabia. Ela sabia.

– ... seja assim tão impertinente com homens mais velhos.

– Bom, e o que ele queria espionando assim pela minha janela? Uma jovem tem direito à privacidade... Agora, terei de refazer toda a droga da redação.

– Você não deve questionar os modos dele ao entrar pela sua janela. Deveria simplesmente não o ter deixado entrar. Deveria ter me chamado no mesmo instante... principalmente se achou que eu o estava esperando.

Ela respondeu, mal-humorada:

– Dava no mesmo se não o tivesse visto... uma grande besteira. Ele vai acabar estragando tudo se continuar entrando por janelas, em vez de portas.

– Arcádia, ninguém quer sua opinião sobre assuntos dos quais você nada sabe.

– Eu sei, na verdade. É a Segunda Fundação, é sobre isso.

Houve um silêncio. Mesmo Arcádia sentiu-se um pouco nervosa.

Dr. Darell falou, com voz doce:

– Onde você ouviu isso?

– Em nenhum lugar, mas o que mais poderia ser tão secreto? E você não precisa se preocupar, que não vou contar para ninguém.

– Senhor Anthor – disse o dr. Darell –, devo me desculpar por tudo isso.

– Oh, está tudo bem. – Foi a resposta apagada de Anthor. – Não é sua culpa se ela se vendeu para as forças das trevas. Mas o senhor se importa se eu fizer uma pergunta a ela antes de irmos? Senhorita Arcádia...

– O que você quer?

– Por que você acha que é estúpido entrar pelas janelas, em vez das portas?

– Porque mostra o que está tentando esconder, bobo. Se tenho um segredo, não coloco uma fita na boca e deixo que todo mundo *saiba* que tenho um segredo. Falo exatamente de forma normal, mas sobre outras coisas. Você nunca leu nenhuma das frases de Salvor Hardin? Ele foi nosso primeiro prefeito, sabe.

– Sim, eu sei.

– Bem, ele costumava dizer que somente uma mentira que não tem vergonha de si mesma poderia ser bem-sucedida. Ele também dizia que nada tinha de *ser* verdade, mas tudo tinha de *soar* como a verdade. Bem, quando você entra por uma janela, é uma mentira que tem vergonha de si mesma e não soa como a verdade.

– Então, o que você teria feito?

– Se quisesse ver meu pai e tratar de assuntos secretíssimos, teria dado um jeito de conhecê-lo abertamente e de me encontrar com ele para tratar de todos os tipos de coisas estritamente legítimas. E depois, quando todo mundo soubesse tudo sobre você e o conectasse com meu pai, poderia tratar de tudo que é secreto e ninguém teria por que questionar isso.

Anthor olhou para a garota de forma estranha e depois para o dr. Darell, até falar:

– Vamos. Tenho uma pasta que quero pegar no jardim. Espere! Uma última questão. Arcádia, você não tem um bastão de beisebol sob a cama, tem?

– Não! Não tenho.

– Ah. Achei que não tivesse.

Dr. Darell parou na porta:

– Arcádia – ele falou –, quando reescrever sua composição sobre o Plano Seldon, não precisa ser desnecessariamente misteriosa sobre sua avó. Não há necessidade alguma de mencionar aquela parte.

Ele e Pelleas desceram as escadas em silêncio. Então, o visitante perguntou, em uma voz forçada:

– Importa-se de me dizer, senhor, quantos anos ela tem?

– Catorze, cumpridos anteontem.

– *Catorze?* Grande Galáxia... Diga-me, ela já falou que pretende se casar um dia?

– Não, não falou. Pelo menos, não para mim.

– Bem, se ela falar, atire nele. No pretendente, quero dizer. – Ele olhou fundo nos olhos do velho. – Falo sério. Não pode haver horror maior na vida do que viver com o que ela será aos vinte anos. Não quero ofendê-lo, é claro.

– Não me ofende. Acho que sei o que você quer dizer.

No andar de cima, o objeto dessa doce análise encarou o transcritor com um desânimo revoltado e disse, chateada:

– Ofuturodoplanoseldon.

O transcritor, com elegância, traduziu isso em complicadas letras maiúsculas de caligrafia para:

"O Futuro do Plano Seldon".

—— Matemática...

A síntese do cálculo de n-variáveis e de geometria n-dimensional é a base do que Seldon chamou uma vez de "minha pequena álgebra da humanidade"...

ENCICLOPÉDIA GALÁCTICA

8.

O Plano Seldon

PENSE NUMA SALA!

A localização da sala não é importante no momento. É suficiente dizer que naquela sala, mais do que em qualquer outro lugar, a Segunda Fundação existe.

Era uma sala que, através dos séculos, tinha sido a morada da ciência pura – mesmo assim, não possuía nenhum dos aparelhos que, através de uma associação milenar, sempre haviam sido considerados sinônimos de conhecimento científico. Era uma ciência, em vez disso, que lidava somente com conceitos matemáticos, de uma maneira similar à especulação praticada pelas raças muito antigas nos dias primitivos, pré-históricos, antes que a tecnologia surgisse; antes que o homem tivesse se espalhado além de um único, agora desconhecido, mundo.

Por um lado, havia naquela sala – protegida por uma ciência mental ainda inexpugnável pelo poder físico combinado do resto da Galáxia – o Primeiro Radiante, que mantinha em suas entranhas o Plano Seldon – completo.

Por outro, havia um homem, também, naquela sala – o Primeiro Orador.

Ele era o décimo segundo na linha de guardiães-chefe do Plano, e seu título não tinha nenhum outro significado além de, nas reuniões dos líderes da Segunda Fundação, ele falar primeiro.

Seu predecessor tinha derrotado o Mulo, mas os destroços daquela luta gigantesca ainda atrapalhavam o caminho do Plano... Por vinte e cinco anos, ele e seu governo vinham tentando forçar uma Galáxia de seres humanos cabeças-duras e estúpidos a voltar ao caminho... Era uma tarefa difícil.

O Primeiro Orador olhou para a porta que se abria. Enquanto isso, na solidão de sua sala, ele considerava esse quarto de século de esforços que agora se aproximavam, vagarosa e inevitavelmente, do clímax; apesar de estar tão focado, a mente dele pensava no recém-chegado com uma expectativa gentil. Um jovem, um estudante, um dos que poderiam sucedê-lo no futuro. O jovem parou incerto na porta, e o Primeiro Orador teve de caminhar até ele e puxá-lo, com uma mão amigável no ombro.

O Estudante sorriu, envergonhado, e o Primeiro Orador respondeu, dizendo:

– Primeiro, devo dizer-lhe por que você está aqui.

Eles se encaravam, por cima de uma mesa. Nenhum deles falava de qualquer forma conhecida por qualquer homem na Galáxia que não fosse, ele mesmo, um membro da Segunda Fundação.

A fala, originalmente, era o mecanismo pelo qual o homem aprendia, de modo imperfeito, a transmitir os pensamentos e emoções de sua mente. Ao criar sons arbitrários e combinações de sons para representar certas nuances mentais, ele desenvolveu um método de comunicação – mas um que era tão desajeitado e tão inadequado que degenerou toda a delicadeza da mente em sinais rudes e guturais.

———

Cada vez mais fundo, os resultados podiam ser vistos; e todo o sofrimento que a humanidade já conhecera podia remontar ao fato de que nenhum homem na história da Galáxia – até o surgimento de Hari Seldon e poucos homens depois – jamais pôde entender seu semelhante. Todo ser humano vive por trás de uma parede impenetrável de névoa asfixiante dentro da qual só ele existe. Ocasionalmente, surgiam os vagos sinais de dentro da caverna onde se localizava outro homem – para que cada um pudesse caminhar, tateando, na direção do outro. Mas, como não se conheciam e não ousavam confiar um no outro, e sentiam desde a infância os terrores e inseguranças daquele isolamento completo... havia o medo de um homem contra o outro, a avidez selvagem de um homem contra o outro.

Os pés, por dezenas de milhares de anos, patinavam e se arrastavam na lama – retendo as mentes que, durante este tempo, já estavam prontas para as estrelas.

De forma implacável, o homem instintivamente procurou superar as barras da prisão do discurso comum. Semântica, lógica simbólica, psicanálise – todas tinham sido instrumentos através dos quais o discurso poderia ser tanto refinado quanto evitado.

A psico-história tinha sido o desenvolvimento da ciência mental, a matematização dela, na verdade, que havia finalmente obtido sucesso. Por meio do desenvolvimento da matemática necessária para entender os fatos da fisiologia neural e da eletroquímica do sistema nervoso, que em si mesmas tinham de ser, *tinham* de ser, rastreadas até as forças nucleares, tornou-se, pela primeira vez, possível desenvolver verdadeiramente a psicologia. E, por meio da generalização do conhecimento psicológico do indivíduo para o grupo, a sociologia também foi matematizada.

Os grupos maiores, os bilhões que ocupavam os planetas, os trilhões que ocupavam os setores, os quatrilhões que ocupavam toda a Galáxia, tornaram-se, não simplesmente seres humanos, mas forças gigantescas, suscetíveis ao tratamento estatístico – de forma que, para Hari Seldon, o futuro se tornou claro e inevitável, e o Plano pôde ser criado.

Os mesmos desenvolvimentos básicos da ciência mental, que trouxeram o desenvolvimento do Plano Seldon, tornaram desnecessário que o Primeiro Orador usasse palavras para conversar com o Estudante.

Cada reação a um estímulo, por menor que fosse, era um indicador completo de cada mudança insignificante, de todas as correntes temporárias que se moviam na mente do outro. O Primeiro Orador não poderia sentir o conteúdo emocional do Estudante instintivamente, como o Mulo teria sido capaz de fazer – já que o Mulo era um mutante com poderes que nenhum humano seria capaz de compreender inteiramente, nem mesmo um membro da Segunda Fundação –, mas ele deduzia, graças a um treinamento intensivo.

Como, entretanto, é inerentemente impossível, em uma sociedade baseada no discurso, indicar verdadeiramente o método de comunicação dos membros da Segunda Fundação entre si, toda essa questão será ignorada daqui por diante. O Primeiro Orador será representado como se falasse da maneira comum, e, se a tradução não for sempre válida, ela será o melhor que se pode fazer, sob tais circunstâncias.

Fingiremos, portanto, que o Primeiro Orador *realmente* falou com palavras em vez de *só* sorrir e levantar, *com exatidão*, um dedo. Ele disse:

– Primeiro, devo lhe dizer por que você está aqui. Você estudou muito a ciência mental por toda a vida. Absorveu tudo o que seus professores lhe ensinaram. Está na hora de você, e outros como você, começarem o aprendizado para se tornarem Oradores.

Houve uma agitação do outro lado da mesa.

– Não... agora você deve aceitar isso de forma fleumática. Você teve esperanças de que iria se classificar. Temeu que não conseguisse. Na verdade, tanto esperança quanto medo são fraquezas. Você *sabia* que se classificaria, e hesitou em admitir o fato porque tal conhecimento poderia marcá-lo como convencido e, portanto, inadequado. Besteira! O homem mais estúpido é o que não sabe o quanto é sábio. É parte da sua qualificação *saber* que você se classificaria.

Descontração do outro lado da mesa.

– Exatamente. Agora você se sente melhor e sua guarda está baixa. Encontra-se mais capaz de se concentrar e de entender. Lembre-se: para ser verdadeiramente eficiente não é necessário esconder a mente sob uma barreira controlada que, para uma análise inteligente, é tão informativa quanto uma mentalidade nua. Em vez disso, é melhor cultivar a inocência, uma consciência de si e uma não consciência desinteressada de si, o que leva a não ter nada a esconder. Minha mente está aberta para você. Deixe que isso seja igual para os dois – ele continuou. – Não é fácil ser um Orador. Não é fácil ser um psico-historiador, em primeiro lugar, e nem mesmo o melhor psico-historiador necessariamente está qualificado para ser um Orador. Há uma diferença aqui. Um Orador deve conhecer não só os problemas matemáticos do Plano Seldon; ele deve ter simpatia por ele e por seus fins. Ele deve *amar* o Plano; para ele, deve ser vida e respiração. Mais do que isso, deve ser como um amigo vivo. Você sabe o que é isso?

A mão do Primeiro Orador passou gentilmente sobre o cubo preto e brilhante que estava no meio da mesa. Ele era completamente liso.

– Não, Orador, não sei.

– Já ouviu falar no Primeiro Radiante?

– Isso? – Espanto.

– Você esperava algo mais nobre e intimidante? Bem, é natural. Ele foi criado nos dias do Império, por homens do tempo de Seldon. Por quase quatrocentos anos, serviu a nossos propósitos perfeitamente, sem exigir reparos ou ajustes. E, felizmente, já que ninguém da Segunda Fundação está qualificado para lidar com ele, de forma técnica. – Ele sorriu gentilmente. – Os da Primeira Fundação poderiam ser capazes de duplicá-lo, mas nunca devem saber de sua existência, claro.

Ele puxou uma alavanca do seu lado da mesa e a sala ficou no escuro. Mas só por um momento, já que, aos poucos, as duas grandes paredes da sala começaram a ganhar vida. Primeiro, um branco perolado, contínuo, depois um traço de escuro tênue aqui e ali, e, finalmente, as equações impressas em preto, com uma ocasional linha vermelha que ondulava no meio da floresta escura como um estranho canal.

– Venha, meu rapaz, para a frente da parede. Você não criará nenhuma sombra. Essa luz não irradia do Radiante de forma comum. Para dizer a verdade, não tenho nem ideia de como esse efeito é produzido, mas você não criará sombra. Isso posso garantir.

Eles se juntaram perto da luz. Cada parede tinha quase dez metros de comprimento e três de altura. Os números eram pequenos e cobriam cada centímetro.

– Esse não é o Plano completo – disse o Primeiro Orador. – Para caber nas duas paredes, as equações individuais deveriam ser reduzidas a um tamanho microscópico, mas isso não é necessário. O que você está vendo representa as principais partes do Plano, até agora. Você estudou isso, não?

– Sim, Orador.

– Reconhece alguma parte?

Silêncio. O Estudante apontou o dedo e, quando fez isso, a linha das equações caminhou pela parede, até que a série de funções nas quais ele tinha pensado – dificilmente se poderia considerar o gesto rápido e genérico do dedo como suficientemente preciso – ficou ao nível do olho.

O Primeiro Orador riu:

– Você vai descobrir que o Primeiro Radiante está afinado com sua mente. Pode esperar mais surpresas do pequeno aparelho. O que você ia dizer sobre a equação que escolheu?

– Ela – vacilou o Estudante – é uma integral rigelliana, usando uma distribuição planetária de uma tendência, indicando a presença de duas classes econômicas centrais sobre o planeta, ou pode ser um setor, mas um padrão emocional instável.

– O que isso significa?

– Representa o limite da tensão, já que temos aqui – ele apontou e, novamente, as equações giraram – uma série convergente.

– Muito bom – disse o Primeiro Orador. – E, diga-me, o que você acha de tudo isso? Uma obra-prima finalizada, não?

– Exato!

– Errado! Não é. – E completou, áspero: – Esta é a primeira lição que você deve desaprender. O Plano Seldon não está nem completo, nem correto. Em vez disso, é meramente o melhor que poderia ter sido feito em seu tempo. Cerca de uma dúzia de gerações de homens estudou essas equações, trabalhou sobre elas, separou-as até o último decimal e as reagrupou. Eles fizeram mais do que isso. Eles assistiram à passagem de quatrocentos anos, checaram as previsões e equações contra a realidade e aprenderam. Aprenderam mais do que Seldon jamais soube e, se com o conhecimento acumulado dos séculos, pudéssemos repetir a obra de Seldon, faríamos um trabalho muito melhor. Você entende isso?

O Estudante parecia um pouco chocado.

– Antes de se tornar um Orador – continuou o Primeiro Orador –, você precisa fazer uma contribuição original para o Plano. Isso não é uma blasfêmia. Toda marca vermelha que você vê na parede é a contribuição de um homem que viveu desde Seldon. Onde... onde... – Ele olhava para cima. – Ali!

Toda a parede pareceu girar sobre ele.

– Isso – ele falou – é meu.

Uma linha fina vermelha marcou, com um círculo, duas flechas de bifurcação e incluiu quase dois metros quadrados de deduções junto a cada caminho. Entre ambos havia uma série de equações em vermelho.

– Não parece – disse o Orador – muita coisa. Está num ponto do Plano que ainda não alcançaremos por muito tempo, tanto quanto já se passou. Está no período de união, quando o Segundo Império que virá estiver ameaçado por personalidades rivais que ameaçarão dividi-lo, se a luta for muito equilibrada, ou o levá-lo à rigidez, se for muito desequilibrada. As duas possibilidades são consideradas aqui, seguidas, e o método de evitar as duas, indicado. Mas tudo é uma questão de probabilidades, e um terceiro caminho pode existir. É uma das possibilidades comparativamente mais baixas... 12,64%, para ser exato... mas mesmo possibilidades menores *já* aconteceram e o Plano só está 40% completo. Essa terceira probabilidade consiste em considerar um possível acordo entre duas ou mais personalidades em conflito. Isso, eu mostrei, primeiro congelaria o Segundo Império em um modelo inútil e então, no final, leva a mais danos através de guerras civis do que se um acordo não fosse feito no começo. Felizmente, isso também pode ser evitado. E essa foi minha contribuição.

– Se puder interrompê-lo, Orador... Como é feita uma mudança?

– Por meio do Radiante. Você vai descobrir em seu próprio caso, por exemplo, que sua matemática será rigorosamente checada por cinco diferentes bancas; e que você deverá defendê-la contra um ataque coletivo e impiedoso. Dois anos então se passarão e seu desenvolvimento será revisado. Já aconteceu, mais de uma vez, de um trabalho aparentemente perfeito mostrar seus erros somente depois de um período de indução de meses, ou anos. Às vezes, aquele que contribuiu descobre sozinho o erro. Se, depois de dois anos, outro exame, não menos detalhado do que o primeiro, aprová-lo e... melhor ainda... se, nesse meio-tempo, o jovem cientista conseguiu juntar mais detalhes e evidências subsidiárias, a contribuição será adicionada ao Plano. Foi o clímax da minha carreira, será o clímax da sua. O Primeiro Radiante pode ser ajustado à sua mente, e todas as correções e adições podem ser feitas pela conexão mental. Não haverá nada que indique que a correção ou adição é sua. Em toda a história do Plano, nunca houve nenhuma personalização. É, em vez disso, uma criação conjunta de todos. Você entende?

– Sim, Orador!

– Então, chega disso. – Alguns passos em direção ao Radiante e as paredes ficaram vazias novamente, a não ser pela região de luz junto às laterais do teto. – Sente-se aqui na minha mesa e vamos conversar. É suficiente para um psico-historiador conhecer sua bioestatística e sua eletromatemática neuroquímica. Alguns não sabem mais nada e só podem ser técnicos estatísticos. Mas um Orador deve ser capaz de discutir o Plano sem matemática. Se não o Plano em si, pelo menos sua filosofia e seus objetivos. Primeiro de tudo, qual é o objetivo do Plano? Por favor, diga-me em suas próprias palavras... e não fique procurando lindas palavras. Você não será julgado por polidez e suavidade, eu garanto.

Foi a primeira chance do Estudante de dizer mais de uma sentença, e ele hesitou antes de mergulhar no espaço cheio de expectativas que se abriu à sua frente. Começou a falar, com modéstia:

– Como resultado do que aprendi, acredito que seja a intenção do Plano estabelecer uma civilização humana baseada em uma orientação inteiramente diferente de qualquer coisa que já existiu antes. Uma orientação na qual, de acordo com as descobertas da psico-história, nunca poderia *espontaneamente* chegar a existir...

– Pare! – insistiu o Primeiro Orador. – Você não deve falar "nunca". Essa é uma difamação preguiçosa dos fatos. Na verdade, a psico-história prevê somente probabilidades. Um evento em particular pode ser infinitesimalmente provável, mas a probabilidade é sempre maior do que zero.

– Sim, Orador. A orientação desejada, se posso me corrigir, então, sabe-se muito bem que não possui nenhuma probabilidade significativa de acontecer espontaneamente.

– Melhor. Qual é a orientação?

– É a de uma civilização baseada na ciência mental. Em toda a história conhecida da humanidade, avanços foram feitos primeiramente na tecnologia física; na capacidade de lidar com o mundo inanimado. O controle do ego e da sociedade foi deixado ao acaso, ou aos esforços vagos de sistemas éticos intuitivos baseados na inspiração e na emoção. Como resultado, jamais existiu uma cultura com estabilidade maior do que 55%, e mesmo estas foram resultado de uma grande miséria humana.

– E por que a orientação da qual estamos falando é não espontânea?

– Porque uma grande minoria de seres humanos está mentalmente equipada para participar dos avanços na ciência física, e todos recebem os benefícios crus e visíveis desses avanços. Somente uma minoria insignificante, no entanto, é intrinsecamente capaz de levar o homem através de um envolvimento maior com a ciência mental; e os benefícios derivados disso, apesar de durarem mais, são mais sutis e menos aparentes. Além disso, já que tal orientação levaria ao desenvolvimento de uma ditadura benevolente dos que são mentalmente superiores... virtualmente, uma subdivisão superior da humanidade... isso causaria muito ressentimento e não seria estável sem a aplicação de uma força que deprimiria o resto da humanidade para o nível da brutalidade. Tal desenvolvimento é repugnante para nós, e deve ser evitado.

– Qual, então, é a solução?

– A solução é o Plano Seldon. As condições foram organizadas e mantidas de forma que, em um milênio a partir de seu começo... seiscentos anos contando a partir de agora... um Segundo Império Galáctico terá sido estabelecido, no qual a humanidade estará pronta para a liderança da ciência mental. Nesse mesmo intervalo, a Segunda Fundação, em *seu* desenvolvimento, terá criado um grupo de psicólogos pronto para assumir a liderança. Ou, como eu sempre penso, a Primeira Fundação fornece a estrutura física de uma única unidade política, e a Segunda Fundação fornece a estrutura mental de uma classe dominante já pronta.

– Estou vendo. Bastante adequado. Você acha que *qualquer* Segundo Império, mesmo se formado na época prevista por Seldon, completaria seu Plano?

– Não, Orador, não acho. Há vários possíveis Segundos Impérios que podem ser formados no período de tempo que vai dos novecentos aos mil e setecentos anos depois do princípio do Plano, mas somente um desses é *o* Segundo Império.

– E, em vista de tudo isso, por que é necessário que a existência da Segunda Fundação fique escondida... sobretudo, da Primeira Fundação?

O Estudante procurou um sentido oculto na questão, mas não conseguiu encontrá-lo. Estava preocupado com sua resposta:

– Pela mesma razão que os detalhes do Plano, como um todo, devem ser escondidos da humanidade em geral. As leis da psico-história são estatísticas por natureza, e se tornam inúteis se as ações de indivíduos não são aleatórias por natureza. Se um grupo grande de seres humanos aprender os detalhes-chave do Plano, suas ações serão governadas por aquele conhecimento e não serão mais aleatórias no sentido dos axiomas da psico-história. Em outras palavras, eles não serão mais perfeitamente previsíveis. Perdoe-me, Orador, mas sinto que a resposta não é satisfatória.

– E faz bem em se sentir assim. Sua resposta é bastante incompleta. É a própria Segunda Fundação que deve ser escondida, não simplesmente o Plano. O Segundo Império ainda não foi formado. Ainda temos uma sociedade que se ressentiria de uma classe dominante de psicólogos, que temeria seu desenvolvimento e lutaria contra ela. Você entende isso?

– Sim, Orador, entendo. A questão nunca foi desenvolvida...

– Não minimize. Nunca foi apresentada... na sala de aula, apesar de que você deveria ser capaz de deduzi-la sozinho. Isso, e muitos outros pontos que vamos apresentar agora e no futuro próximo durante seu aprendizado. Vamos nos encontrar novamente, daqui uma semana. Aí, gostaria de ouvir comentários seus sobre um certo problema que vou apresentar. Não quero um tratamento matemático completo e rigoroso.

Isso tomaria um ano inteiro de um especialista, e não só uma semana de você. Mas quero uma indicação em relação a tendências e direções... Você tem, aqui, uma bifurcação no Plano em um período de tempo de meio século atrás. Os detalhes necessários estão incluídos. Você vai notar que o caminho seguido pela realidade assumida diverge de todas as previsões traçadas; sua probabilidade sendo menos de 1%. Você irá estimar por quanto tempo a divergência pode continuar antes de se tornar incorrigível. Estime também o fim provável, se não for corrigida, e um método razoável de correção.

O Estudante mexeu no visor ao acaso e olhou impassivelmente para as passagens mostradas na pequena tela.

– Por que esse problema em particular, Orador? – perguntou. – Ele obviamente tem algum outro significado, que não acadêmico.

– Obrigado, rapaz. Você é tão rápido como eu esperava. O problema não é uma mera suposição. Quase meio século atrás, o Mulo surgiu na história Galáctica e, por dez anos, foi o mais importante fator do universo. Ele não foi previsto, não havia como calculá-lo. Ele distorceu o Plano seriamente, mas não fatalmente. Para impedi-lo antes que se tornasse fatal, no entanto, fomos forçados a assumir um papel ativo contra ele. Revelamos nossa existência e, infinitamente pior, uma parte de nosso poder. A Primeira Fundação soube de nós e suas ações, agora, levam aquele conhecimento em conta. Observe no problema apresentado. Aqui. E aqui. Naturalmente, você não pode falar disso com ninguém.

Houve um silêncio consternado, enquanto o Estudante começou a entender:

– Mas, então, o Plano Seldon falhou!

– Ainda não. Ele meramente *pode* ter falhado. As probabilidades de sucesso *ainda* são de 21,4%, segundo o último cálculo.

9.

Os conspiradores

PARA O DR. DARELL E PELLEAS ANTHOR, as noites passaram em conversas amigáveis, e os dias, em trivialidades agradáveis. Poderia ser mesmo uma visita comum. O dr. Darell apresentou o jovem como um primo que vinha do espaço, e o interesse foi diminuído pelo clichê.

De alguma forma, no entanto, durante a conversa ligeira, um nome poderia ser mencionado. Poderia haver alguma consideração. O dr. Darell poderia dizer: "Não". Ou ele poderia dizer: "Sim". Uma chamada aberta no comunicador mostrava um convite casual: "Quero que conheça meu primo".

E os preparativos de Arcádia ocorriam de sua própria maneira. Na verdade, suas ações poderiam ser consideradas as menos diretas de todas.

Por exemplo, ela induziu Olynthus Dam, na escola, a doar-lhe um receptor de som, feito em casa, valendo-se de métodos que indicavam um futuro no qual ela seria perigosa para todos os seres do sexo masculino com os quais entrasse em contato. Para evitar detalhes, ela meramente exibiu um certo interesse no hobby preferido de Olynthus, que ele mesmo divulgava – sua oficina doméstica –, combinado com uma transferência bem modulada desse interesse para as características gorduchas de Olynthus, de forma que o infeliz jovem se encontrou: 1) discursando por um tempo bom e animado sobre os princípios do motor de hiperonda; 2) tomando cada vez mais consciência dos grandes e absorventes olhos azuis que se concentravam nele; e 3) entregando nas mãos dela sua última grande criação, o supramencionado receptor de som.

Arcádia dedicou a Olynthus menos atenção depois disso, por tempo suficiente para remover todas as suspeitas de que o receptor de som tinha sido a causa da amizade. Após vários meses ainda, Olynthus recordaria aquele curto período em sua vida; até que, finalmente, por falta de novos acréscimos, desistiu, e a memória desapareceu.

Quando chegou a sétima noite, e cinco homens sentaram-se na sala de estar de Darell, com a barriga cheia e tabaco no ar, a mesa de Arcádia no andar de cima foi ocupada por esse quase irreconhecível aparelho caseiro, fruto da engenhosidade de Olynthus.

Eram cinco homens. O dr. Darell, é claro, com seu cabelo grisalho e a roupa meticulosa, parecia, de alguma forma, mais velho do que seus quarenta e dois anos. Pelleas Anthor, sério e perspicaz, parecia jovem e inseguro. E os três novos homens: Jole Turbor, produtor de televisão, grande e de lábios grossos; dr. Elvett Semic, professor-emérito de física da universidade, magro e cheio de rugas, as roupas bem mais largas do que o necessário; e Homir Munn, bibliotecário, desengonçado e terrivelmente incomodado.

O dr. Darell falava calmamente, em um tom bastante normal:

– Essa reunião não foi organizada, senhores, apenas por razões sociais. Vocês já devem ter imaginado. Como foram deliberadamente escolhidos por causa de suas formações, podem também imaginar o perigo envolvido. Não vou minimizá-lo, mas vou mostrar que somos todos homens condenados, de qualquer forma. Percebam que nenhum de vocês foi convidado secretamente. Não foi solicitado que viessem de forma escondida. As janelas não estão ajustadas para esconder o interior da casa. Nenhum escudo protege a sala. Só precisamos atrair a atenção do inimigo para sermos arruinados; e a melhor forma de atrair essa atenção é assumir um segredo falso e teatral.

(*Arrá*, pensou Arcádia, inclinando-se sobre as vozes chegando – um pouco esganiçadas – da caixinha.)

– Vocês entendem isso?

Elvett Semic moveu o lábio inferior e mostrou os dentes, num gesto que sempre precedia todas as suas sentenças:

– Oh, deixe disso. Conte-nos quem é o jovem.

– Pelleas Anthor é seu nome – falou o dr. Darell. – Ele era estudante de meu velho colega, Kleise, que morreu no ano passado. Kleise me enviou o padrão cerebral de Anthor até o quinto subnível, antes de morrer; padrão que foi checado contra o do homem que está diante de vocês. É claro que todos sabem que um padrão cerebral não pode ser duplicado até este ponto, mesmo pelos homens da ciência da psicologia. Se não sabem disso, terão de acreditar na minha palavra.

– Devemos começar por algum lugar – disse Turbor, franzindo os lábios. – Acreditamos na sua palavra, sobretudo porque você é o maior eletroneurologista na Galáxia, agora que Kleise está morto. Pelo menos, é como eu o descrevi em meu programa de TV, e acredito nisso. Quantos anos você tem, Anthor?

– Vinte e nove, sr. Turbor.

– Hummm. E você é um eletroneurologista também? Um dos bons?

– Só um estudante da ciência. Mas gosto de me dedicar, e tive o benefício de passar pelo treinamento de Kleise.

Munn interrompeu. Ele gaguejava um pouco quando estava sob tensão:

– Eu... Eu espero que você... comece logo. Acho que todos estão fa... falando muito.

O dr. Darell levantou uma sobrancelha ao olhar na direção de Munn.

– Você está certo, Homir. Comece, Pelleas.

– Ainda não – disse Pelleas Anthor, devagar. – Porque, antes de começarmos, apesar de apreciar o que sente o sr. Munn, devo exigir os dados de ondas cerebrais de vocês.

Darell franziu a testa:

– O que é isso, Anthor? A quais dados de ondas cerebrais você está se referindo?

– Os padrões de todos vocês. Viram os meus, dr. Darell. Devo verificar os seus e de todo o resto. E devo tirar eu mesmo as medidas.

– Não há motivo para ele confiar em nós, Darell – disse Turbor. – O jovem está correto.

– Obrigado – respondeu Anthor. – Se vocês se encaminharem ao laboratório, então, dr. Darell, podemos continuar. Tomei a liberdade de checar seu aparato nesta manhã.

A ciência da eletroencefalografia era, ao mesmo tempo, nova e velha. Era velha no sentido de que o conhecimento das microcorrentes geradas pelas células nervosas dos seres humanos pertencia àquela imensa categoria de saber humano cuja origem estava completamente perdida. Era um conhecimento que se esticava até os primeiros vestígios da história humana...

E mesmo assim era nova, também. O fato da existência de microcorrentes dormiu durante dezenas de milhares de anos do Império Galáctico como um dos itens vívidos e caprichosos, mas bastante inúteis, do conhecimento humano. Alguns tentaram formar classificações de ondas como acordadas e dormentes, calmas e excitadas, sãs e doentias – mas mesmo os conceitos mais amplos tinham suas hordas de exceções que os invalidavam.

Outros tentaram mostrar a existência de grupos de ondas cerebrais, análogos ao bem conhecido grupo sanguíneo, e demonstrar que o ambiente externo não era o fator de definição. Essas eram as pessoas que pensavam em raças e que afirmavam que a humanidade poderia ser dividida em subespécies. Mas tal filosofia não poderia avançar contra o esmagador impulso ecumênico da realidade do Império Galáctico – uma unidade política cobrindo vinte milhões de sistemas estelares, envolvendo toda a humanidade desde o mundo central de Trantor – agora uma memória linda e impossível do grande passado – até o asteroide mais solitário na Periferia.

E novamente, em uma sociedade entregue, como era a do Primeiro Império, às ciências físicas e à tecnologia inanimada, havia uma vaga, mas poderosa, força sociológica que afastava o estudo da mente. Era menos respeitável porque menos imediatamente útil; e era menos financiada, já que menos lucrativa.

Depois da desintegração do Primeiro Império, veio a fragmentação da ciência organizada, que regrediu bastante – abaixo até mesmo dos fundamentos do poder nuclear, em direção à energia química do carvão e do petróleo. A única exceção a isso, é claro, foi a Primeira Fundação, onde a centelha da ciência foi revitalizada e cresceu mais intensamente, sendo mantida e alimentada até virar chama. Mesmo assim, também lá, foi o físico que dominou e o cérebro, exceto no caso de cirurgias, foi negligenciado.

Hari Seldon foi o primeiro a expressar o que depois foi aceito como verdade.

– As microcorrentes neurais – ele falou uma vez – carregam dentro delas a faísca de todo impulso variável e a resposta, consciente e inconsciente. As ondas cerebrais gravadas em papéis quadriculados em picos e depressões tremulantes são o espelho dos impulsos-pensamentos combinados de bilhões de células. Teoricamente, a análise deveria revelar os pensamentos e emoções do sujeito, até o último e menos importante. Diferenças que não sejam causadas somente por defeitos físicos horríveis, herdados ou adquiridos, deveriam ser detectadas, além de mudanças de estados emocionais, avanços na educação e na experiência, até algo tão sutil como uma mudança na filosofia de vida da pessoa.

Mas mesmo Seldon não poderia deixar de apenas especular.

E agora, por quase cinquenta anos, os homens da Primeira Fundação estavam lutando neste vasto e complicado mundo do novo conhecimento. A abordagem, naturalmente, era feita por meio de novas técnicas – como, por exemplo, o uso de eletrodos em suturas no crânio por métodos recém-desenvolvidos que permitiam que o contato fosse feito diretamente com as células cinzentas, sem nem mesmo a necessidade de rapar o crânio. E então, havia um aparelho de gravação que automaticamente gravava os dados da onda cerebral como um total geral, e como funções separadas de seis variáveis independentes.

O mais significativo, talvez, foi o crescente respeito que a encefalografia e os encefalógrafos receberam. Kleise, o maior deles, participava das convenções científicas no mesmo nível de um físico. O dr. Darell, apesar de não estar mais ativo na ciência, era conhecido por seus brilhantes avanços na análise encefalográfica quase tanto quanto pelo fato de ser o filho de Bayta Darell, a grande heroína da geração anterior.

E agora, o dr. Darell se sentava em sua própria cadeira, com o delicado toque de eletrodos mal dando sinal da grande pressão sobre seu crânio, enquanto as agulhas presas no vácuo moviam-se para lá e para cá. Estava de costas para o gravador – ou, como era bem sabido, a visão das curvas se movendo induzia um esforço inconsciente de controlá-las, com resultados notáveis –, mas sabia que o quadrante central estava mostrando uma curva sigma fortemente marcada e com pouca variação, o que era esperado de sua mente desenvolvida e disciplinada. Seria fortalecida e purificada no quadrante subsidiário que lidava com a onda cerebelar. Haveria os saltos agudos e quase descontínuos do lóbulo frontal e as instabilidades tênues das regiões sob a superfície, com sua limitada escala de frequências...

Ele conhecia seu próprio padrão de ondas cerebrais tanto quanto um artista estaria perfeitamente consciente da cor de seus olhos.

Pelleas Anthor não fez nenhum comentário quando Darell se levantou da cadeira reclinada. O jovem olhou distraído os sete registros, com os olhos rápidos de quem sabe exatamente qual a faceta minúscula que busca.

– Se não se importa, dr. Semic.

O rosto envelhecido de Semic estava sério. A eletroencefalografia era uma ciência da qual pouco conhecia; algo que encarava com ressentimento. Ele sabia que estava velho e que o padrão de ondas iria mostrar isso. As rugas no rosto mostravam – mas *elas* falavam somente de seu corpo. Os padrões de ondas cerebrais poderiam mostrar que sua mente estava velha, também. Uma invasão embaraçosa e injustificada da última fortaleza de um homem, sua própria mente.

Os eletrodos foram ajustados. O processo não machucava, claro, do começo ao fim. Havia somente aquele pequeno formigamento, bem abaixo do limiar da sensação.

E, então, chegou a vez de Turbor, que se sentou tranquilamente e sem emoções durante todo o processo de quinze minutos; e Munn, que deu um pulo ao primeiro toque dos eletrodos e, depois, passou a sessão girando os olhos como se quisesse virá-los para trás e olhar através de um buraco no osso occipital.

– E agora... – disse Darell, quando tudo tinha acabado.

– E agora – disse Anthor, em tom de desculpa –, há mais uma pessoa na casa.

– Minha filha? – disse Darell, franzindo a testa.

– Sim, eu sugeri que ela ficasse em casa hoje, se o senhor se lembra.

– Para uma análise encefalográfica? Para quê?

– Não posso continuar sem isso.

Darell deu de ombros e subiu as escadas. Arcádia, avisada, tinha desligado o receptor de som quando ele entrou; seguiu-o obediente. Era a primeira vez em sua vida – exceto pela análise básica quando criança, para objetivos de identificação e registro – que ela se encontrava sob os eletrodos.

– Posso ver? – ela pediu, quando tinha acabado, esticando a mão.

– Você não entenderia, Arcádia – disse o dr. Darell. – Não está na hora de ir para a cama?

– Está bem, papai – ela disse, reservadamente. – Boa noite a todos.

Subiu correndo e se enfiou na cama de qualquer jeito. Com o receptor de som de Olynthus ao lado do travesseiro, ela se sentia como um personagem de um livro-filme, e o apertava a todo momento perto do peito, em um êxtase de "coisa de espião".

As primeiras palavras que ouviu eram de Anthor e foram:

– As análises, senhores, são todas satisfatórias. A da criança também.

Criança, ela pensou com desgosto, e ficou brava com Anthor na escuridão.

Anthor tinha aberto sua pasta e dela tirado várias dúzias de registros de ondas cerebrais. Eles não eram originais. Nem a pasta tinha uma fechadura comum. Se a chave estivesse em poder de qualquer outra mão que não a sua, os conteúdos teriam oxidado, silenciosa e instantaneamente, até as cinzas. Uma vez removidos da pasta, os registros se desintegrariam depois de meia hora.

Mas, durante essa curta vida, Anthor falou rapidamente:

– Tenho aqui os registros de vários membros secundários do governo, em Anacreon. Esse é de um psicólogo na Universidade de Locris; esse de um industrial em Siwenna. O resto, vocês mesmos podem ver.

Eles se aproximaram. Para todos, menos para Darell, eram apenas riscos no papel. Para Darell, eles falavam em milhares de línguas.

Anthor apontou levemente:

– Chamo a atenção do senhor, dr. Darell, para a região de platô entre as ondas tauianas secundárias no lóbulo frontal, que é o que todos esses registros possuem em comum. O senhor usaria minha régua analítica, para checar minha declaração?

A régua analítica poderia ser considerada um parente distante – como um arranha-céus e uma cabana – daquele brinquedo de jardim de infância, a régua de cálculo logarítmica. Darell a usava com destreza. Ele fez desenhos à mão livre do resultado e, como Anthor afirmava, havia platôs evidentes nas regiões do lóbulo frontal, onde grandes ondas deveriam ser esperadas.

– Como o senhor interpretaria isso, dr. Darell? – perguntou Anthor.

– Não tenho certeza. De pronto, não vejo como isso é possível. Mesmo em casos de amnésia, há uma supressão, mas não remoção. Cirurgia cerebral drástica, talvez?

– Oh, algo foi cortado – gritou Anthor, impaciente –, sim! Não no sentido físico, no entanto. Vocês sabem, o Mulo poderia ter feito isso. Ele poderia ter suprimido completamente todo o potencial para certa emoção ou atitude mental e deixado somente algo insípido. Ou...

– Ou a Segunda Fundação poderia ter feito isso. É o que está dizendo? – perguntou Turbor, com um sorriso lento.

Não havia uma necessidade real de responder àquela pergunta retórica.

– O que o fez suspeitar, sr. Anthor? – perguntou Munn.

– Não fui eu. Foi o dr. Kleise. Ele coletou padrões de ondas cerebrais, assim como faz a Polícia Planetária, mas em linhas diferentes. Ele se especializou em intelectuais, membros do governo e líderes empresariais. Vejam, é bastante óbvio que se a Segunda Fundação está dirigindo o curso histórico da Galáxia... de nós... eles devem fazer isso sutilmente, e de uma forma mínima. Se trabalharem através de mentes, como devem, são as mentes das pessoas com influência; cultural, industrial ou política. E com aqueles que importam.

– Sim – objetou Munn. – Mas existe alguma corroboração? Como essas pessoas agem... quero dizer, aqueles com o platô? Talvez seja tudo um fenômeno perfeitamente normal. – Ele olhou, sem esperança, para os outros com seus olhos azuis, de alguma forma infantis, mas ninguém o encorajou.

– Eu deixo isso com o dr. Darell – disse Anthor. – Perguntem a ele quantas vezes viu esse fenômeno em seus estudos gerais, ou em casos registrados na literatura durante a última geração. Depois, perguntem sobre as chances de ser descoberto em quase um entre cada mil casos nas categorias que o dr. Kleise estudou.

– Suponho que não haja dúvida – comentou Darell, pensativo – de que são mentalidades artificiais. Elas foram manipuladas. De certa forma, suspeitei disso...

– Sei disso, dr. Darell – falou Anthor. – Também sei que o senhor já trabalhou com o dr. Kleise. Gostaria de saber por que parou.

Não havia hostilidade na pergunta. Talvez nada mais do que cuidado, mas, em qualquer medida, ela resultou em uma longa pausa. Darell olhou para cada um de seus convidados, depois falou, bruscamente:

– Porque não havia sentido na batalha de Kleise. Estava competindo com um adversário muito mais forte do que ele. Estava detectando o que nós... eu e ele... sabíamos que iria detectar... que não éramos senhores de nós mesmos. *E eu não queria saber*. Tinha minha autoestima. Gostava de pensar que nossa Fundação era a comandante de sua alma coletiva; que nossos fundadores não tinham lutado e morrido por nada. Achei que seria mais simples virar o rosto enquanto não tinha certeza. Não precisava de meu cargo, já que a pensão perpétua paga à família da minha mãe cobriria minhas poucas necessidades. Meu laboratório doméstico seria suficiente para evitar o tédio, e a vida chegaria algum dia ao fim... Então Kleise morreu...

Semic mostrou os dentes e disse:

– Esse Kleise; não o conheço. Como ele morreu?

– Ele *morreu* – interveio Anthor. – Ele achou que iria morrer. Ele me falou seis meses antes que estava chegando muito perto...

– Agora *nós estamos* muito p... perto, também, não? – sugeriu Munn, com a boca seca, enquanto seu pomo de adão oscilava.

– Sim – disse Anthor, com força. – Mas já estávamos, de qualquer forma... todos nós. É por isso que os senhores foram escolhidos. Sou estudante de Kleise. O dr. Darell foi seu colega. Jole Turbor tem denunciado nossa fé cega na mão salvadora da Segunda Fundação nos meios de comunicação, até que o governo o tirou do ar... por meio de, devo mencionar, um poderoso financista cujo cérebro mostra o que Kleise costumava chamar de Platô de Manipulação. Homir Munn tem a maior coleção particular de Muliana que existe – se posso usar a palavra para falar dos dados coletados a respeito do Mulo –, e publicou alguns artigos contendo especulações sobre a natureza e a função da Segunda Fundação. O dr. Semic contribuiu tanto quanto qualquer um para a matemática da análise encefalográfica, apesar de eu não acreditar que ele tenha percebido que sua matemática poderia ser aplicada dessa forma.

Semic abriu os olhos e sorriu, espantado:

– Não, jovem. Estive analisando os movimentos intranucleares... o problema dos n-corpos, sabe. Não entendo a encefalografia.

– Então, sabemos onde estamos. O governo pode, é claro, não fazer nada sobre isso. Se o prefeito ou alguém na administração está consciente da seriedade da situação, não sei. Mas isso é o que sei... nós cinco não temos nada a perder e muito a ganhar. Com todo o aumento em nosso conhecimento, podemos ampliar nossa ação para direções mais seguras. Estamos apenas no começo, entendem?

– Até que ponto está disseminada – perguntou Turbor – essa infiltração da Segunda Fundação?

– Não sei. Há uma resposta direta. Todas as infiltrações que descobrimos estavam na periferia da nação. A capital pode ainda estar limpa, apesar de que mesmo isso não é uma certeza... ou eu não os teria testado. O senhor parecia mais suspeito, dr. Darell, já que abandonou a pesquisa com Kleise. Ele nunca o perdoou, sabe. Pensei que talvez a Segunda Fundação o tivesse corrompido, mas Kleise sempre insistiu que o senhor era um covarde. Perdoe-me, dr. Darell, se explico isso para deixar clara a minha posição. Eu, pessoalmente, acho que entendo sua atitude e, se foi covardia, creio que foi desculpável.

Darell suspirou antes de responder:

– Eu fugi! Chame como quiser. Tentei manter nossa amizade, no entanto, mas ele nunca escreveu ou me ligou até o dia em que me mandou suas ondas cerebrais, e isso foi pouco mais de uma semana antes de morrer...

– Se não se importa – interrompeu Homir Munn, com um ataque de eloquência nervosa –, eu... não entendo o que você acha que está fazendo. Somos um p... pobre bando de conspiradores, se vamos ficar sentados falando e f... falando. E não vejo o que mais podemos fazer, de qualquer forma. Isso é m... muito infantil. O... ondas cerebrais e besteiras e tudo isso. Você pretende *fazer* algo?

– Sim, pretendo. – Os olhos de Pelleas Anthor brilhavam. – Precisamos de mais informações sobre a Segunda Fundação. É a necessidade mais básica. O Mulo gastou os primeiros cinco anos de seu domínio só na busca de informações, e falhou... ou é o que fomos levados a acreditar. Mas, depois, parou de procurar. Por quê? Porque falhou? Ou porque foi bem-sucedido?

– M... mais conversa – disse Munn, amargo. – Como vamos saber?

– Se você me ouvir... A capital do Mulo era em Kalgan, que não fazia parte da esfera comercial de influência da Fundação antes do Mulo, e continua não fazendo, agora. Kalgan é dominada, no momento, por um homem, Stettin, a menos que haja outra revolta palaciana amanhã. Stettin chama a si mesmo de Primeiro Cidadão e se considera o sucessor do Mulo. Se há alguma tradição naquele mundo, ela se baseia na super-humanidade e grandeza do Mulo... uma tradição quase supersticiosa em sua intensidade. Como resultado, o velho palácio do Mulo é mantido como um santuário. Nenhuma pessoa não autorizada pode entrar; nada dentro dele foi tocado.

– E?

– E por que isso? Em tempos como estes, nada acontece sem motivo. E se não for somente a superstição que deixa o palácio do Mulo inviolado? E se a Segunda Fundação organizou essa questão? Resumindo: e se os resultados da busca de cinco anos do Mulo estão lá dentro...

– Oh, b... besteira.

– Por que não? – exigiu Anthor. – Através da história, a Segunda Fundação se escondeu e interferiu nos negócios galácticos o mínimo possível. Sei que para nós pareceria mais lógico destruir o palácio ou, pelo menos, remover os dados. Mas vocês devem considerar a psicologia desses mestres psicólogos. Eles são Seldons, são Mulos e funcionam de forma indireta, através da mente. Eles nunca destruiriam ou removeriam, quando poderiam alcançar seus objetivos criando um estado mental. Não?

Não houve nenhuma resposta imediata, e Anthor continuou:

– E você, Munn, é exatamente quem pode conseguir a informação de que precisamos.

– *Eu?* – foi um grito estupefato. Munn olhou todos os participantes rapidamente. – Não posso fazer isso. Não sou um homem de ação; nenhum herói de telenovela. Sou um bibliotecário. Se puder ajudar dessa forma, certo, e correrei o risco de aparecer para a Segunda Fundação, mas não vou sair pelo espaço em uma coisa q... quixotesca como essa.

– Agora, olhe – disse Anthor, pacientemente. – O dr. Darell e eu concordamos que você é a pessoa certa. É a única forma de fazê-lo naturalmente. Você diz que é um bibliotecário. Certo! E qual é o seu principal campo de interesse? Muliana! Você já tem a maior coleção de material sobre o Mulo na Galáxia. É natural que queira mais; mais natural para você do que qualquer outro. *Você* poderia pedir para entrar no palácio de Kalgan sem levantar suspeitas de motivos ocultos. Poderiam recusar, mas você não pareceria suspeito. Além do mais, tem um iate próprio. É conhecido por visitar planetas estrangeiros durante suas férias anuais. Até já esteve em Kalgan antes. Não entende que só precisa continuar fazendo o que é normal para você?

– Mas eu não posso só dizer: "V... você poderia ser gentil e me deixar entrar no santuário sagrado, s... sr. Primeiro Cidadão?".

– Por que não?

– Porque, pela Galáxia, ele não vai me deixar!

– Certo, então. Ele não vai deixar. Então você volta para casa e nós pensamos em outra coisa.

Munn olhou para todos, em uma rebelião desesperançada. Ele sentia que estava sendo levado a fazer algo que odiava. Ninguém se ofereceu para ajudá-lo.

Então, no final, duas decisões foram tomadas na casa do dr. Darell. A primeira foi um acordo relutante por parte de Munn, para viajar pelo espaço assim que começassem suas férias de verão.

A outra era uma decisão altamente não autorizada de parte de um membro não oficial da reunião, feita quando ela desligou o receptor de som e mergulhou num sono tardio. Essa segunda decisão ainda não nos diz respeito.

10.

Uma crise se aproxima

UMA SEMANA TINHA SE PASSADO na Segunda Fundação, e o Primeiro Orador sorria, mais uma vez, para o Estudante.

– Você deve estar trazendo resultados interessantes, ou não estaria tão cheio de raiva.

O Estudante colocou a mão sobre a pilha de papel de cálculo que tinha trazido e disse:

– Tem certeza de que o problema é factual?

– As premissas são verdadeiras. Não distorci nada.

– Então, *devo* aceitar os resultados, mas não quero.

– Naturalmente. Mas o que sua vontade tem a ver com isso? Bem, diga-me o que o perturba tanto. Não, não, coloque suas derivações de lado. Vou analisá-las mais tarde. Enquanto isso, *converse* comigo. Quero julgar sua compreensão.

– Bem, então, Orador... Fica aparente que aconteceu uma mudança muito grande na psicologia básica da Primeira Fundação. Enquanto eles sabiam da existência do Plano Seldon, sem saber qualquer detalhe dele, estavam confiantes, mas incertos. Sabiam que seriam bem-sucedidos, mas não quando, ou como. Havia, portanto, uma atmosfera contínua de tensão e esforço... que era o que Seldon desejava. Poderíamos admitir, em outras palavras, que a Primeira Fundação trabalhasse em seu potencial máximo.

– Uma metáfora duvidosa – disse o Primeiro Orador –, mas eu o entendo.

– Mas agora, Orador, eles sabem da existência de uma Segunda Fundação de um modo que é equivalente a conhecê-la em detalhes, em vez de apenas como uma declaração vaga e antiga de Seldon. Eles intuem sua função como guardiã do Plano. Sabem que existe uma organização que acompanha todos os seus passos e não irá deixá-los cair. Por isso, abandonaram seu passo firme e deixam-se carregar em uma liteira. Outra metáfora, temo.

– Continue, mesmo assim.

– E esse abandono do esforço, essa crescente inércia, essa queda para a suavidade e para uma cultura decadente e hedonista significa a ruína do Plano. Eles *devem* ter um impulso próprio.

– Isso é tudo?

– Não, há mais. A reação da maioria é como descrevi. Mas existe uma grande probabilidade de uma reação minoritária. O conhecimento de nossa tutela e de nosso controle irá instigar, em uma minoria, não complacência, mas hostilidade. Isso vem do Teorema de Korillov...

– Sim, sim. Conheço o teorema.

– Desculpe, Orador. É difícil evitar a matemática. Em todo caso, o efeito é não só a diluição dos esforços da Fundação, mas parte deles se volta contra nós, ativamente contra nós.

– E *isso* é tudo?

– Ainda permanece outro fator, cuja probabilidade é moderadamente baixa...

– Muito bom. E qual é?

– Enquanto as energias da Primeira Fundação eram direcionadas somente para o Império; enquanto seus únicos inimigos eram naves enormes e ultrapassadas que restavam dos escombros do passado, eles só se preocupavam com as ciências físicas. *Conosco* formando uma nova e grande parte do ambiente deles, uma mudança de perspectiva pode muito bem se impor, e eles podem tentar se tornar psicólogos...

– Esta mudança – disse o Primeiro Orador, friamente – já ocorreu.

Os lábios do Estudante se comprimiram formando uma linha pálida.

– Então está tudo terminado. É a incompatibilidade básica do Plano. Orador, eu saberia disso se vivesse... fora?

O Primeiro Orador falou, sério:

– Você se sente humilhado, meu jovem, porque, pensando ter entendido tudo tão bem, de repente descobre que muitas coisas muito aparentes lhe eram desconhecidas. Pensou que era um dos senhores da Galáxia, de repente descobre que está próximo da destruição. Naturalmente, vai se ressentir da torre de marfim na qual viveu, a reclusão na qual foi educado, as teorias com as quais foi criado. Já senti isso. É normal. Mas era necessário que, em seus anos de formação, você não tivesse contato direto com a Galáxia, que você permanecesse *aqui*, onde todo o conhecimento é filtrado pra você, e sua mente, cuidadosamente aguçada. Poderíamos ter mostrado isso, esse fracasso parcial do Plano, antes, e evitado o choque agora, mas você não teria entendido o significado apropriado, como agora compreendeu. Então, não encontrou nenhuma solução para o problema?

O Estudante balançou a cabeça e disse, desesperançado:

– Nenhuma!

– Bom, não é surpreendente. Ouça, jovem. Existe um curso de ação que foi seguido por mais de uma década. Não é um curso normal, mas um que tivemos de adotar contra nossa vontade. Ele envolve baixas probabilidades, suposições perigosas... Fomos até forçados a lidar com reações individuais por momentos, porque era o único caminho, e você sabe que a psicoestatística, por sua própria natureza, não tem significado quando aplicada numa escala inferior à planetária.

– Estamos sendo bem-sucedidos? – perguntou o Estudante.

– Não há como saber ainda. Conseguimos manter a situação estável até o momento... mas, pela primeira vez na história do Plano, é possível que as ações inesperadas de um único indivíduo destruam tudo. Ajustamos um número mínimo de estrangeiros para um estado mental necessário, temos nossos agentes... mas seus caminhos são planejados. Eles não ousam improvisar. Isso deve ser óbvio para você. E não vou ocultar o pior... se formos descobertos, aqui, nesse mundo, não só o Plano será destruído, mas nós mesmos, fisicamente. Então, veja, nossa solução não é muito boa.

– Mas o pouco que você descreveu não parece uma solução, mas um palpite desesperado.

– Não. Digamos, um palpite inteligente.

– Quando é a crise, Orador? Quando saberemos se fomos bem-sucedidos ou não?

– Dentro de um ano, sem dúvida.

O Estudante considerou isso e balançou a cabeça. Apertou a mão do Orador:

– Bem, é bom saber.

Ele saiu.

O Primeiro Orador olhou silenciosamente para fora enquanto a janela ganhava transparência. Passou pelas gigantescas estruturas até as estrelas que se aglomeravam, silenciosas.

Um ano passaria rapidamente. Algum deles, algum dos herdeiros de Seldon, estaria vivo ao final dele?

11.

Clandestina

AINDA FALTAVA POUCO MAIS DE um mês para o começo do verão. Começo, quer dizer, no sentido de que Homir Munn teria escrito seu último informe financeiro do ano fiscal, para que o bibliotecário substituto indicado pelo governo estivesse a par de todas as sutilezas do posto (o homem do ano passado havia sido bem insatisfatório) e preparado seu pequeno iate, o *Unimara* (cujo nome homenageava um episódio terno e misterioso que acontecera havia vinte anos), tirando-o de seu refúgio de inverno.

Ele partiu de Terminus deprimido. Ninguém estava no porto para vê-lo ir embora. Isso era natural, já que ninguém jamais tinha ido antes. Ele sabia muito bem que era importante fazer a viagem da mesma forma que as anteriores, mas se sentiu tomado por um vago ressentimento. Ele, Homir Munn, estava arriscando o próprio pescoço em uma proeza das mais exorbitantes, e estava sozinho.

Pelo menos, era o que pensava.

E foi por ter pensado errado que o dia seguinte foi bastante confuso, tanto no *Unimara* quanto no lar suburbano do dr. Darell.

A confusão atingiu primeiro o lar do dr. Darell, em escala de tempo, por meio de Poli, a empregada, cujo mês de férias agora era uma coisa do passado. Ela desceu correndo as escadas, agitada e gaguejando.

O bom doutor foi a seu encontro e ela tentou inutilmente transformar emoções em palavras, mas acabou empurrando uma folha de papel e um objeto cúbico na direção dele.

Ele os pegou sem vontade e disse:

– O que está errado, Poli?

– Ela *sumiu*, doutor.

– Quem?

– Arcádia!

– O que você está dizendo? Para onde? Do que você está falando?

E ela bateu o pé:

– *Eu* não sei. Ela sumiu, e uma mala e algumas roupas sumiram com ela, e aqui está a carta. Por que o senhor não a lê, em vez de ficar parado aí? Vocês, *homens*!

O dr. Darell deu de ombros e abriu o envelope. A carta não era longa e, exceto pela assinatura angular, "Arkady", estava com a letra do transcritor de Arcádia.

Caro Pai:

Seria simplesmente muito triste dizer adeus pessoalmente. Teria chorado como uma menininha, e você ficaria com vergonha de mim. Então, em vez disso, escrevo uma carta para dizer que sentirei sua falta, mesmo indo passar umas férias de verão maravilhosas com tio Homir. Vou me cuidar, e não demorarei a voltar para casa. Enquanto isso, estou deixando algo que é só meu. Você pode ficar com ele agora.

Sua amada filha,

Arkady

Ele leu várias vezes, com uma expressão que perdia brilho a cada vez. Acabou dizendo, com rigidez:

– Você leu esta carta, Poli?

Poli ficou instantaneamente na defensiva.

– Certamente não posso ser acusada por isso, doutor. O envelope tem "Poli" escrito do lado de fora, e não tinha como saber que havia uma carta para o senhor dentro. Não sou uma intrometida, doutor, e nos anos em que estou com...

Darell levantou uma mão apaziguadora:

– Muito bem, Poli. Não é importante. Eu só queria ter certeza de que você entendia o que aconteceu.

Ele estava pensando rapidamente. Não valia a pena pedir para que ela esquecesse o acontecido. Em relação ao inimigo, "esquecer" era uma palavra sem sentido, e o conselho ajudava a tornar o assunto mais importante, tendo, assim, o efeito contrário.

Em vez disso, ele falou:

– Ela é uma garotinha muito peculiar, você sabe. Muito romântica. Desde que organizamos tudo para que fizesse uma viagem espacial neste verão, ela tem estado muito animada.

– E por que ninguém *me* falou nada sobre essa viagem espacial?

– Foi organizada enquanto você estava fora, e nós esquecemos. Nada mais que isso.

As emoções originais de Poli agora se concentravam em uma forte indignação.

– Simples, é? A pobre menina viajou com uma mala só, sem um guarda-roupas decente, e sozinha. Quanto tempo ficará fora?

– Ora, não quero que você se preocupe com isso, Poli. Há muitas roupas para ela na nave. Tudo foi organizado. Você pode dizer ao sr. Anthor que quero vê-lo? Ah, e antes: esse foi o objeto que Arcádia deixou para mim? – Ele o virou em sua mão.

Poli balançou a cabeça:

– Tenho certeza de que não sei. A carta estava sobre isso e é tudo que posso falar. Perdoe-me por dizer isso, mas se a mãe dela estivesse viva...

Darell fez um gesto para que ela saísse:

– Por favor, chame o sr. Anthor.

O ponto de vista de Anthor quanto à questão diferia radicalmente do ponto de vista do pai de Arcádia. Ele enfatizou suas afirmações iniciais com punhos fechados e puxões do próprio cabelo e, a partir daí, chegou à total amargura.

– Grande Espaço, o que você está esperando? O que nós dois estamos esperando? Ligue para o espaçoporto e entre em contato com o *Unimara*.

– Calma, Pelleas, ela é a *minha* filha.

– Mas não é a sua Galáxia.

– Ora, espere aí. Ela é uma garota inteligente, Pelleas, e pensou muito bem nisso. É melhor seguirmos seus pensamentos enquanto está tudo fresco. Você sabe que coisa é esta?

– Não. Por que isso importa?

– Porque é um receptor de som.

– Essa coisa?

– Caseiro, mas funciona. Testei. Não vê? Ela está tentando nos dizer que participou de nossas conversas. Sabe onde Homir Munn está indo, e para quê. Ela decidiu que seria emocionante ir junto.

– Oh, Grande Espaço – lastimou o jovem. – Outra mente para a Segunda Fundação arrombar.

– Exceto pelo fato de que não há motivo para que a Segunda Fundação deva, *a priori*, suspeitar que uma garota de catorze anos seja um perigo... *a menos* que façamos tudo para chamar a atenção sobre ela, como ligar para uma nave no espaço só para tirá-la de lá. Você se esquece de com quem estamos lidando? Como é estreita a margem que nos separa de sermos descobertos? Como estaremos indefesos a partir de então?

– Mas não podemos depender de uma criança doida.

– Ela não é doida, e não temos escolha. Ela não precisava ter escrito a carta, mas fez isso para evitar que fôssemos à polícia por causa do seu sumiço. Sua carta sugere que transformemos toda a questão em uma oferta amigável da parte de Munn para levar a filha de um velho amigo para umas curtas férias. E por que não? Ele é meu amigo há quase vinte anos. Ele a conhece desde que ela tinha três anos, quando eu a trouxe de Trantor. É algo perfeitamente natural e, na verdade, deve diminuir as suspeitas. Um espião não levaria uma sobrinha de catorze anos junto.

– Então. O que Munn irá fazer quando a encontrar?

O dr. Darell piscou os olhos uma vez:

– Não sei dizer... mas acho que ela o convencerá.

Mas a casa ficou bastante vazia à noite, e o dr. Darell descobriu que o destino da Galáxia importava muito pouco quando a vida de sua filha doida estava em perigo.

O entusiasmo no *Unimara*, apesar de envolver menos pessoas, foi consideravelmente mais intenso.

No compartimento de bagagens, Arcádia se viu, em primeiro lugar, ajudada pela experiência e, em segundo, atrapalhada pela falta dela.

Assim, ela encarou a aceleração inicial com calma, e a náusea mais sutil que acompanhou o primeiro Salto através do hiperespaço, enfrentou com estoicismo. Ambas já tinham sido experimentadas em Saltos espaciais anteriores, e ela estava preparada. Sabia também que o compartimento de bagagens estava incluído no sistema de ventilação da nave e que havia até mesmo luz nas paredes. Esse último recurso, no entanto, ela excluiu por ser muito pouco romântico. Permaneceu na escuridão, como uma conspiradora, respirando muito de leve e ouvindo a miscelânea de ruídos que fazia Homir Munn.

Eram sons indistinguíveis, do tipo feito por um homem sozinho. O arrastar de sapatos, o raspar de roupas contra o metal, o rangido de uma cadeira se adaptando ao peso, o clique agudo de uma unidade de controle ou o suave pouso de uma palma sobre uma célula fotoelétrica.

Ainda assim, no final, foi a falta de experiência que entregou Arcádia. Nos livro-filmes e nos vídeos, os clandestinos pareciam ter uma capacidade infinita para aguentar a escuridão. É claro, sempre havia o perigo de tropeçar em algo que iria cair, fazendo barulho, ou de espirrar... nos vídeos, eles sempre espirravam; era uma coisa aceita. Ela sabia de tudo isso, e foi cuidadosa. Havia também a certeza de que a sede e a fome poderiam atacar. Para isso, ela foi preparada com comida enlatada tirada da despensa. Mas ainda havia coisas que nunca eram mencionadas nos filmes, e foi um choque para Arcádia perceber, apesar das melhores intenções do mundo, que só poderia ficar escondida no armário por um período limitado de tempo.

E, num iate esportivo para apenas uma pessoa, como era o *Unimara*, o espaço consistia, essencialmente, em um único aposento, então não havia chance de sair escondida do compartimento enquanto Munn estivesse ocupado em outro lugar.

Ela esperou, desesperada, os sons do sono surgirem. Se soubesse se ele roncava... Pelo menos sabia onde estava a cama e poderia reconhecer o rangido, quando ele se deitasse. Houve uma respiração demorada e um bocejo. Ela esperou durante um tempo silencioso, pontuado pelo barulho de alguém se virando ou mudando de posição.

A porta do compartimento de bagagens se abriu facilmente com a pressão de seu dedo e ela esticou o pescoço...

Havia um som, definitivamente humano, que parou de repente.

Arcádia ficou parada. Silêncio! Ainda o silêncio!

Ela tentou olhar para fora sem mexer a cabeça, mas não conseguiu. A cabeça seguia os olhos.

Homir Munn estava acordado, é claro – lendo na cama, iluminado pela luz indireta, olhando na escuridão, com os olhos bem abertos e com a mão embaixo do travesseiro.

A cabeça de Arcádia se moveu rapidamente para trás. Então, as luzes se acenderam totalmente e a voz de Munn disse, com rispidez:

– Tenho um desintegrador e vou atirar, pela Galáxia...

E Arcádia gemeu:

– Sou só eu. Não atire.

É impressionante como a aventura é uma flor frágil. Um desintegrador numa mão nervosa pode estragar tudo.

As luzes se acenderam – por toda a nave – e Munn estava sentado na cama. Os pelos, um pouco grisalhos, em seu peito magro e a barba de um dia davam-lhe uma aparência, totalmente falsa, de decadência e devassidão.

Arcádia saiu, puxando seu casaco de metallene que deveria ser à prova de amassados.

Depois de um momento maluco no qual ele quase pulou da cama, Munn caiu em si, puxou o lençol até os ombros e gaguejou:

– O... o q... O quê...

Era impossível compreender o que dizia.

Arcádia falou, mansa:

– Você me daria um minuto? Preciso lavar as mãos. – Ela conhecia a geografia da nave e desapareceu rapidamente. Quando voltou, com a coragem restaurada, Homir Munn estava de pé, com um roupão de banho desbotado por fora e uma fúria brilhante por dentro.

– O que, pelos buracos negros do espaço, você está f... fazendo a bordo desta nave? C... como você entrou aqui? O que você a... acha que eu devo fazer com você? O que está *acontecendo* aqui?

Ele poderia ter feito perguntas indefinidamente, mas Arcádia o interrompeu com suavidade:

– Eu só queria ir junto, tio Homir.

– *Por quê*? Eu não estou indo para lugar nenhum.

– Você está indo para Kalgan, atrás de informações da Segunda Fundação.

Munn deu um uivo selvagem e perdeu o controle. Por um terrível momento, Arcádia achou que ele iria, histericamente, bater a cabeça contra a parede. Ainda estava com o desintegrador na mão, e o estômago dela ficou gelado ao perceber isso.

– Cuidado... Vá com calma... – foi o que ela conseguiu pensar em falar.

Mas ele lutou para reconquistar a normalidade relativa, e jogou o desintegrador na cama com uma força que deveria tê-lo feito disparar e abrir um buraco no casco da nave.

– Como você conseguiu entrar? – ele perguntou devagar, como se estivesse soltando cada palavra por entre os dentes com bastante cuidado, evitando que elas tremessem antes de sair.

– Foi fácil. Só cheguei ao hangar com minha mala e disse: "A bagagem do sr. Munn!", e o homem só apontou para a nave, sem nem olhar para mim.

– Vou ter de levá-la de volta, sabe – disse Homir, e houve um súbito alívio dentro dele com o pensamento. Pelo espaço, não tinha sido culpa dele.

– Você não pode – disse Arcádia, calmamente. – Atrairia muita atenção.

– O quê?

– *Você* sabe disso. Todo o propósito de *sua* viagem para Kalgan foi porque era natural para você viajar e pedir permissão para olhar os registros do Mulo. E você precisa ser natural para não atrair nenhuma atenção. Se voltar com uma garota clandestina, pode até sair nos telejornais.

– Onde o... obteve essas noções sobre Kalgan? Essas... hã... besteiras... – Ele soava pedante demais para convencer, é claro, mesmo alguém que soubesse menos que Arcádia.

– Eu ouvi – ela não pôde evitar totalmente o orgulho –, com um gravador. Sei tudo, então você *precisa* me deixar ir junto.

– E o seu pai? – ele disse, como se tivesse um trunfo. – Para ele, você pode ter sido sequestrada... morta.

– Eu deixei um bilhete – ela disse, rebatendo. – E ele provavelmente sabe que não deve fazer nenhum escândalo ou coisa do gênero. Você provavelmente receberá um espaçograma dele.

Para Munn, a única explicação era a bruxaria, porque o sinal de recepção tocou forte uns dois segundos depois que ela terminou de falar.

– Aposto que é meu pai – disse ela. E era.

A mensagem não era longa e estava dirigida a Arcádia. Dizia: "Obrigado por seu adorável presente, tenho certeza de que você o usou bem. Divirta-se".

– Está vendo? – disse ela. – São instruções.

Homir acabou se acostumando a ela. Depois de um tempo, estava feliz por tê-la ali. No final, se perguntava como teria se virado sem ela. A menina falava sem parar! Estava animada! Mais do que tudo, não tinha nenhuma preocupação. Sabia que a Segunda Fundação era o inimigo, mas isso não a preocupava. Sabia que, em Kalgan, ele deveria lidar com uma burocracia hostil, mas ela mal podia esperar.

Talvez tudo isso fizesse parte de ter catorze anos.

De qualquer forma, a viagem de uma semana agora queria dizer conversa, em vez de introspecção. Para falar a verdade, não era uma conversa muito inspirada, já que tinha a ver, quase que inteiramente, com as noções da garota sobre como melhor lidar com o senhor de Kalgan. Uma deliberação divertida e sem sentido, mas apresentada com seriedade.

Homir descobriu-se capaz de sorrir enquanto ouvia e se perguntava de qual tesouro da ficção histórica ela tinha obtido tantas noções distorcidas sobre o grande universo.

Era a noite anterior ao último Salto. Kalgan era uma estrela brilhante no vazio dos espaços exteriores da Galáxia. O telescópio da nave a mostrava como uma bolha brilhante de diâmetro quase imperceptível.

Arcádia sentava-se, com as pernas cruzadas, na cadeira de comando. Estava usando calças folgadas e uma camisa pouco espaçosa que pertencia a Homir. Suas roupas mais femininas tinham sido lavadas e passadas para o desembarque.

– Sabe – falou –, vou escrever romances históricos.

Ela estava bem feliz com a viagem. O tio Homir não se importava em ouvi-la, e era muito mais agradável quando se conversava com uma pessoa realmente inteligente que levava a sério o que você dizia.

– Eu li muitos livros – ela continuou – sobre todos os grandes homens da história da Fundação. Sabe, como Seldon, Hardin, Mallow, Devers e todo o resto. Eu até li a maioria dos que você escreveu sobre o Mulo, mas não é muito legal ler aquelas partes sobre quando a Fundação é derrotada. Você não preferiria ler uma história sem as partes bobas e trágicas?

– Sim, gostaria – Munn garantiu, sério. – Mas não seria uma história verdadeira, seria, Arkady? Você nunca ganhará o respeito acadêmico, a menos que conte toda a história.

– Ah, besteira. Quem se importa com respeito acadêmico? – Ela o achava encantador. Ele não tinha deixado de chamá-la de Arkady durante todo o tempo. – Meus romances serão interessantes e vão vender, e serei famosa. Qual o sentido de escrever livros, se não for para vendê-los e se tornar bem conhecida? Não quero que somente alguns velhos professores me conheçam. Precisa ser todo mundo.

Seus olhos se nublaram com o prazer do pensamento e ela se esticou para ficar numa posição mais confortável.

– Na verdade, assim que eu convencer meu pai, vou visitar Trantor, para conseguir material sobre o Primeiro Império, sabe. Eu nasci em Trantor, sabia disso?

Ele sabia, mas perguntou:

– Verdade? – E colocou a quantidade certa de espanto na voz. Foi recompensado com algo entre um sorriso e um raio de luz.

– Ahã. Minha avó... você sabe, Bayta Darell, você ouviu falar *dela*... estava em Trantor uma vez, com meu avô. Na verdade, foi onde eles conseguiram parar o Mulo, quando toda a Galáxia estava aos pés dele; e meu pai e minha mãe foram para lá quando se casaram. Nasci lá. Vivi ali até minha mãe morrer, quando tinha apenas três anos, e não me lembro muito sobre isso. Você já esteve em Trantor, tio Homir?

– Não, não posso dizer que já estive. – Ele se encostou no anteparo frio e ficou ouvindo. Kalgan estava muito perto e ele sentiu a intranquilidade voltar.

– Não é simplesmente o mundo mais *romântico*? Meu pai diz que sob Stannel v, ele tinha mais pessoas que *dez mundos* de hoje. Ele diz que era um único mundo de metal... uma gigantesca cidade... que era a capital de toda a Galáxia. Ele me mostrou fotos que tirou em Trantor. Está tudo em ruínas agora, mas ainda é *estupendo*. Eu *adoraria* revê-la. Na verdade... Homir!

– Sim?

– Por que não vamos lá, quando terminarmos em Kalgan?

O medo tomou conta de seu rosto:

– O quê? Agora, nem comece com isso. Essa viagem é de negócios, não de lazer. Lembre-se disso.

– Mas *são* negócios – ela falou. – Pode haver uma quantidade incrível de informações em Trantor. Não acha?

– Não. – Ele se levantou. – Agora, saia da frente do computador. Precisamos fazer o último Salto e depois pousar.

Uma coisa boa de pousar era que ele estava cansado de tentar dormir de sobretudo no chão frio.

Os cálculos não eram difíceis. O *Guia de bolso das rotas espaciais* era bastante explícito sobre a rota Fundação-Kalgan. Houve o tique momentâneo da passagem através do hiperespaço e o último ano-luz ficou para trás.

O sol de Kalgan era um sol agora – grande, brilhante e amarelo-esbranquiçado, invisível por trás das escotilhas que tinham se fechado automaticamente no lado iluminado.

Kalgan estava a somente uma noite de distância.

12.

Lorde

DE TODOS OS MUNDOS DA GALÁXIA, Kalgan sem dúvida tinha uma história única. A do planeta Terminus, por exemplo, era de ascensão quase ininterrupta. A de Trantor, que já fora a capital da Galáxia, era de queda quase ininterrupta. Mas Kalgan...

Ele primeiro ganhou fama como o centro de prazer da Galáxia, dois séculos antes do nascimento de Hari Seldon. Era um mundo de prazeres, no sentido de que construiu uma indústria – e muito lucrativa, pode-se dizer – a partir da diversão.

E era uma indústria estável. Era a mais estável da Galáxia. Quando toda a civilização se deteriorou, pouco a pouco, isso quase não teve nenhuma influência em Kalgan. Não importava como a economia e a sociologia dos setores vizinhos da Galáxia mudassem, sempre havia uma classe dominante; e é uma característica dela ver o lazer como *a* grande recompensa de se pertencer à elite.

Kalgan estivera a serviço, portanto, sucessivamente – e com sucesso – dos dândis afetados e perfumados da corte imperial, com suas damas brilhantes e libidinosas; dos rudes e ruidosos senhores de guerra que dominavam, com mão de ferro, os mundos que tinham conquistado com sangue, acompanhados de suas mulheres lascivas e insolentes; dos gordos e luxuriosos homens de negócios da Fundação, com suas amantes exuberantes e cruéis.

Também não discriminava ninguém, se tivesse dinheiro. E, como Kalgan servia a todos e não barrava ninguém, como sua mercadoria estava em demanda constante, como tinha a sabedoria de não interferir na política e não questionar a legitimidade de ninguém, prosperou quando ninguém mais conseguia, e permaneceu gordo quando todos emagreciam.

Quer dizer, até o Mulo. Então, de alguma forma, Kalgan caiu, também, perante um conquistador que era insensível à diversão ou a qualquer outra coisa que não fosse a conquista. Para ele, todos os planetas eram iguais, até mesmo Kalgan.

Assim, por uma década, o planeta se viu no estranho papel de metrópole galáctica; amante do maior império desde o fim do próprio Império Galáctico.

E então, com a morte do Mulo, rápida como havia sido a ascensão, veio a queda. A Fundação se libertou. Com ela, e depois dela, a maior parte dos domínios do Mulo. Cinquenta anos mais tarde, não havia nada além da memória daquele curto espaço de poder, como um sonho de ópio. Kalgan nunca se recuperou. Talvez nunca voltasse a ser o mundo de prazer despreocupado que já havia sido, porque o encanto do poder nunca desaparece completamente. Ele vivia, em vez disso, sob uma sucessão de homens que a Fundação chamava de senhores de Kalgan, mas que se referiam a si mesmos como Primeiros Cidadãos da Galáxia, em imitação ao único título do Mulo, e que mantinham a ficção de que eram conquistadores também.

O atual senhor de Kalgan estava naquela posição havia cinco meses. Ele a conquistara originalmente em virtude de sua posição como chefe da marinha kalganiana, e de uma lamentável falta de cuidado por parte do senhor anterior.

Mesmo assim, ninguém em Kalgan era estúpido o suficiente para questionar sua legitimidade por muito tempo, ou de muito perto. Essas coisas aconteciam, e era melhor aceitá-las.

Mas esse tipo de sobrevivência do mais apto, além de premiar o mais sanguinário e maldoso, ocasionalmente permitia que os mais hábeis se destacassem, também. Lorde Stettin era bastante competente e difícil de manipular.

Difícil para Sua Eminência, o primeiro-ministro, que, com imparcialidade, tinha servido ao último senhor assim como ao atual, e que, se vivesse o suficiente, serviria ao próximo também.

Difícil também para lady Callia, que era mais do que uma amiga para Stettin, mas menos do que esposa.

Nos aposentos particulares de lorde Stettin, os três estavam sozinhos naquela noite. O Primeiro Cidadão, volumoso e brilhante na farda de almirante que gostava de usar, franziu a testa na poltrona em que se sentava tão rigidamente quanto o plástico da qual ela era composta. Seu primeiro-ministro, Lev Meirus, o encarava com indiferença distante, seus dedos longos e nervosos alisando ritmicamente a linha curva que ia do nariz adunco por toda a face magra e afundada, até o queixo quase pontudo com barba grisalha. Lady Callia se dispôs graciosamente sobre a manta bem macia que cobria o sofá de espuma, seus lábios tremendo um pouco, sem que ninguém prestasse atenção.

– Senhor – disse Meirus (era o único título que cabia a um lorde que se chamava somente de Primeiro Cidadão) –, falta ao senhor uma certa visão da continuidade da história. Sua própria vida, com suas tremendas revoluções, o leva a pensar no curso da civilização como algo igualmente suscetível a mudanças súbitas. Mas não é.

– O Mulo provou o contrário.

– Mas quem pode seguir seus passos? Ele era mais do que um homem, lembre-se. E ele também não foi completamente bem-sucedido.

– Cãozinho... – queixou-se lady Callia, de repente, e se encolheu diante do gesto furioso do Primeiro Cidadão.

Lorde Stettin disse, duro:

– Não interrompa, Callia. Meirus, estou cansado da falta de ação. Meu predecessor passou a vida afiando a marinha em um instrumento de funcionamento perfeito, sem igual na Galáxia. E morreu com uma máquina magnífica como essa parada. Devo continuar assim? Eu, o almirante da marinha? Quanto tempo vai demorar até que a máquina enferruje? – ele continuou. – No momento, ela só gasta o dinheiro do Tesouro e não traz nenhum retorno. Seus oficiais anseiam por dominar; seus homens, por saquear. Toda a Kalgan deseja o retorno do Império e da glória. Consegue entender isso?

– Essas palavras que o senhor usa são só palavras – disse Meirus –, mas capto o sentido. Domínio, saque, glória... agradáveis quando obtidos, mas o processo para obtê-los é frequentemente arriscado e sempre desagradável. O primeiro fluxo de sorte pode não continuar. E, em toda história, nunca foi sábio atacar a Fundação. Mesmo o Mulo teria sido mais sábio se tivesse refreado...

Havia lágrimas nos olhos azuis e vazios de lady Callia. Ultimamente, seu Cãozinho quase não prestava atenção nela e, agora, quando tinha prometido passar a noite com ela, esse homem horrível, magro e cinzento, que sempre parecia olhar através das pessoas, tinha forçado uma audiência. E seu Cãozinho tinha *deixado*. Ela não ousava dizer nada; tinha medo até que um soluço escapasse.

Mas Stettin estava falando agora com a voz que ela odiava, duro e impaciente. Ele dizia:

– Você é um escravo do passado longínquo. A Fundação é maior em volume e população, mas é uma federação frouxa e cairá com um golpe. O que os une nestes dias é simplesmente a inércia; uma inércia que sou forte o bastante para esmagar. Você está hipnotizado pelo passado, quando somente a Fundação tinha energia nuclear. Eles foram capazes de evitar os golpes finais do Império moribundo e, depois, só encararam a anarquia descerebrada dos senhores da guerra que só podiam se defender das naves nucleares da Fundação com velharias e relíquias. Mas o Mulo, meu querido Meirus, mudou isso. Ele espalhou o conhecimento que a Fundação havia reservado para si por metade da Galáxia, e o monopólio da ciência acabou para sempre. Podemos enfrentá-los.

– E a Segunda Fundação? – questionou Meirus, friamente.

– E a Segunda Fundação? – repetiu Stettin também friamente. – *Você* sabe das intenções dela? Ela demorou cinco anos para parar o Mulo, se é que, na verdade, esse foi o motivo, o que muitos duvidam. Você não sabe que uma boa quantidade de psicólogos e sociólogos tem a opinião de que o Plano Seldon foi completamente destruído desde os dias do Mulo? Se o Plano acabou, então existe um vácuo que posso preencher tão bem quanto qualquer outro.

– Nosso conhecimento sobre essas questões não é grande o suficiente para garantir a aposta.

– *Nosso* conhecimento, talvez, mas temos um visitante da Fundação no planeta. Sabia disso? Um Homir Munn... que, pelo que entendi, escreveu artigos sobre o Mulo e expressou exatamente essa opinião, de que o Plano Seldon não existe mais.

O primeiro-ministro concordou:

– Ouvi falar dele ou, pelo menos, de seus escritos. O que ele quer?

– Ele pede permissão pra entrar no palácio do Mulo.

– Sério? Seria inteligente recusar. Não é bom perturbar as superstições que sustentam o planeta.

– Vou pensar nisso... e vamos nos falar novamente.

Meirus fez uma mesura e saiu.

Lady Callia falou com a voz chorosa:

– Você está bravo comigo, Cãozinho?

Stettin voltou-se para ela, selvagem:

– Já não falei para não me chamar com esse apelido ridículo na presença de outros?

– Você gostava *antes*.

– Bom, não gosto mais, e isso não deve acontecer de novo.

Ele olhou para ela de forma sombria. Era um mistério como continuava a tolerá-la. Ela era uma coisa doce e de cabeça vazia, agradável ao toque, com uma afeição flexível que era uma faceta conveniente para uma vida dura. Ainda assim, mesmo essa afeição estava se tornando cansativa. Ela sonhava com o casamento, queria ser a primeira-dama.

Ridículo!

Ela tinha servido bem quando ele era somente um almirante – mas agora, como Primeiro Cidadão e futuro conquistador, precisava de mais. Ele precisava de herdeiros que pudessem unir seus futuros domínios, algo que o Mulo nunca tivera, e que fora o motivo pelo qual seu império não sobreviveu à sua estranha vida não humana. Ele, Stettin, precisava de alguém das grandes famílias históricas da Fundação com quem pudesse fundir dinastias.

Ele se perguntava, irritado, por que não se livrava de Callia agora. Não seria nenhum problema. Ela iria chorar um pouco... Ele espantou o pensamento. Ela tinha alguns pontos bons, de vez em quando.

Callia estava feliz agora. A influência do barba grisalha tinha desaparecido, e o rosto frio de seu Cãozinho estava ficando mais suave. Ela se levantou em um movimento fluido e se derreteu em cima dele.

– Você não vai me repreender, vai?

– Não. – Ele fez um carinho nela, sem prestar muita atenção. – Agora fique quietinha por um momento, sim? Quero pensar.

– Sobre o homem da Fundação?

– Sim.

– Cãozinho? – ela disse, depois de uma pausa.

– O quê?

– Cãozinho, você disse que o homem tem uma garotinha com ele. Lembra-se? Eu poderia vê-la? Eu nunca...

– Agora, por que você acha que eu quero que ele traga a pirralha aqui? A minha sala de audiências é um jardim da infância? Basta de bobagens, Callia.

– Mas eu vou cuidar dela, Cãozinho. Você nem vai ter de se incomodar. É que dificilmente vejo crianças, e você sabe como eu as adoro.

Ele olhou com sarcasmo. Ela nunca se cansava disso. Ela adorava crianças; quer dizer, os filhos *dele*; quer dizer, seus filhos *legítimos*; quer dizer, casamento. Ele riu.

– Essa pequenina em especial – ele falou – é uma garota de catorze ou quinze anos. Ela é provavelmente tão alta quanto você.

Callia ficou indignada:

– Bom, mas eu poderia, da mesma forma? Ela poderia me contar sobre a Fundação. Eu sempre quis ir lá, sabe. Meu avô era um homem da Fundação. Você nunca vai me levar lá, Cãozinho?

Stettin sorriu com o pensamento. Talvez levasse, como conquistador. O bom humor que o pensamento lhe trouxe se transformou em palavras:

– Vou, vou. E você pode ver a garota e conversar sobre a Fundação o quanto quiser. Mas não perto de mim, entenda.

– Não vou atrapalhá-lo, sério. Vou levá-la para meus aposentos.

Ela tinha ficado feliz novamente. Não era muito frequente, nos últimos tempos, que tivesse a permissão de fazer o que queria. Colocou os braços ao redor do pescoço dele e, depois de uma rápida hesitação, sentiu que ele relaxava, e a grande cabeça deitou em seu ombro.

13.

Lady

ARCÁDIA SE SENTIU TRIUNFANTE. Como a vida havia mudado desde que Pelleas Anthor tinha colocado a cara boba na janela – e tudo porque ela teve a visão e a coragem para fazer o que era necessário.

Agora estava em Kalgan. Tinha visitado o grande Teatro Central – o maior da Galáxia – e visto *ao vivo* algumas das cantoras que eram famosas até mesmo na distante Fundação. Ela tinha feito compras, por conta própria, por todo o Caminho Florido, centro da moda do mundo mais divertido do espaço. E tinha escolhido tudo sozinha, porque Homir não entendia nada disso. A vendedora não achou nenhum problema no vestido longo e brilhante com aquelas listras verticais que a deixavam mais alta – e o dinheiro da Fundação durava muito. Homir tinha lhe dado uma nota de dez créditos e, quando ela a trocou por "kalganidos" kalganianos, recebeu uma bolada gorda.

Ela tinha até arrumado o cabelo – deixado meio curto atrás, com duas espirais brilhantes sobre cada têmpora. E foi tratado para que ficasse mais dourado do que nunca; ela simplesmente *brilhava*.

Mas *isto*; isto era o melhor de tudo. Para dizer a verdade, o palácio de lorde Stettin não era tão grande e luxuoso como os teatros, ou tão misterioso e histórico como o antigo palácio do Mulo – do qual, até o momento, eles só tinham conseguido ver rapidamente as torres solitárias, no voo panorâmico ao redor do planeta –, mas, imaginem, um verdadeiro lorde. Ela estava fascinada com tanta glória.

E não só isso. Ela estava, na verdade, frente a frente com a Amante dele. Em sua mente, Arcádia colocou a palavra em letra maiúscula, porque sabia o papel que tais mulheres tinham desempenhado na história; sabia do glamour e do poder delas. Na verdade, ela tinha pensado frequentemente em ser, ela mesma, uma dessas criaturas poderosas e brilhantes, mas, por algum motivo, as amantes estavam fora de moda na Fundação e, além disso, seu pai provavelmente não permitiria.

É claro, lady Callia não estava à altura da fantasia de Arcádia. Por um lado, ela era um tanto gordinha e não parecia má ou perigosa. Estava mais para murchinha e míope. Sua voz era aguda, também, em vez de gutural, e...

– Você gostaria de mais chá, minha criança? – perguntou Callia.

– Vou querer outra taça, obrigada, Vossa Graça – (ou seria Vossa Alteza?).

Arcádia continuou com uma condescendência de conhecedor:

– Que adoráveis pérolas a senhora está usando, milady – (no geral, "milady" parecia melhor).

– Oh? Você acha? – Callia parecia vagamente agradecida. Ela tirou o colar e o ficou balançando. – Quer para você? Pode ficar, se quiser.

– Oh, meu... Você está falando sério... – Ela sentiu as pérolas na mão e, repelindo-as, aflita, falou: – Meu pai não gostaria disso.

– Ele não gostaria de pérolas? Mas elas são tão bonitas.

– Ele não gostaria que eu as aceitasse, quero dizer. Você não deve aceitar presentes caros de outras pessoas, ele sempre diz.

– Não deve? Mas... quero dizer, foi um presente do Cã... do Primeiro Cidadão. Isso foi errado, então?

Arcádia ficou vermelha:

– Não quis dizer...

Mas Callia tinha se cansado do assunto. Ela deixou as pérolas caírem no chão e disse:

– Você ia me contar sobre a Fundação. Por favor, faça isso agora.

E Arcádia não soube, de repente, o que dizer. O que alguém pode dizer sobre um mundo terrivelmente chato? Para ela, a Fundação era uma cidade de subúrbio, uma casa confortável, as necessidades chatas de educação, as eternidades pouco interessantes de uma vida em silêncio. Ela disse, incerta:

– É como se vê nos livro-filmes, acho.

– Oh, você vê livro-filmes? Eles me dão tanta dor de cabeça quando tento. Mas sabe que sempre adorei as video-histórias de seus comerciantes... homens tão grandes e selvagens. É sempre tão excitante. O seu amigo, sr. Munn, é um deles? Ele não parece muito selvagem. A maioria dos comerciantes tinha barba, e vozes bem graves, e eram tão dominadores com as mulheres... você não acha?

Arcádia sorriu:

– Isso é só parte da história, milady. Quero dizer, quando a Fundação era jovem, os comerciantes eram os pioneiros que empurravam as fronteiras e levavam a civilização para o resto da Galáxia. Aprendemos sobre isso na escola. Mas aquela época passou. Não temos mais comerciantes, somente corporações e essas coisas.

– Sério? Que pena. Então o que faz o sr. Munn? Quero dizer, se ele não é um comerciante.

– Tio Homir é bibliotecário.

Callia colocou a mão nos lábios e riu, nervosa:

– Você quer dizer que ele cuida de livro-filmes. Oh, puxa! Parece algo tão tolo para um homem crescido fazer.

– Ele é um ótimo bibliotecário, milady. É uma ocupação muito valorizada na Fundação – disse, enquanto colocava a pequena e iridescente xícara de chá sobre a superfície de metal branca da mesa.

Sua anfitriã ficou preocupada:

– Mas, minha querida criança, nunca quis lhe ofender. Ele deve ser um homem muito *inteligente*. Pude ver isso em seus olhos, assim que o encontrei. Eles eram tão... tão *inteligentes*. E ele deve ser corajoso, também, para querer ver o palácio do Mulo.

– Corajoso? – A consciência interna de Arcádia mudou. Isso era o que ela estava esperando. Intriga! Intriga! Com grande indiferença, perguntou, olhando perdida para o dedão: – Por que alguém precisa ser corajoso para ver o palácio do Mulo?

– Não sabia? – Seus olhos estavam bem abertos e sua voz tinha sumido. – Há uma maldição sobre ele. Quando morreu, o Mulo disse que ninguém deveria entrar lá até que o Império da Galáxia fosse estabelecido. Ninguém em Kalgan ousaria entrar naquele lugar.

Arcádia absorveu isso.

– Mas é superstição...

– Não diga isso – Callia ficou brava. – O Cãozinho sempre diz isso. Ele diz que é útil afirmar isso, no entanto, para manter seu controle sobre as pessoas. Mas eu percebi que ele nunca foi lá sozinho. E nem Thallos, que era o Primeiro Cidadão antes do Cãozinho. – Um pensamento cruzou sua cabeça, e ela ficou toda curiosa novamente. – Mas por que o sr. Munn quer ver o palácio?

E era aqui que o plano cuidadoso de Arcádia poderia ser colocado em ação. Ela sabia bem, por meio dos livros que tinha lido, que a amante de um governante era o real poder por trás do trono, que era a verdadeira fonte de influência. Portanto, se o tio Homir fracassasse com lorde Stettin – e tinha certeza de que fracassaria –, ela poderia reverter o fracasso com lady Callia. Para falar a verdade, lady Callia era como um quebra-cabeças. Ela não parecia *nem um pouco* inteligente. Mas, bem, toda história provava...

– Há uma razão, milady – Arcádia falou –, mas a senhora poderia mantê-la em segredo?

– Juro pelo meu coração – disse Callia, fazendo o gesto apropriado sobre o peito macio e branco.

Os pensamentos de Arcádia mantiveram-se uma sentença à frente de suas palavras:

– O tio Homir é uma grande autoridade sobre o Mulo, sabe. Ele escreveu muitos livros a respeito, e acha que toda a história galáctica foi mudada desde que o Mulo conquistou a Fundação.

– Oh, puxa.

– Ele acha que o Plano Seldon...

Callia bateu palmas:

– Eu conheço o Plano Seldon. Os vídeos sobre os comerciantes falavam sempre do Plano Seldon. Supostamente, ele fazia com que a Fundação sempre ganhasse. A ciência tinha algo a ver com isso, apesar de eu nunca ter entendido como. Sempre fico cansada quando tenho de ouvir explicações. Mas siga em frente, querida. É diferente quando você explica. Faz tudo parecer tão claro.

– Bem, você entende, então – Arcádia continuou –, que, quando a Fundação foi derrotada pelo Mulo, o Plano Seldon não funcionou e não tem funcionado desde então. Assim, quem vai formar o Segundo Império?

– O Segundo Império?

– Sim, um deve ser formado algum dia, mas como? Esse é o problema, entende. E há a Segunda Fundação.

– A *Segunda* Fundação? – Ela estava completamente perdida.

– Sim, eles são os planejadores da história que estão seguindo os passos de Seldon. Eles pararam o Mulo porque ele era prematuro, mas, agora, podem estar apoiando Kalgan.

– Por quê?

– Porque Kalgan pode agora oferecer a melhor chance de ser o núcleo de um novo império.

Sutilmente, lady Callia parecia entender:

– Você quer dizer que o *Cãozinho* vai criar um novo império.

– Não podemos ter certeza. O tio Homir acha isso, mas precisa ver os registros do Mulo para descobrir.

– É tudo muito complicado – disse lady Callia, duvidando.

Arcádia desistiu. Tinha dado o melhor de si.

Lorde Stettin estava num humor mais ou menos selvagem. A sessão com o fracote da Fundação não tinha dado muitos frutos. Tinha sido pior: embaraçosa. Ser o governante absoluto de vinte e sete mundos, mestre da maior máquina militar da Galáxia, proprietário da maior ambição do universo – e obrigado a discutir besteiras com um antiquário.

Maldição!

Ele iria violar os costumes de Kalgan, não? Permitiria que o palácio do Mulo fosse saqueado para que um tolo pudesse escrever outro livro? Pela causa da ciência! O conhecimento sagrado! Grande Galáxia! Essas palavras podiam ser jogadas na sua cara com toda aquela seriedade? Além disso – e sua pele se arrepiou um pouco –, havia a maldição. Ele não acreditava nela; nenhum homem inteligente poderia. Mas, se iria desafiá-la, deveria ter uma razão melhor do que a que aquele tonto tinha apresentado.

– O que *você* quer? – falou, bruscamente, e lady Callia se encolheu visivelmente na porta.

– Está ocupado?

– Estou, sim.

– Mas não há ninguém aqui, Cãozinho. Não poderia falar com você por um minuto?

– Oh, Galáxia! O que você quer? Seja rápida.

Suas palavras saíram atropeladas.

– A garotinha me falou que eles iam até o palácio do Mulo. Achei que poderíamos ir com eles. Deve ser lindo lá dentro.

– Ela falou isso, é? Bem, ela não vai, nem nós. Agora vá cuidar dos seus assuntos. Já me cansou.

– Mas, Cãozinho, por que não? Não vai deixá-los? A garotinha disse que você ia construir um império!

– Não me importa o que ela disse... Como é que é? – Ele caminhou até Callia e a agarrou firmemente pelos cotovelos, os dedos afundando na carne macia. – O que ela contou?

– Você está me machucando. Não vou conseguir me lembrar se você continuar me olhando assim.

Ele a soltou e ela ficou massageando, em vão, as marcas vermelhas. Lady Callia se queixou:

– A garotinha me fez prometer que não iria contar.

– Que pena. Conte-me! *Agora*!

– Bem, ela disse que o Plano Seldon tinha mudado e que havia outra Fundação em algum lugar, que estava trabalhando para que você construísse um império. Isso é tudo. Ela disse que o sr. Munn era um cientista muito importante e que o palácio do Mulo teria provas de tudo isso. Isso é tudo que ela falou. Está bravo?

Mas Stettin não respondeu. Saiu do quarto, rapidamente, com o olhar bovino de Callia a acompanhá-lo. Duas ordens foram enviadas com o selo oficial do Primeiro Cidadão antes que uma hora se passasse. Uma teve como efeito o envio de quinhentas naves para o espaço naquilo que era oficialmente chamado de "treinamento de guerra". A outra teve como efeito confundir um homem.

Homir Munn interrompeu seus preparativos para viajar quando a segunda ordem chegou. Era, é claro, uma permissão oficial para entrar no palácio do Mulo. Ele leu várias vezes, com todos os sentimentos, menos alegria.

Mas Arcádia estava encantada. Ela sabia o que tinha acontecido.

Ou, naquele momento, achava que sabia.

14.

Ansiedade

Poli colocou o café da manhã na mesa, mantendo um olho no noticiário com os boletins do dia. Ela conseguia ler as notícias sem perder um pingo de eficiência. Como todos os itens de comida eram empacotados de forma esterilizada em embalagens que serviam como unidades descartáveis, seus deveres com o café da manhã consistiam em nada mais do que escolher o menu, colocar os itens na mesa e remover os resíduos ao final.

Ela deu um grito baixinho com o que viu, e gemeu enquanto se recordava.

– Oh, as pessoas são tão perversas – disse, e Darell simplesmente grunhiu em resposta.

Sua voz adotou o tom agudo que ela assumia sempre que ia falar do mal do mundo.

– Agora, por que esses terríveis kalganianos – ela acentuou a segunda sílaba e falou um longo "a" – fazem isso? Você acha que eles se preocupam com a paz. Mas não, é só problema, problema, todo o tempo. Agora, veja essa manchete: "Multidões Protestam na Frente do Consulado da Fundação". Oh, eu gostaria de falar umas poucas e boas para eles, se pudesse. É o problema com as pessoas: elas simplesmente não se lembram. Eles realmente *não* se lembram, dr. Darell... nenhuma memória. Veja a última guerra, depois que o Mulo morreu... é claro que eu era uma garotinha na época... e oh, a confusão e os problemas. Meu tio morreu, sendo que só tinha vinte e poucos anos e estava casado havia dois, com uma filhinha. Ainda me lembro dele... tinha o cabelo loiro e uma covinha no queixo. Tenho um cubo tridimensional dele em algum lugar... E agora essa garotinha tem um filho na marinha, e se algo acontecer... E tínhamos as patrulhas de bombardeio e todos os velhos se revezando na defesa estratosférica... eu podia imaginar o que eles poderiam ter feito se os kalganianos tivessem chegado até aqui. Minha mãe costumava contar às crianças sobre o racionamento de comida, os preços e os impostos. Um corpo nunca conseguia se alimentar direito... É de se imaginar que, se tivessem bom senso, as pessoas nunca iriam recomeçar algo assim. E acho que não são as pessoas que fazem isso, também; acho que até os kalganianos prefeririam sentar-se em casa com suas famílias e não se enfiar em naves e morrer. É aquele terrível homem, Stettin. É impressionante como deixam uma pessoa assim viver. Ele mata o velho... qual o nome dele... Thallos, e agora está querendo ser o chefe de tudo. E por que quer lutar conosco, não sei. Está destinado a perder... como sempre acontece. Talvez esteja tudo no Plano, mas, às vezes, tenho certeza de que deve ser um Plano horroroso para precisar de tanta luta e matança, apesar de que, para falar a verdade, eu não tenho nada a dizer sobre Hari Seldon, que, tenho certeza, sabe muito mais disso do que eu; e talvez eu seja uma tonta para questioná-lo. E a *outra* Fundação também tem culpa. *Eles* poderiam parar Kalgan *agora* e deixar tudo bem. Eles vão fazer isso no final, e deveriam fazer isso antes que haja qualquer problema.

O dr. Darell levantou a cabeça:

– Você disse algo, Poli?

Os olhos de Poli se abriram e depois se fecharam com raiva.

– Nada, doutor, nada mesmo. Não tenho nada a dizer. Alguém poderia morrer nesta casa que ninguém iria perceber. Ir para lá e para cá, tudo bem, mas é só tentar falar algo... – E ela saiu, batendo o pé.

Sua saída causou tão pouca impressão em Darell quanto seu discurso.

Kalgan! Besteira! Um mero inimigo físico! Sempre foram derrotados!

Mas ele não conseguia se desvincular da atual crise boba. Sete dias antes, o prefeito tinha pedido que ele fosse o administrador de pesquisa e desenvolvimento. Ele tinha prometido responder hoje.

Bem...

Agitou-se. Por que ele? Mas poderia recusar? Pareceria estranho, e não ousava parecer estranho. Afinal, não se preocupava com Kalgan. Para ele, era somente outro inimigo. Sempre tinha sido.

Quando sua esposa estava viva, ele era muito feliz fugindo da missão, escondendo-se. Aqueles longos e silenciosos dias em Trantor, com as ruínas do passado protegendo-os! O silêncio de um mundo naufragado e o esquecimento de tudo!

Mas ela tinha morrido. Menos de cinco anos, ao todo, aquilo tinha durado; e depois, sabia que só poderia viver se lutasse contra aquele inimigo vago e assustador que o privara da dignidade humana, ao controlar seu destino; que tornava sua vida uma luta miserável contra um final predeterminado; que fazia com que todo o universo se transformasse em um jogo de xadrez odioso e letal.

Chame de sublimação, ele mesmo chamava assim, mas a luta dava sentido à sua vida.

Primeiro, na Universidade de Santanni, onde havia se juntado ao dr. Kleise. Foram cinco anos bem aproveitados.

Mas Kleise era apenas um coletor de dados. Ele não poderia ser bem-sucedido na tarefa real – e, quando Darell teve essa certeza, soube que era hora de ir embora.

Kleise pode ter trabalhado em segredo, mas precisaria ter homens trabalhando com e para ele. Tinha homens cujos cérebros sondava. Tinha uma universidade que o apoiava. Tudo isso eram pontos fracos.

Kleise não conseguia entender isso, e ele, Darell, não conseguia explicar. Eles se tornaram inimigos. Estava bem, precisavam ser. Ele *tinha* de ir embora como se estivesse se rendendo – caso alguém estivesse observando.

Onde Kleise trabalhava com gráficos, Darell trabalhava com conceitos matemáticos nos recessos de sua mente. Kleise trabalhava com muitos; Darell, com ninguém. Kleise, em uma universidade; Darell, no silêncio de uma casa de subúrbio.

E ele estava quase lá.

Um membro da Segunda Fundação não é humano no que diz respeito a seu cérebro. O fisiólogo mais inteligente ou o neuroquímico mais sutil não poderiam detectar nada – mas a diferença devia estar ali. E como a diferença estava na mente, era *lá* que deveria ser detectada.

Pegue um homem como o Mulo – e não havia dúvida de que os membros da Segunda Fundação tinham os poderes do Mulo, inatos ou adquiridos –, com o poder de detectar e controlar as emoções humanas, extraia disso o circuito eletrônico necessário e deduza os últimos detalhes do encefalograma por meio do qual a detecção desse poder seria inevitável.

E agora Kleise tinha voltado à sua vida, na figura desse ardente jovem seguidor, Anthor.

Tolo! Tolo! Com seus gráficos e tabelas de pessoas que tinham sido alteradas. Ele havia aprendido a detectar isso anos atrás, mas de que servia? Ele queria o braço, não a ferramenta. Mas tinha de concordar em se juntar a Anthor, já que esse era o caminho mais silencioso.

Assim como agora se tornaria administrador de pesquisa e desenvolvimento. Era o caminho mais silencioso! E, então, mantinha a conspiração dentro da conspiração.

O pensamento em Arcádia o atrapalhou por um momento e ele o espantou. Se estivesse sozinho, isso nunca teria acontecido. Sozinho, ninguém estaria em perigo, a não ser ele mesmo. Sozinho...

Sentiu a raiva crescendo – contra o falecido Kleise, o vivo Anthor, todos os tolos bem-intencionados...

Bem, ela podia cuidar de si mesma. Era uma garota bem madura.

Ela podia cuidar de si mesma!

Era um sussurro em sua mente...

Mas podia mesmo?

No momento em que o dr. Darell se convencia, triste, de que ela conseguiria, Arcádia estava sentada na antessala, friamente austera, do Escritório Executivo do Primeiro Cidadão da Galáxia. Já estava sentada ali havia meia hora, seus olhos deslizando lentamente pelas paredes. Havia dois guardas armados na porta quando ela entrou com Homir Munn. Eles não tinham estado lá das outras vezes.

A menina estava sozinha, agora, mas sentia a hostilidade dos móveis da sala. Pela primeira vez.

Agora, por que isso?

Homir estava com lorde Stettin. Bem, havia algo de errado?

Isso a deixou furiosa. Em situações similares nos livro-filmes e nos vídeos, o herói previa a conclusão, estava preparado para o que viesse, e ela... ela só podia ficar sentada ali. *Qualquer coisa* podia acontecer. *Qualquer coisa!* E ela só permanecia sentada ali.

Bom, vamos repassar tudo. Mais uma vez. De repente, podia surgir algo.

Por duas semanas, Homir tinha quase vivido dentro do palácio do Mulo. Ele a havia levado uma vez, com a permissão de Stettin. O palácio era grande e maciço de um jeito triste, afastando-se do toque da vida para dormir com suas memórias, respondendo aos passos com um estrondo oco ou um estrépito selvagem. Ela não tinha gostado dali.

Melhor as grandes e alegres avenidas da capital, os teatros e espetáculos de um mundo essencialmente mais pobre do que a Fundação, mas que gastava mais na aparência.

Homir voltava à noite, espantado...

– É um mundo de sonhos para mim – ele sussurrava. – Se eu pudesse enviar o palácio, pedra a pedra, camada a camada de espuma de alumínio. Se pudesse levá-lo para Terminus... Que grande museu daria.

Ele parecia ter perdido a relutância inicial. Em vez disso, estava ansioso, entusiasmado. Arcádia sabia disso por um sinal claro: ele praticamente não gaguejou durante todo o período.

Uma vez, ele disse:

– Há resumos dos registros do general Pritcher...

– Eu o conheço. Ele foi um renegado da Fundação que procurou a Segunda Fundação por toda a Galáxia, não foi?

– Não exatamente um renegado, Arkady. O Mulo o converteu.

– Oh, é a mesma coisa.

– Galáxia, essa busca da qual você fala foi uma tarefa inútil. Os registros originais da Convenção de Seldon, que estabeleceu as duas Fundações, há quinhentos anos, só fazem uma referência à Segunda Fundação. Eles dizem que ela está localizada "no outro extremo da Galáxia, no Fim da Estrela". Isso é tudo que o Mulo e Pritcher tinham para começar. Eles não tinham nenhum método para reconhecer a Segunda Fundação, mesmo se a encontrassem. Que loucura!

– Eles têm registros – ele estava falando sozinho, mas Arcádia ouvia, ansiosa – que devem cobrir quase mil mundos, mas o número de mundos disponíveis para estudo deve chegar perto de um milhão. E não estamos muito melhores...

– *Shhhhiiii* – Arcádia fez, ansiosa.

Homir congelou e se recuperou, em silêncio:

– Melhor não falar nisso – murmurou.

E agora, Homir estava com lorde Stettin e Arcádia esperava do lado de fora e sentia o coração apertado, sem motivo aparente. Isto era o que a deixava mais assustada: o fato de que parecia não haver razão.

Do outro lado da porta, Homir também estava vivendo em um mar de gelatina. Ele lutava, com intensidade furiosa, para não gaguejar e, é claro, por causa disso só conseguia falar claramente duas palavras de cada vez.

Lorde Stettin estava com seu uniforme completo em seu quase um metro e noventa de altura, o queixo grande soltava palavras duras. Seu punho fechado e arrogante marcava o ritmo poderoso de suas sentenças.

– Bem, você já teve duas semanas e não tem nada para me contar. Vamos, senhor, pode me contar o pior. Minha marinha será cortada em pedaços? Terei de lutar contra os fantasmas da Segunda Fundação bem como contra os homens da Primeira?

– Eu... eu repito, meu senhor, não sou um adi... adi... adivinho. Eu... eu estou completamente... perdido.

– Ou você quer voltar para avisar seus conterrâneos? Para o espaço profundo com sua encenação! Quero a verdade, ou vou arrancá-la junto com metade das suas tripas.

– Eu estou fa... falando somente a verdade e terei de lem... lembrá-lo, meu s... senhor, que sou um cidadão da Fundação. O s... senhor não pode me tocar sem esperar m... m... mais do que pode enfrentar.

O senhor de Kalgan riu muito alto:

– Uma ameaça de uma criança assustada. Um horror para repelir idiotas. Vamos, sr. Munn, já fui paciente com o senhor. Ouvi, por vinte minutos, enquanto o senhor detalhava besteiras sem sentido para mim, que deve ter passado várias noites inventando. Foi um esforço inútil. Sei que o senhor está aqui para varrer as cinzas mortas do Mulo e tirar algo daí... veio aqui para mais do que está admitindo. Não é verdade?

Homir Munn não conseguiu evitar o horror que crescia em seus olhos, naquele momento. Lorde Stettin viu isso e deu um tapa no ombro do homem da Fundação, de forma que ele e a cadeira em que estava sentado cambalearam com o impacto.

– Bom. Agora, vamos ser francos. Você está investigando o Plano Seldon. Sabe que ele não funciona mais. Sabe, talvez, que *eu* sou o vencedor inevitável agora, eu e meus herdeiros. Bem, homem, que importa quem vai estabelecer o Segundo Império, se ele for criado? A história não tem favoritos, certo? Está com medo de me contar? Veja que sei tudo sobre sua missão.

Munn disse de maneira densa:

– O que v... você q... quer?

– Sua presença. Não gostaria que o Plano desse errado por excesso de confiança. Você entende mais dessas coisas do que eu; pode detectar pequenos erros que eu poderia deixar passar. Vamos, você será recompensado no final; terá uma parte justa do butim. O que espera da Fundação? Evitar uma derrota talvez inevitável? Prolongar a guerra? Ou é somente um desejo patriótico de morrer por seu país?

– E... eu... – Ele finalmente ficou em silêncio. Não conseguia dizer mais nenhuma palavra.

– Você vai ficar – disse o senhor de Kalgan, confiante. – Não tem escolha. Espere. – Um pensamento quase esquecido. – Tenho a informação de que sua sobrinha é da família de Bayta Darell.

Homir tomou um susto:

– Sim. – Ele não confiava mais em sua capacidade de mentir.

– É uma família notável na Fundação?

Homir concordou:

– E certamente não tolerariam que se... se fizesse algo de ruim contra eles.

– De ruim! Não seja bobo, homem, estou pensando exatamente no contrário. Quantos anos ela tem?

– Catorze.

– Isso! Bem, nem mesmo a Segunda Fundação ou o próprio Hari Seldon poderiam parar o tempo e evitar que as garotas virassem mulheres.

Com isso, ele se virou e se dirigiu a uma porta camuflada que se abriu violentamente.

Ele falou alto:

– Para quê, espaço!, você arrastou sua carcaça patética até aqui?

Lady Callia piscou para ele e disse num sussurro:

– Não sabia que estava com alguém.

– Bem, estou. Vou falar com você mais tarde sobre isso, mas agora vá embora, rápido.

Seus passos desapareceram no corredor.

Stettin voltou:

– Ela é uma reminiscência de um interlúdio que durou muito tempo. Vai acabar logo. Catorze, você disse?

Homir olhou para ele com o horror renovado.

Arcádia se assustou com a abertura silenciosa de uma porta – pulou com o barulho metálico do movimento que percebeu com o canto do olho. O dedo que a chamava ansiosamente não a fez se mover por algum tempo, mas, depois, como se fosse uma resposta à cautela reforçada pela visão daquela figura branca e trêmula, caminhou até a porta.

Seus passos eram como um sussurro no corredor. Era lady Callia, é claro, que apertava tanto sua mão que machucava e, por alguma razão, não via problema em segui-la. De lady Callia, pelo menos, ela não tinha medo.

Agora, por que tudo isso?

Elas estavam num quarto agora, todo cor-de-rosa e algodão-doce. Lady Callia ficou parada contra a porta.

– Esse era o nosso caminho particular para nos en... – ela disse. – Para o meu quarto, sabe, do escritório dele. Dele, você sabe. – E apontou com o dedão, como se até pensar nele enchesse sua alma de medo.

– É tanta sorte... tanta sorte... – Suas pupilas dilatadas tinham escurecido o azul dos olhos.

– Pode me dizer... – começou Arcádia timidamente.

E Callia entrou em pânico.

– Não, criança, não. Não há tempo. Tire suas roupas. Por favor. Por favor. Vou lhe dar outras, e ninguém vai reconhecê-la.

Ela estava enfiada num armário, jogando peças inúteis no chão, procurando, desesperada, algo que a garota pudesse usar sem se tornar um convite aberto a cantadas.

– Aqui, isso serve. Tem de servir. Você tem dinheiro? Aqui, pegue tudo isso... e isso. – Ela estava tirando anéis e brincos. – Agora vá para casa... vá para sua Fundação.

– Mas Homir... meu tio – ela protestou em vão, através das coisas que estavam sendo colocadas em seus braços.

– Ele não vai partir. O Cãozinho irá deixá-lo aqui para sempre, mas você não deve ficar. Oh, querida, você não entende?

– Não – Arcádia forçou uma parada. – Eu *não* estou entendendo.

Lady Callia apertou as mãos.

– Você deve voltar para avisar seu povo de que haverá guerra. Não está claro isso? – O terror absoluto parecia, paradoxalmente, ter trazido uma lucidez a seus pensamentos e palavras, algo que parecia completamente estranho a ela. – Agora, venha!

Saindo por outro caminho! Passando por empregados que olhavam, mas não viam nenhuma razão para parar alguém que somente o senhor de Kalgan poderia parar e seguir impune. Os guardas apresentavam armas enquanto elas cruzavam portas.

Arcádia respirou somente em algumas ocasiões durante essa viagem que pareceu durar anos – apesar de que, desde o momento em que viu o dedo branco até o momento em que chegou ao portão externo, com pessoas e barulho e trânsito a distância, só tinham se passado vinte e cinco minutos.

Ela olhou para trás com uma súbita pena amedrontada.

– Eu... eu... não sei por que você está fazendo isso, milady, mas obrigada... O que vai acontecer com o tio Homir?

– Não sei – lamentou a outra. – Vá logo embora. Direto para o espaçoporto. Não espere. Ele pode já estar procurando por você.

E mesmo assim Arcádia insistiu. Ela estava abandonando Homir, e, tardiamente, agora que sentia o ar fresco, tinha ficado com suspeitas:

– Mas o que isso importa para você?

– Não posso explicar para uma garotinha como você – lady Callia mordeu o lábio e murmurou. – Seria impróprio. Bem, você vai crescer e eu... eu conheci o Cãozinho quando tinha dezesseis. Não posso deixar que isso aconteça com você, sabe. – Havia uma hostilidade meio envergonhada em seus olhos.

As implicações congelaram Arcádia.

– O que ele fará quando descobrir? – ela sussurrou.

– Não sei – queixou-se Callia e segurou a cabeça, enquanto corria de volta para a mansão do senhor de Kalgan.

Mas por um eterno segundo Arcádia não se moveu, porque, naquele último momento, antes de lady Callia ir embora, a menina havia visto algo. Aqueles olhos amedrontados e desesperados tinham momentaneamente – apenas um instante – se acendido com uma velha alegria.

Uma alegria vasta e inumana.

Era muito para se ver em um breve lampejo de um par de olhos, mas Arcádia não tinha dúvidas do que havia visto.

Ela estava correndo agora – correndo muito –, procurando loucamente por uma cabine pública livre, na qual pudesse pedir um transporte público.

Ela não estava fugindo de lorde Stettin, nem dele, nem de qualquer um que ele pudesse mandar segui-la – nem de todos seus vinte e sete mundos transformados em um único gigantesco fenômeno, fechando-se sobre ela.

Arcádia fugia de uma única e frágil mulher que a ajudara a escapar. De uma criatura que tinha lhe dado dinheiro e joias, que tinha arriscado sua vida para salvá-la. De uma entidade que ela sabia, com certeza, ser uma mulher da Segunda Fundação.

Um táxi-aéreo desceu suavemente. O vento de sua descida bateu no rosto de Arcádia e fez voar o cabelo debaixo do capuz que Callia lhe havia dado.

– Para onde vamos, senhorita?

Ela lutou, desesperadamente, para fazer uma voz mais velha.

– Quantos espaçoportos há na cidade?

– Dois. Para qual você quer ir?

– Qual é o mais próximo?

Ele olhou para ela:

– Kalgan Central, senhorita.

– O outro, então, por favor. Tenho dinheiro.

Ela tinha uma nota de vinte kalganidos na mão. Mostrar a nota fez com que o taxista sorrisse apreciativamente.

– O que quiser, senhorita. Os táxis-aéreos levam para todos os lugares.

Ela esfriou o rosto no estofado um pouco malcheiroso. As luzes da cidade se moviam lentamente embaixo dela.

O que faria? *O que faria?*

Foi naquele momento que ela soube que era uma garotinha estúpida, *muito estúpida*, longe de seu pai e com medo. Seus olhos estavam cheios de lágrimas e, no fundo da garganta, havia um pequeno e silencioso grito que machucava.

Ela não tinha medo de que lorde Stettin a pegasse. Lady Callia cuidaria disso. Lady Callia! Velha, gorda, estúpida, mas cuidaria de seu senhor, de alguma forma. Oh, tudo tinha ficado tão claro, agora. *Tudo* estava claro.

Aquele chá com Callia, no qual ela tinha sido tão esperta. A espertinha Arcádia! Algo dentro dela a estrangulava com ódio de si mesma. Aquele chá tinha sido uma manobra, e então Stettin tinha, provavelmente, sido manobrado para que Homir pudesse inspecionar o palácio. *Ela*, a tonta Callia, queria isso, e fez com que a espertinha Arcádia desse uma desculpa, uma que não levantasse nenhuma suspeita na mente das vítimas e envolvesse um mínimo de interferência da parte dela.

Então, por que ela estava livre? Homir era prisioneiro, claro... A menos...

A menos que ela voltasse para a Fundação como uma isca – uma isca para levar os outros para as mãos de.... *deles*.

Então, ela não devia voltar à Fundação...

– O espaçoporto, senhorita. – O táxi-aéreo tinha parado. Estranho! Ela nem tinha percebido.

Que mundo de sonhos era esse?

– Obrigada. – Ela entregou a nota sem ver o preço e, tropeçando, abriu a porta, saindo correndo pelo pavimento.

Luzes. Homens e mulheres despreocupados. Grandes painéis brilhantes, com os dedos que seguiam todas as espaçonaves que chegavam e partiam.

Aonde ela estava indo? Não importava. Só sabia que não iria para a Fundação! Qualquer outro lugar serviria.

Oh, graças a Seldon, por aquele momento esquecido – aquele último segundo quando Callia, cansada de interpretar porque estava só diante de uma criança, havia deixado seu regozijo aparecer.

E então, algo mais ocorreu a Arcádia, algo que se movia na base de seu cérebro desde que a fuga tivera início – algo que matou para sempre sua adolescência.

E ela sabia que *tinha* de escapar.

Isso, acima de tudo. Mesmo que localizassem todos os conspiradores da Fundação, mesmo que capturassem seu pai, ela não poderia, não ousaria, se arriscar a avisá-los. Ela não poderia arriscar a própria vida – de nenhuma forma –, nem por toda a riqueza de Terminus. Ela era a pessoa mais importante da Galáxia. Ela era a *única* pessoa importante na Galáxia.

Soube disso enquanto estava parada na frente da máquina de passagens e se perguntava para onde ir.

Porque em toda a Galáxia, ela, e somente ela – exceto *eles*, eles mesmos – sabia a localização da Segunda Fundação.

——— Trantor...

Pelo meio do Interregno, Trantor era uma sombra. No meio de suas ruínas colossais, vivia uma pequena comunidade de fazendeiros...

ENCICLOPÉDIA GALÁCTICA

15.

Pela grade

NÃO HÁ NADA, NUNCA HOUVE nada parecido com um espaçoporto lotado na periferia da capital de um planeta populoso. Estão lá as grandes máquinas descansando, poderosas, em seus espaços. Se você escolher bem a hora, há a visão impressionante dos gigantes descendo para o descanso ou, algo ainda mais emocionante, a decolagem veloz das bolhas de aço. Todos os processos envolvidos são quase totalmente silenciosos. A força motriz é o surto silencioso de núcleons mudando para arranjos mais compactos...

Em termos de área, 95% do porto é dedicado a isso. Quilômetros quadrados são reservados às máquinas e aos homens que cuidam delas, e para os calculadores que servem aos dois.

Somente 5% do porto é entregue às ondas humanas, para quem esta é a estação de trânsito para todas as estrelas da Galáxia. É verdade que bem poucas cabeças param e consideram a malha tecnológica que liga os caminhos espaciais. Talvez algumas delas possam se impressionar ocasionalmente com o pensamento das milhares de toneladas representadas pelo aço aterrissando, que parece tão pequeno a distância. Um desses cilindros ciclópicos poderia, concebivelmente, perder o raio piloto e cair a um quilômetro do ponto de aterrissagem esperado – pelo teto de vidro da imensa sala de espera –, de forma que somente um vapor orgânico e algum fosfato em pó restassem para marcar o falecimento de milhares de homens.

Isso nunca poderia acontecer, no entanto, com os equipamentos de segurança em uso; e somente o pior neurótico consideraria seriamente essa possibilidade.

Então, no que *eles* pensam? Não é só uma multidão, vejam. É uma multidão com um objetivo. Esse objetivo paira sobre o lugar e deixa a atmosfera mais pesada. Formam-se filas; pais cuidam dos filhos; a bagagem é manobrada em massas precisas – as pessoas estão *indo* para algum lugar.

Considere então o completo isolamento psíquico de uma única unidade dessa multidão, com intenções perfeitamente definidas, que não sabe para onde ir, mas que sente, mais intensamente do qualquer um dos outros, a necessidade de ir para algum lugar, qualquer lugar! Ou quase qualquer lugar!

Mesmo sem telepatia ou qualquer um dos métodos grosseiramente definidos para uma mente tocar outra, há suficiente conflito na atmosfera, em humor intangível, que basta para levar ao desespero.

Basta? Transborda, encharca e afoga.

Arcádia Darell, vestida com roupas emprestadas, parada em um planeta emprestado em uma situação emprestada de uma vida que também parecia emprestada, queria ardentemente a segurança do útero. Ela não sabia que era isso o que queria. Ela só sabia que a própria abertura do mundo aberto era um grande perigo. Ela queria um ponto fechado em algum lugar... algum lugar distante... em algum canto inexplorado do universo... onde ninguém a procuraria.

E lá estava ela, pouco mais de catorze anos, cansada como se tivesse mais de oitenta, amedrontada como se tivesse menos de cinco.

Quais estranhos, entre as centenas que passavam por ela – tão próximos que lhes sentia o toque – eram da Segunda Fundação? Que estranho poderia não a ajudar, mas instantaneamente destruí-la por causa de seu conhecimento culpado – seu conhecimento único – de onde estava a Segunda Fundação?

E a voz que se dirigiu a ela foi como um trovão que gelou o grito em sua garganta.

– Ei, senhorita – disse a voz, irritada –, você vai usar a máquina ou vai ficar aí parada?

Só então ela percebeu que estava parada na frente da máquina de vender passagens. Você coloca uma nota de valor alto na abertura e ela some de vista. Você aperta o botão embaixo do seu destino e uma passagem sai, junto com o troco correto, tal como determinado pelo aparelho de escaneamento eletrônico que nunca erra. Era uma coisa bastante comum e não havia motivo para alguém ficar parado na frente dela por cinco minutos.

Arcádia enfiou uma nota de duzentos créditos na abertura e, de repente, ficou consciente do botão marcado "Trantor". Trantor, capital morta do Império morto – o planeta no qual ela havia nascido. Ela apertou o botão como se sonhasse. Nada aconteceu, exceto que as letras vermelhas brilharam, mostrando 172,18... 172,18... 172,18...

Era a quantia que faltava. Outra nota de duzentos créditos. A passagem foi emitida. Saiu fácil na mão dela e o troco caiu depois.

Ela o pegou e correu. Sentia o homem atrás dela chegando perto, ansioso por sua chance de usar a máquina, mas se livrou dele e não olhou para trás.

No entanto não havia nenhum lugar para onde fugir. Todos eram seus inimigos.

Sem perceber, ela estava olhando o sinal gigantesco e brilhante que flutuava no ar: *Steffani, Anacreon, Fermus...* Havia até mesmo um com *Terminus*, e ela queria muito segui-lo, mas não ousava...

Por uma pequena quantia, ela poderia ter alugado um notificador que estaria programado para qualquer destino que quisesse, e que, quando colocado em sua bolsa, seria ouvido somente por ela, quinze minutos antes da hora de embarque. Mas tais aparelhos eram para pessoas que estão razoavelmente seguras e que conseguem parar para pensar neles.

E então, tentando olhar para os dois lados simultaneamente, ela correu direto para uma barriga macia. Sentiu o gemido assustado e a falta de ar, e uma mão segurou seu braço. Ela se retorceu desesperada, mas não tinha ar para fazer mais do que soltar um pequeno gemido.

Seu captor segurou-a firmemente e esperou. Devagar, ela conseguiu olhar para ele. Era um pouco gordo e baixo. Seu cabelo era branco e abundante, penteado para trás, para dar um ar de nobreza que não combinava muito com o rosto redondo e rubro, que entregava sua origem campestre.

– Qual é o problema? – ele falou finalmente, com uma curiosidade franca. – Você parece amedrontada.

– Me desculpe – murmurou Arcádia, em pânico. – Preciso ir. Me perdoe.

Mas ele ignorou isso completamente e disse:

– Cuidado, garotinha. Vai deixar cair sua passagem. – Ele a tirou de seus dedos, que não resistiram, e olhou com muita satisfação.

– Eu imaginei – ele disse, e depois berrou com uma voz que parecia a de um touro. – *Mama!*

Uma mulher estava quase instantaneamente a seu lado, um pouco mais baixa, um pouco mais redonda, um pouco mais vermelha. Ela enrolou uma mecha de cabelo grisalho e a enfiou embaixo de um chapéu fora de moda.

– Papa – ela disse, com voz reprovadora –, por que está gritando assim no meio da multidão? As pessoas ficam olhando como se você fosse louco. Acha que está na fazenda?

E ela sorriu para a calada Arcádia e acrescentou:

– Ele tem as maneiras de um urso. – E bruscamente: – Papa, solte a garotinha. O que está fazendo?

Mas Papa simplesmente entregou a passagem para ela:

– Veja – falou. – Ela está indo para Trantor.

O rosto de Mama se iluminou.

– Você é de Trantor? Solte o braço dela, estou dizendo, Papa.

A mulher deixou a mala lotada que estava carregando ao seu lado e forçou Arcádia a se sentar com uma pressão gentil, mas inflexível.

– Sente-se – disse. – E descanse um pouco os pés. Ainda vai demorar uma hora para a nave sair, e os bancos estão lotados com folgados dorminhocos. Você é de Trantor?

Arcádia deu um longo suspiro e desistiu. Com uma voz grave, falou:

– Nasci lá.

E Mama bateu palmas, feliz.

– Estamos aqui há um mês e até agora não tínhamos conhecido ninguém de lá. Isso é ótimo. Seus pais... – Ela olhou ao redor.

– Não estou com meus pais – disse Arcádia, cuidadosa.

– Sozinha? Uma garotinha como você? – Mama falou, misturando indignação e simpatia. – Como pode?

– Mama – Papa bateu em seu ombro –, deixe-me falar. Há algo errado. Acho que ela está assustada. – Sua voz, embora tivesse a óbvia intenção de ser um sussurro, era plenamente audível para Arcádia. – Ela estava correndo... eu a observei... e nem olhava para onde estava indo. Antes que pudesse sair do caminho, ela se chocou comigo. E sabe o quê? Acho que ela está com problemas.

– Então fique quieto, Papa. Em você, qualquer um poderia se chocar. – Mas ela se sentou junto com Arcádia na mala, que afundou um pouco sob o peso extra, e colocou um braço ao redor do ombro trêmulo da menina. – Você está fugindo de alguém, minha querida? Não fique com medo de me contar. Eu vou ajudá-la.

Arcádia olhou para os gentis olhos cinzentos da mulher e sentiu seus lábios tremendo. Uma parte de seu cérebro dizia que aqui estavam pessoas de Trantor, com quem ela poderia viajar, que poderiam ajudá-la a permanecer no planeta até que pudesse decidir o que fazer em seguida, para onde ir. E outra parte de seu cérebro, muito mais alta, falava incoerentemente que ela não se lembrava de sua mãe, que ela estava mortalmente cansada de lutar contra o universo, que só queria ser abraçada por braços fortes e gentis, que, se sua mãe estivesse viva, ela poderia... poderia...

E, pela primeira vez naquela noite, ela estava chorando, chorando como um bebê e feliz por isso, agarrada ao vestido fora de moda e molhando-o por completo em um canto, enquanto braços macios a seguravam e uma mão gentil acariciava seu cabelo.

Papa ficou olhando para a dupla sem saber o que fazer, procurando inutilmente um lenço que, quando encontrado, foi arrancado de sua mão. Mama lançou-lhe um olhar de advertência. As multidões passavam pelo pequeno grupo com a verdadeira indiferença das multidões desconectadas em todos os lugares. Eles estavam, para todos os efeitos, sozinhos.

Finalmente, o choro se tornou um soluço e Arcádia deu um sorriso fraco enquanto limpava os olhos vermelhos com o lenço.

– Que coisa – ela sussurrou –, eu...

– *Shhhi. Shhhi.* Não fale – disse Mama –, só fique sentada e descanse um pouco. Recupere o fôlego. Depois nos conte o que está errado e, vai ver, vamos resolver e ficará tudo bem.

Arcádia juntou o que sobrava de sua esperteza. Ela não podia contar a verdade. Não poderia contar para ninguém... E estava muito cansada para contar uma mentira que prestasse. Falou, com um sussurro:

– Estou melhor agora.

– Bom – disse Mama. – Agora, diga-me por que está em apuros. Fez algo errado? É claro, não importa o que fez, vamos ajudá-la, mas diga a verdade.

– Por uma amiga de Trantor, qualquer coisa – acrescentou Papa, expansivo. – Não, Mama?

– Cale a boca, Papa – foi a resposta, sem rancor.

Arcádia estava vasculhando sua bolsa. Isso, pelo menos, ainda era dela, apesar da rápida troca de roupas forçada nos aposentos de lady Callia. Ela encontrou o que estava procurando e entregou a Mama.

– Esses são meus documentos – falou timidamente. Era um papel brilhante e sintético que lhe havia sido dado pelo embaixador da Fundação no dia de sua chegada, e que tinha sido assinado pelo funcionário kalganiano apropriado. Era largo, rebuscado e impressionante. Mama olhou para ele sem entender e passou para Papa, que absorveu seu conteúdo com um tremor impressionante dos lábios.

– Você é da Fundação? – ele perguntou.

– Sim. Mas nasci em Trantor. Veja que...

– Ahã. Parece que está tudo bem. Seu nome é Arcádia, certo? É um bom nome trantoriano. Mas onde está seu tio? Aqui diz que você veio na companhia de Homir Munn, tio.

– Ele foi preso – disse Arcádia, com voz triste.

– Preso! – disseram os dois ao mesmo tempo. – Por quê? – perguntou Mama. – Ele fez alguma coisa?

– Não sei. – A menina balançou a cabeça. – Estávamos só visitando. Tio Homir tinha negócios a resolver com lorde Stettin, mas... – Ela não precisou se esforçar para fingir um calafrio. Era verdadeiro.

Papa estava impressionado.

– Com lorde Stettin. Hummmm, seu tio deve ser um homem importante.

– Não sei sobre o que era, mas lorde Stettin queria que *eu* ficasse... – Ela estava lembrando as últimas palavras de lady Callia, que tinham sido parte de uma peça interpretada para enganá-la. Como Callia, agora ela sabia, era uma especialista, a história poderia colar de novo.

Ela fez uma pausa e Mama perguntou, interessada:

– E por que você?

– Não tenho certeza. Ele... ele queria jantar sozinho comigo, mas eu disse não, porque queria que o tio Homir estivesse junto. Ele me olhou de um jeito estranho e ficou segurando meu ombro.

A boca de Papa estava um pouco aberta, mas Mama ficou subitamente vermelha e brava:

– Quantos anos você tem, Arcádia?

– Catorze e meio, quase.

Mama deu um suspiro fundo e disse:

– É incrível que deixem esse tipo de pessoa viver. Os cães de rua são melhores. Você está fugindo dele, querida, não está?

Arcádia assentiu.

– Papa, vá direto para Informações e descubra exatamente quando a nave para Trantor estará no portão – disse Mama. – Rápido!

Mas Papa deu um passo e parou. Palavras metálicas estavam saindo fortes dos alto-falantes e cinco mil pares de olhos se voltaram, assustados, para cima.

– Homens e mulheres – disse a voz, com força. – O espaçoporto será vasculhado em busca de uma perigosa fugitiva e está cercado. Ninguém pode entrar ou sair. A busca será, no entanto, realizada rapidamente e nenhuma nave pousará ou deixará o lugar durante esse intervalo, então ninguém perderá sua nave. Repito, ninguém perderá sua nave. A grade irá descer. Nenhum de vocês poderá se mover para fora do seu quadrado até que a grade seja removida, ou seremos forçados a usar nossos chicotes neurônicos.

Durante o minuto, ou menos, no qual a voz dominou o vasto domo da sala de espera do espaçoporto, Arcádia não conseguiu se mover, como se todo o mal na Galáxia tivesse se concentrado em uma bola e saltado sobre ela.

Só podiam estar falando dela. Não era nem necessário formular a ideia. Mas por quê...

Callia tinha armado sua fuga. E Callia era da Segunda Fundação. Por que, então, a busca agora? Callia tinha falhado? Callia *podia* falhar? Ou isso era parte do plano, cujas complicações ela não conseguia entender?

Por um momento vertiginoso, ela quis pular e gritar que desistia, que ela iria com eles, que... que...

Mas a mão de Mama estava em seu pulso.

– Rápido! Rápido! Vamos para o banheiro feminino antes que comecem.

Arcádia não entendeu. Ela simplesmente seguiu sem

questionar. Elas se esgueiravam pela multidão, congelada em pequenos aglomerados, com a voz ainda retumbando suas últimas palavras.

A grade já estava descendo e Papa, com a boca aberta, olhava-a. Ele tinha ouvido e lido sobre ela, mas nunca vira o objeto em si. Ela brilhava no alto, somente uma série de feixes de radiação estreitos e cruzados que fazia o ar brilhar, em uma rede inofensiva de luzes piscantes.

Era sempre arranjada de forma a vir lentamente de cima, com o objetivo de representar uma rede caindo, com todas as terríveis implicações psicológicas de ser preso em uma armadilha.

Estava no nível da cintura agora, três metros separando as linhas brilhantes em cada direção. Em seus nove metros quadrados, Papa estava sozinho, mas os quadrados próximos estavam lotados. Ele sentiu que, isolado, chamava atenção, mas sabia que tentar se mover para o anonimato maior de um grupo significaria cruzar as linhas brilhantes, disparando um alarme e atraindo o chicote neurônico.

Ele esperou.

Conseguia ver, por sobre as cabeças da multidão quieta e na espera, a agitação distante que era a linha de policiais cobrindo a vasta área, quadrado iluminado por quadrado iluminado.

Passou um bom tempo antes que um uniforme pisasse dentro de seu quadrado e cuidadosamente anotasse suas coordenadas num caderno oficial.

– Documentos!

Papa os entregou e eles foram examinados de forma profissional.

– Você é Preem Palver, nativo de Trantor, em Kalgan há um mês, voltando a Trantor. Responda sim ou não.

– Sim, sim.

– O que veio fazer em Kalgan?

– Sou o representante comercial de nossa cooperativa. Vim negociar com o Departamento de Agricultura de Kalgan.

– Hã, hã. Sua esposa está com você? Onde está? Ela aparece em seus documentos.

– Por favor. Minha esposa está no... – Ele apontou.

– Hanto – chamou o policial. Outro uniformizado se juntou a ele.

O primeiro disse, seco:

– Outra dama no banheiro, pela Galáxia. O lugar deve estar explodindo com tantas. Anote o nome dela. – Ele indicou o campo nos documentos.

– Mais alguém com você?

– Minha sobrinha.

– Ela não aparece nos documentos.

– Veio separadamente.

– Onde está? Não importa, já sei. Escreva o nome da sobrinha também, Hanto. Qual é o nome dela? Escreva Arcádia Palver. Fique aqui, Palver. Vamos cuidar das mulheres antes de irmos.

Papa aguardou, numa espera interminável. E então, muito tempo depois, Mama surgiu marchando em sua direção, a mão de Arcádia firmemente na dela, os dois policiais logo atrás.

Eles entraram no quadrado de Papa e um deles disse:

– Essa velha barulhenta é a sua esposa?

– Sim, senhor – disse Papa, apaziguador.

– Então é melhor avisá-la de que pode ter problemas se continuar falando assim com a polícia do Primeiro Cidadão. – Ele endireitou os ombros, com raiva. – Essa é sua sobrinha?

– Sim, senhor.

– Quero os documentos dela.

Olhando direto para seu marido, Mama balançou a cabeça, de forma quase imperceptível, mas vigorosa.

Uma curta pausa e Papa disse, com um sorriso fraco:

– Acho que não posso fazer isso.

– O que quer dizer com não pode? – O policial esticou a mão. – Entregue-os para mim.

– Imunidade diplomática – disse Papa, calmamente.

– O que quer dizer?

– Disse que sou representante comercial de minha cooperativa. Estou credenciado junto ao governo kalganiano como um representante estrangeiro, e meus documentos provam isso. Mostrei-os ao senhor, e agora não quero mais ser incomodado.

Por um momento, o policial ficou desconcertado.

– Preciso ver seus documentos. São ordens.

– Vão embora – falou Mama, de repente. – Quando quisermos vocês, nós os chamaremos seus, seus... seus *vagabundos*.

O policial mordeu os lábios.

– Fique de olho neles, Hanto. Vou buscar o tenente.

– Boa sorte! – falou Mama quando ele se virou. Alguém riu, mas parou de repente.

A busca estava se aproximando do fim. A multidão ficava cada vez mais impaciente. Quarenta e cinco minutos tinham se passado desde que a grade começara a descer, e isso era muito tempo, para todos os efeitos. O tenente Dirige abriu caminho com pressa, portanto, rumo ao centro da multidão.

– Essa é a garota? – ele perguntou, cansado. Olhou para ela que, obviamente, combinava com a descrição. Tudo isso por uma criança.

– Os documentos dela, por favor? – pediu.

– Eu já expliquei... – começou Papa.

– Sei o que o senhor explicou, e peço perdão – disse o tenente –, mas tenho minhas ordens e não posso mudá-las. Se o senhor quiser, pode protestar depois. Enquanto isso, se necessário, devo usar a força.

Houve uma pausa e o tenente esperou pacientemente.

Então Papa falou, firme:

– Dê-me seus documentos, Arcádia.

Ela balançou a cabeça, em pânico, mas Papa disse:

– Não tenha medo. Entregue-os para mim.

Indefesa, ela entregou os documentos, que mudaram de mãos. Papa os abriu e olhou cuidadosamente, depois os entregou. O tenente, por sua vez, olhou cuidadosamente. Por um longo momento, ele levantou os olhos e mirou Arcádia. Depois fechou a caderneta.

– Tudo em ordem – falou. – Certo, homens.

Ele saiu e, em dois minutos, talvez um pouco mais, a grade tinha desaparecido e a voz no alto sinalizou a volta ao normal. O barulho da multidão, repentinamente liberada, ergueu-se.

– Como... como... – disse Arcádia.

– *Shiii*. Não diga nada – falou Papa. – Melhor entrarmos na nave. Ela já vai estar na plataforma.

Eles entraram na nave. Tinham uma cabine privativa e uma mesa na sala de jantar. Dois anos-luz já os separavam de Kalgan e Arcádia finalmente ousou trazer o assunto novamente.

– Mas eles *estavam* atrás de mim, sr. Palver – ela falou –, e eles deviam ter minha descrição e todos os detalhes. Por que ele me deixou ir?

E Papa abriu um grande sorriso sobre seu rosbife.

– Bem, Arcádia, minha criança, foi fácil. Quando você está lidando com agentes, compradores e concorrentes, aprende alguns truques. Em vinte anos, aprendi alguns. Veja, criança, quando o tenente abriu seus documentos, encontrou uma nota de quinhentos créditos dentro, bem dobrada. Simples, não?

– Vou lhe pagar... Sério, tenho bastante dinheiro.

– Bem... – O rosto largo de Papa deu um sorriso embaraçado, ao recusar. – Para uma garota do campo...

Arcádia desistiu.

– Mas e se ele tivesse ficado com o dinheiro e me prendido do mesmo jeito? E ainda o acusado de suborno?

– E desistir de quinhentos créditos? Conheço essa gente melhor do que você, garota.

Mas Arcádia sabia que ele *não* conhecia as pessoas melhor. Não *essas* pessoas. Em sua cama aquela noite, ela pensou cuidadosamente e *sabia* que nenhum suborno teria impedido um tenente de prendê-la, a menos que isso tivesse sido planejado. Eles *não* queriam capturá-la, mas tinham feito toda a pantomima.

Por quê? Para garantir que ela fosse embora? E para Trantor? Será que o casal obtuso e de bom coração com quem estava agora era apenas um instrumento nas mãos da Segunda Fundação, tão indefesos quanto ela mesma?

Eles devem ser!

Ou não?

Tudo era tão inútil. Como poderia lutar contra eles? Qualquer coisa que fizesse, poderia ser exatamente o que aqueles terríveis onipotentes queriam.

Mas precisava enganá-los. Precisava. Precisava! *Precisava!*

16.

Começo da guerra

Por razão ou razões desconhecidas para os membros da Galáxia no momento da era em questão, a hora-padrão intergaláctica define sua unidade fundamental, o segundo, como o tempo no qual a luz viaja 299.776 quilômetros; 86.400 segundos são definidos, arbitrariamente, como um dia-padrão intergaláctico; e 365 desses dias formam um ano-padrão intergaláctico.

Por que 299.776? Ou 86.400? Ou 365?

Tradição, dizem os historiadores, num raciocínio circular. Por causa de certas e várias relações numéricas misteriosas, dizem os místicos, ocultistas, numerólogos, metafísicos. Porque o planeta natal da humanidade tinha certos períodos naturais de rotação e revolução, dos quais essas relações poderiam ser derivadas, dizem uns poucos.

Ninguém realmente sabia.

Mesmo assim, a data em que o cruzador da Fundação, o *Hober Mallow*, encontrou o esquadrão kalganiano, liderado pelo *Destemido*, e que foi destruído depois de recusar autorização para que uma equipe de busca subisse a bordo, era 185; 11692 E.G. Quer dizer, era o 185º dia do 11.692º ano da

Era Galáctica, que começara a ser contada com a ascensão do primeiro imperador da tradicional dinastia Kamble. Era também 185; 455 E.S. – se contarmos desde o nascimento de Seldon – ou 185; 376 E.F. – se contados desde o estabelecimento da Fundação. Em Kalgan, era 185; 76 P.C. – porque contavam desde o estabelecimento do posto de Primeiro Cidadão pelo Mulo. Em cada caso, é claro, por conveniência, o ano era arrumado para coincidir com o dia, independentemente do dia real em que a era havia começado.

E, além disso, para todos os milhões de mundos da Galáxia, havia milhões de horas locais, baseadas no movimento de cada vizinhança celeste particular.

Mas qualquer um que se escolher, 185; 11692-455-376-76, será o dia que os historiadores, mais tarde, apontariam como o começo da guerra stettiniana. No entanto, para o dr. Darell, não era nenhum desses. Era simples e precisamente o trigésimo segundo dia desde que Arcádia tinha saído de Terminus.

O que custava a Darell manter-se firme por esses dias não era óbvio para todos.

Mas Elvett Semic achava que podia adivinhar. Ele era um velho e gostava de dizer que seus neurônios tinham se calcificado a ponto de tornar seus processos mentais rígidos e pouco maleáveis. Ele estimulou e quase deu boas-vindas à subestimação universal de suas capacidades decadentes, ao ser o primeiro a rir delas. Mas seus olhos não pareciam nem um pouco apagados, sua mente não deixara de ser experiente e sábia, só porque não era mais tão ágil.

Semic simplesmente torceu os lábios e disse:

– Por que você não faz algo a respeito?

O som foi um choque para Darell, que estremeceu. Ele disse, mal-humorado:

– Onde estávamos?

Semic o mirou com olhos fundos:

– Você deveria fazer algo a respeito da menina. – Seus dentes, amarelos e esparsos, apareciam numa boca que estava aberta, inquisitorialmente.

Mas Darell respondeu, frio:

– A questão é: dá para conseguir um ressonador Symes-Molff na escala necessária?

– Bem, eu disse que sim e você não estava ouvindo...

– Desculpe, Elvett. É assim. O que estamos fazendo agora pode ser mais importante para todos, na Galáxia, do que o problema da segurança de Arcádia. Pelo menos, para todos menos para Arcádia e para mim, e quero seguir a maioria. Que tamanho deveria ter o ressonador?

– Não sei – Semic parecia duvidar. – Você pode descobrir em algum dos catálogos.

– Qual tamanho? Uma tonelada? Meio quilo? Um quarteirão de largura?

– Oh, pensei que você quisesse o tamanho exato. É um dedal. – Ele indicou a primeira junta do polegar. – Desse tamanho.

– Certo. Você consegue fazer algo assim? – Ele desenhou rapidamente sobre o bloco que tinha no colo, depois passou para o velho físico, que deu uma olhada duvidosa, depois riu.

– Sabe, o cérebro fica calcificado quando se está tão velho. O que você está tentando fazer?

Darell hesitou. Ele ansiava desesperadamente, no momento, pelo conhecimento físico guardado no cérebro do outro, pois assim não precisaria se expressar em palavras. Mas a ansiedade era inútil, e ele explicou.

Semic balançou a cabeça.

– Você precisaria de hipertransmissores. As únicas coisas que seriam rápidas o suficiente. Muitos deles.

– Mas pode ser construído?

– Bem, claro.

– Você conseguiria todas as peças? Quero dizer, sem causar muitos comentários, junto com seu trabalho geral?

Semic levantou o lábio superior.

– Se consigo cinquenta hipertransmissores? Não usaria tantos em toda a minha vida.

– Estamos num projeto de defesa agora. Não consegue pensar em algo inofensivo para o qual ele serviria? Temos o dinheiro.

– Hummm. Talvez consiga pensar em algo.

– Qual o menor tamanho em que você consegue fazer o aparelho?

– Hipertransmissores podem ser micros... fios... chips... Pelo espaço, você tem algumas centenas de circuitos aqui.

– Eu sei. De que tamanho?

Semic indicou com as mãos.

– Muito grande – disse Darell. – Preciso colocá-lo no meu cinto.

Devagar, ele estava amassando seu esboço até chegar a uma bola bem apertada. Quando parecia uma uva amarela e dura, ele o jogou no cinzeiro e, com o brilho esbranquiçado da decomposição molecular, a bolinha desapareceu.

– Quem está na porta? – perguntou.

Semic se inclinou sobre a mesa, na direção da pequena tela branca sobre o sinal da porta.

– O jovem Anthor – falou. – Alguém com ele também.

Darell empurrou a cadeira.

– Não fale nada sobre isso para os outros, Semic, ainda. É um conhecimento letal, se *eles* descobrirem, e duas vidas em risco já bastam.

———

Pelleas Anthor era um vórtex pulsante de atividade no escritório de Semic, que, de alguma forma, partilhava da idade avançada de seu ocupante. Na lenta rigidez da sala silenciosa, as mangas soltas da túnica de Anthor pareciam ainda tremer com o vento externo.

– Dr. Darell, dr. Semic... – ele falou. – Orum Dirige.

O outro homem era alto. Um longo nariz reto que emprestava ao rosto uma aparência melancólica. O dr. Darell estendeu a mão.

Anthor sorriu ligeiramente.

– Tenente da Polícia Dirige – ele complementou significativamente –, de Kalgan.

E Darell se virou para olhar com força para o jovem.

– Tenente de Polícia Dirige, de Kalgan – ele repetiu, claramente. – E você o traz aqui. Por quê?

– Porque ele foi o último homem em Kalgan a ver sua filha. Calma, homem.

O olhar de triunfo de Anthor transformou-se, subitamente, em preocupação, e ele estava entre os dois, lutando violentamente com Darell. Devagar, e não muito gentilmente, forçou o homem mais velho a se sentar.

– O que você está tentando fazer? – Anthor tirou um pedaço da franja da testa, sentou-se sobre a mesa e balançou uma perna, pensativo. – Pensei que lhe trazia boas notícias.

Darell perguntou direto ao policial:

– O que ele quer dizer com o último homem a ver minha filha? Ela está morta? Por favor, diga-me logo. – Seu rosto estava branco e apreensivo.

O tenente Dirige disse, com o rosto inexpressivo:

– "Último homem em Kalgan" foi a frase. Ela não está mais em Kalgan. Não tenho nenhum conhecimento do que aconteceu depois.

– Aqui – interrompeu Anthor –, deixe-me explicar. Perdão se exagerei no drama, doutor. Em primeiro lugar, o tenente Dirige é um dos nossos. Ele nasceu em Kalgan, mas seu pai era da Fundação, levado para aquele planeta para servir ao Mulo. Eu garanto a lealdade do tenente para com a Fundação. Agora, entrei em contato com ele um dia depois de pararmos de receber o informe diário de Munn...

– Por quê? – interrompeu Darell, feroz. – Pensei que tínhamos decidido que não faríamos nenhuma jogada. Você estava arriscando a vida deles, e as nossas.

– Porque – foi a resposta, igualmente feroz – estou envolvido nesse jogo há mais tempo do que você. Porque tenho certos contatos em Kalgan, dos quais você nada sabe. Porque ajo com conhecimento de causa, entende?

– Acho que você está completamente louco.

– Vai me ouvir?

Uma pausa, e os olhos de Darell se abaixaram.

Os lábios de Anthor se moveram num meio sorriso.

– Certo, doutor. Dê-me uns poucos minutos. Conte, Dirige.

– Até onde sei, dr. Darell – Dirige falou com uma voz tranquila –, sua filha está em Trantor. Pelo menos, ela tinha uma passagem para Trantor no Espaçoporto Oriental. Ela estava com um representante comercial daquele planeta, que dizia que era sua sobrinha. Sua filha parece ter uma estranha coleção de parentes, doutor. Foi o segundo tio em um período de duas semanas, não? O trantoriano até tentou me subornar. Provavelmente, acha que foi assim que conseguiu fugir. – Ele sorriu com amargura ao pensamento.

– Como estava?

– Não estava machucada, até onde pude ver. Amedrontada. Não a culpo. Todo o departamento estava em sua captura. Ainda não sei o motivo.

Darell respirou pelo que parecia ser a primeira vez em vários minutos. Estava consciente do tremor em suas mãos, e as controlava com esforço.

– Então, ela está bem. Esse representante comercial, quem era ele? Volte a ele. Que papel ele tem nisso tudo?

– *Eu* não sei. Você sabe algo sobre Trantor?

– Já vivi lá.

– Agora é um mundo agrícola. Exporta forragem de animal e grãos, principalmente. Alta qualidade! Eles vendem por toda a Galáxia. Há uma ou duas dúzias de cooperativas agrícolas por todo o planeta, e cada uma tem representantes no exterior. Uns malditos astutos, também... Eu conhecia os registros desse. Ele já tinha estado em Kalgan antes, geralmente com a esposa. Completamente honesto. Completamente inofensivo.

– Hu-hum – disse Anthor. – Arcádia nasceu em Trantor, não foi, doutor?

Darell assentiu.

– Isso se explica, vejam. Ela queria ir embora... depressa e para longe... e Trantor era uma sugestão muito forte. *Vocês* não acham?

– Por que não voltar para cá? – disse Darell.

– Talvez ela estivesse sendo perseguida e achasse que deveria tentar despistar, não?

O dr. Darell não tinha vontade de perguntar mais. Bem, então, deixem-na segura em Trantor, ou tão segura quanto se poderia estar nessa Galáxia escura e horrível. Ele caminhou até a porta, sentiu o toque leve de Anthor em seu braço e parou, mas não se virou.

– Se importa que eu vá para casa com o senhor, doutor?

– Claro que não – foi a resposta automática.

———

À noite, os aspectos mais exteriores da personalidade do dr. Darell, aqueles que faziam contato imediato com as outras pessoas, tinham se consolidado uma vez mais. Ele tinha se recusado a jantar e voltara, com uma insistência febril, aos lentos avanços da matemática intricada da análise encefalográfica.

Foi só perto da meia-noite que ele voltou à sala de estar.

Pelleas Anthor ainda estava lá, brincando com os controles do vídeo. Os passos às suas costas fizeram com que olhasse por sobre o ombro.

– Oi. Ainda não está na cama? Estou há horas olhando o vídeo, tentando encontrar algo diferente nesses boletins. Parece que o *N.F. Hober Mallow* perdeu o curso e não foi mais contatado.

– Sério? Do que eles suspeitam?

– O que você acha? Alguma maldade kalganiana? Há informes de que naves kalganianas foram vistas no setor do espaço no qual o *Hober Mallow* foi contatado pela última vez.

Darell deu de ombros, e Anthor esfregou a testa, em dúvida.

– Ouça, doutor – falou. – Por que você não vai para Trantor?

– Por que deveria?

– Porque você não serve para nós aqui. Não está na sua melhor forma. Não poderia estar. E cumpriria um propósito ao ir para Trantor, também. A velha Biblioteca Imperial com os registros completos dos procedimentos da Convenção de Seldon estão lá...

– Não! A Biblioteca foi revirada, e não ajudou ninguém.

– Ajudou Ebling Mis, uma vez.

– Como você sabe? Sim, ele *disse* que encontrou a Segunda Fundação e minha mãe o matou cinco segundos mais tarde, como a única forma de evitar que revelasse, sem perceber, sua localização ao Mulo. Mas, ao fazer isso, ela também, você entende, impediu até mesmo que soubéssemos se Mis realmente *sabia* a localização. Afinal, mais ninguém foi capaz de deduzir a verdade a partir dos registros.

– Ebling Mis, se você se lembrar, estava trabalhando sob o impulso condutor da mente do Mulo.

– Sei disso, também, mas a mente de Mis estava, por causa disso, trabalhando em um estado anormal. Nós dois sabemos algo sobre as propriedades de uma mente sob o controle emocional de outro; sobre suas capacidades e defeitos? De qualquer forma, não vou para Trantor.

Anthor franziu a testa.

– Bem, por que a veemência? Eu meramente sugeri... bom, pelo espaço, não o entendo. Parece dez anos mais velho. Está, obviamente, passando por um momento horrível. Não está fazendo nada valioso aqui. Se fosse você, iria atrás da menina.

– Exatamente! É o que quero fazer também. *É por isso que não vou.* Veja, Anthor, e tente entender. Você está jogando... nós dois estamos jogando... com algo completamente além da nossa capacidade de combate. Mantenha o sangue-frio, se for capaz, saberá que é assim, apesar desses arroubos de quixotismo. Por cinquenta anos, soubemos que a Segunda Fundação é a descendente verdadeira e pupila da matemática seldoniana. O que isso significa, e você sabe disso também, é que nada na Galáxia acontece que não faça parte do cálculo deles. Para nós, toda a vida é uma série de acidentes, a ser enfrentada com improvisações. Para eles, toda vida tem um propósito e deve ser enfrentada com cálculos antecipados. Mas tem suas fraquezas. O trabalho deles é estatístico e somente a ação da humanidade é verdadeiramente inevitável. Agora, como *eu* faço a minha parte, como indivíduo, no curso previsto da história, não sei. Talvez não tenha um papel definido, já que o Plano permite a indeterminação e o livre-arbítrio dos indivíduos.

Mas sou importante e eles... *eles*, você entende... podem, pelo menos, ter calculado minha provável reação. Então, desconfio de meus impulsos, meus desejos, minhas prováveis reações. Devo, no entanto, responder a eles com uma reação *improvável*. Vou ficar aqui, apesar de querer desesperadamente partir. Não! *Porque* quero desesperadamente partir.

O homem mais jovem sorriu, amargo.

– Você não conhece sua mente tão bem quanto *eles* podem conhecer. Suponha que... conhecendo você... eles possam contar com o que você acha, meramente *acha*, que seja a reação improvável, simplesmente sabendo, antecipadamente, qual seria sua linha de raciocínio.

– Nesse caso, não há como escapar. Porque se eu seguir o raciocínio que você sublinhou e for para Trantor, eles podem prever isso, também. Há um ciclo infinito de deduzo-que-deduzem-que-deduzo... Não importa até onde siga nesse ciclo, só posso ir ou ficar. A peça intricada de arrastar minha filha pela Galáxia não pode ter o sentido de me obrigar a ficar onde estou. Já deveria certamente ter ficado, se não tivessem feito nada. Só pode ser para fazer com que me mova, então vou ficar. Além disso, Anthor, nem tudo está ligado à Segunda Fundação, nem todos os eventos são resultado de suas manobras. Eles podem não ter tido nada a ver com a fuga de Arcádia, e ela poderá estar segura em Trantor, quando todos nós estivermos mortos.

– Não – disse Anthor, duro. – Agora você está exagerando.

– Você tem uma interpretação alternativa?

– Tenho, se quiser ouvir.

– Oh, vá em frente. Não me falta paciência.

– Bom, então... quanto você conhece sua filha?

– Quanto um indivíduo pode conhecer outro? Obviamente, meu conhecimento é inadequado.

– Da mesma forma é o meu, nesse sentido, talvez ainda mais... mas, pelo menos, eu consigo vê-la com um olhar mais puro. Item um: ela é uma pequena romântica feroz, a filha única de um acadêmico recluso, crescendo num mundo irreal de aventuras em vídeo ou livro-filme. Ela vive em uma estranha fantasia pessoal de espionagem e intriga. Item dois: ela é inteligente, o suficiente para nos enganar, de qualquer forma. Ela planejou cuidadosamente a espionagem da nossa primeira conferência e conseguiu. Ela planejou cuidadosamente a viagem para Kalgan com Munn e conseguiu. Item três: ela tem uma adoração profana pela heroína que foi sua avó... a sua mãe, doutor... que derrotou o Mulo. Estou certo até aqui, não? Tudo bem, então. Agora, ao contrário de você, recebi um relatório completo do tenente Dirige e, além disso, minhas fontes em Kalgan são bastante completas e todas as fontes concordam entre si. Sabemos, por exemplo, que Homir Munn, em conferência com o senhor de Kalgan, teve sua admissão ao palácio do Mulo recusada, e que essa recusa mudou subitamente depois que Arcádia falou com lady Callia, uma grande amiga do Primeiro Cidadão.

– E como você sabe de tudo isso? – Darell interrompeu.

– Por um lado, porque Munn foi interrogado por Dirige como parte da campanha policial para localizar Arcádia. Naturalmente, temos uma transcrição completa das perguntas e respostas. E veja a própria lady Callia. Há um rumor de que Stettin perdeu o interesse nela, mas o rumor não é corroborado pelos fatos. Ela não só permanece sem substituta, não só consegue transformar a recusa do lorde em aceitação, mas consegue até organizar abertamente a fuga de Arcádia. Ora, uma dúzia de soldados na mansão executiva de Stettin testemunhou ter visto as duas juntas na última noite. Mesmo assim, não foi punida. Isso, a despeito do fato de a busca por Arcádia ter sido feita aparentando o máximo de diligência.

– Mas quais são suas conclusões de toda essa corrente de conexões estranhas?

– Que a fuga de Arcádia foi arranjada.

– Como eu disse.

– Com uma coisa a acrescentar. Que Arcádia deve ter percebido isso, que Arcádia, a garotinha muito inteligente que vê conspirações em todo lugar, viu essa também e seguiu seu próprio raciocínio. Eles queriam que ela voltasse para a Fundação, então, ela foi para Trantor, em vez disso. Mas por que Trantor?

– Bem, por quê?

– Porque é para onde Bayta, sua avó idolatrada, foi quando *ela* estava fugindo. Conscientemente ou não, Arcádia imitou isso. Eu me pergunto, então, se Arcádia estava fugindo do mesmo inimigo.

– Do Mulo? – perguntou Darell, com educado sarcasmo.

– É claro que não. Quero dizer, por inimigo, um poder mental contra o qual ela não conseguiria lutar. Ela estava fugindo da Segunda Fundação, ou da influência dela em Kalgan.

– De qual influência você está falando?

– Você acha que Kalgan está imune a esta ameaça ubíqua? Nós dois chegamos à conclusão, de alguma forma, de que a fuga de Arcádia foi planejada. Certo? Ela foi procurada e encontrada, mas propositalmente liberada por Dirige. Por Dirige, você entende? Mas como isso aconteceu? Porque ele era nosso homem. Mas como eles sabiam disso? Claramente, eles deveriam saber que ele era um traidor. Não, doutor?

– Agora você está dizendo que eles honestamente queriam recapturá-la. Francamente, você está me cansando um pouco, Anthor. Diga o que tem a dizer, quero ir para a cama.

– Vou terminar logo. – Anthor pegou um pequeno grupo de fotogravações do bolso. Eram os riscos familiares de uma encefalografia. – As ondas cerebrais de Dirige – falou, casualmente –, tiradas desde o seu retorno.

Era bastante visível para os olhos de Darell, e seu rosto estava pálido quando olhou para cima:

– Ele está controlado.

– Exatamente. Ele permitiu que Arcádia escapasse não por ser nosso homem, mas porque estava controlado pela Segunda Fundação.

– Mesmo depois que soube que ela estava indo para Trantor, e não para Terminus.

Anthor deu de ombros:

– Ele tinha sido programado para deixá-la ir. *Ele* não tinha como modificar isso. Era apenas um instrumento, veja bem. A questão é que Arcádia seguiu o curso menos provável e, portanto, com uma grande probabilidade de estar segura. Ou, pelo menos, segura até o momento em que a Segunda Fundação conseguir modificar os planos para levar em conta essa mudança...

Ele fez uma pausa. O pequeno sinal luminoso no aparelho de vídeo estava piscando. Em um circuito independente, isso significava a presença de notícias de emergência. Darell viu, também, e, com um movimento mecânico do hábito, ligou o vídeo. Eles pegaram a frase no meio, mas, antes de seu final, sabiam que o *Hober Mallow*, ou o que sobrara dele, tinha sido encontrado e que, pela primeira vez em quase meio século, a Fundação estava novamente em guerra.

O queixo de Anthor estava duro.

– Certo, doutor, você ouviu. Kalgan atacou, e Kalgan está sob controle da Segunda Fundação. Você seguirá sua filha e se mudará para Trantor?

– Não. Vou correr os riscos. Aqui.

– Dr. Darell. O senhor não é tão inteligente quanto sua filha. Eu me pergunto até onde posso confiar no senhor. – Deu um longo olhar em direção a Darell e então, sem nenhuma palavra, saiu.

E Darell foi deixado com a incerteza e – quase – com o desespero.

Sem que ninguém prestasse atenção, o vídeo era uma mistura de sons e imagens empolgantes, com a descrição, em detalhes nervosos, da primeira hora da guerra entre Kalgan e a Fundação.

17.

Guerra

O PREFEITO DA FUNDAÇÃO penteava, sem sucesso, o cabelo eriçado que cobria seu crânio. Ele deu um suspiro.

– Os anos que perdemos; as chances que jogamos fora. Não faço nenhuma recriminação, dr. Darell, mas merecemos uma derrota.

– Não vejo nenhuma razão – Darell falou baixinho – para essa falta de confiança nos eventos, senhor.

– Falta de confiança! Falta de confiança! Pela Galáxia, dr. Darell, no que deveria me basear para ter outra atitude? Venha aqui...

Ele meio convidou, meio forçou Darell até um objeto em forma de ovo amparado graciosamente em seu pequeno suporte de campo de força. A um toque da mão do prefeito, ele brilhou internamente – um modelo tridimensional preciso da espiral dupla galáctica.

– Em amarelo – disse o prefeito, animado –, temos a região do espaço sob controle da Fundação; em vermelho, a de Kalgan.

O que Darell viu foi uma esfera vermelha dentro de um revestimento amarelo que o cercava por todos os lados, menos em direção ao centro da Galáxia.

– A galactografia – disse o prefeito – é nosso maior inimigo. Nossos almirantes não escondem nossa posição estratégica quase sem esperanças. Observe. O inimigo possui linhas de comunicação interna. Ele está concentrado, pode nos alcançar de todos os lados com igual facilidade. Pode se defender com força mínima. Nós estamos expandidos. A distância média entre sistemas habitados dentro da Fundação é quase três vezes a de Kalgan. Para ir de Santanni a Locris, por exemplo, significa uma viagem de dois mil e quinhentos parsecs para nós, mas somente oitocentos parsecs para eles, se permanecermos dentro de nossos respectivos territórios...

– Entendo tudo isso, senhor – disse Darell.

– E você não entende que isso pode significar nossa derrota.

– Há mais do que distâncias em uma guerra. Digo que não podemos perder. É quase impossível.

– E por que você diz isso?

– Por causa da minha própria interpretação do Plano Seldon.

– Oh – o prefeito torceu os lábios, e as mãos nas suas costas se agitaram –, então o senhor se baseia na ajuda mística da Segunda Fundação.

– Não. Meramente na ajuda da inevitabilidade... e da coragem e da persistência.

Mesmo assim, por trás dessa fácil confiança, ele se perguntava...

E se...

Bem... E se Anthor estivesse certo e Kalgan fosse uma ferramenta direta dos magos mentais? E se era o objetivo deles derrotar e destruir a Fundação? Não! Não fazia sentido!

Mesmo assim...

Ele deu um sorriso fraco. Sempre o mesmo. Sempre se esforçando para ver através do granito opaco que, para o inimigo, era tão transparente.

As verdades da galactografia também não tinham passado despercebidas para Stettin.

O senhor de Kalgan estava parado na frente de um modelo idêntico ao que o prefeito e Darell tinham inspecionado. Exceto que, onde o prefeito se mostrava preocupado, Stettin sorria.

Sua farda de almirante brilhava, imponente, sobre sua figura maciça. A faixa vermelha da Ordem do Mulo, recebida do antigo Primeiro Cidadão que ele tinha substituído, seis meses depois, de uma forma um tanto quanto forçada, cruzava o peito em diagonal, do ombro direito até a cintura. A estrela prateada, com cometas duplos e espadas, brilhava no ombro esquerdo.

Ele se virou para os seis homens da sua equipe de generais, cujas fardas só eram menos grandiloquentes do que a dele, e para seu primeiro-ministro também, magro e cinzento – uma teia de aranha sombria, perdida no meio de tanto brilho.

– Acho que as decisões estão claras – disse Stettin. – Podemos esperar. Para eles, cada dia de atraso será outro golpe no moral. Se tentarem defender todas as porções de seus domínios, precisarão se espalhar e poderemos atacar através de dois pontos simultâneos... aqui e aqui. – Ele indicou as direções no modelo galáctico, duas lanças de explosões brancas dentro do entorno amarelo, vindas da bola vermelha, cortando Terminus em um arco apertado. – Desta maneira, podemos dividir a esquadra deles em três partes que podem ser derrotadas completamente. Se se concentrarem, abrirão mão de dois terços de seus domínios voluntariamente, e correrão o risco de sofrer rebeliões.

A fina voz do primeiro-ministro se fez ouvir através do silêncio que se seguiu.

– Em seis meses – ele falou –, a Fundação ficará mais forte. Seus recursos são maiores, como sabemos; sua marinha é numericamente mais forte; sua mão de obra é virtualmente inesgotável. Talvez um ataque rápido fosse mais seguro.

A dele era, certamente, a voz menos influente na sala. Lorde Stettin sorriu e fez um gesto largo com a mão.

– Os seis meses... ou um ano, se for necessário... não nos custarão nada. Os homens da Fundação não conseguirão se preparar, são ideologicamente incapazes disso. É parte da filosofia deles acreditar que a Segunda Fundação irá salvá-los. Mas não desta vez, certo?

Os homens na sala se agitaram.

– Falta confiança em vocês, acredito – disse Stettin, frio. – É necessário, mais uma vez, descrever os informes de nossos agentes no território da Fundação, ou repetir as descobertas do sr. Homir Munn, o agente da Fundação a nosso... hã... serviço? Senhores, voltaremos a nos reunir mais tarde.

Stettin retornou a seus aposentos privados com um sorriso fixo no rosto. Ele às vezes se perguntava sobre Homir Munn. Um homem estranho e fraco que, com certeza, não havia estado à altura do que parecera prometer inicialmente. Mesmo assim, ele mostrava informações interessantes que apresentava com grande convicção – principalmente quando do Callia estava presente.

Seu sorriso se ampliou. Aquela gorda tonta tinha serventia, afinal. Pelo menos, ela conseguia tirar mais da boca de Munn do que ele, e com menos dificuldade. Por que não dá-la para Munn? Ele franziu a testa. Callia. Ela e seu ciúme estúpido. Pelo espaço! Se ele ainda tivesse a garota Darell... Por que não tinha arrebentado a cabeça de Callia por aquilo?

Ele não conseguia apontar um motivo.

Talvez porque ela se dava bem com Munn. E ele precisava de Munn. Era Munn, por exemplo, quem havia demonstrado que, pelo menos na cabeça do Mulo, não havia nenhuma Segunda Fundação. Seus almirantes precisavam dessa segurança.

Ele teria gostado de apresentar em público essas descobertas, mas era melhor deixar a Fundação acreditar na ajuda inexistente. Foi, na verdade, Callia que tinha mostrado isso? É verdade. Ela tinha dito que...

Oh, besteira! Ela não poderia ter dito nada.

E mesmo assim...

Ele balançou a cabeça para esquecer, e continuou.

18.

Um mundo fantasma

TRANTOR ERA UM MUNDO DE restos e renascimentos. Como uma joia sem brilho no meio de uma desconcertante multidão de sóis no centro da Galáxia – entre os muitos e pródigos grupos de estrelas –, ele sonhava, alternadamente, com o passado e o futuro.

Já fazia tempo que suas fitas insubstanciais de controle tinham se esticado desde o revestimento metálico até os domínios mais distantes das estrelas. Trantor tinha sido uma única cidade, abrigando quatrocentos bilhões de administradores, a mais poderosa capital que já havia existido.

Até que a decadência do Império, no final, o alcançou e, no Grande Saque de um século atrás, suas forças haviam sido repelidas e quebradas para sempre. Nas ruínas da morte, a camada de metal que circulava o planeta se enrugara numa dolorosa paródia de sua própria grandeza.

Os sobreviventes rasgaram o revestimento de metal e venderam-no a outros planetas em troca de sementes e gado. O solo estava descoberto mais uma vez, e o planeta voltou ao princípio. Na disseminação das áreas de agricultura primitiva, ele esquecia seu passado intricado e colossal.

Ou teria esquecido, se não fossem os ainda poderosos fragmentos com suas ruínas maciças que subiam até o céu em um silêncio amargo e digno.

Arcádia olhava a linha metálica no horizonte com um aperto no coração. A vila onde os Palver viviam era apenas um amontoado de casas para ela – pequeno e primitivo. Os campos que a circundavam eram amarelo-ouro, semeados de trigo.

Mas ali, logo depois do horizonte, estava a memória do passado, ainda brilhando num esplendor sem ferrugem e queimando como fogo onde os raios do sol de Trantor refletiam-se das alturas reluzentes. Ela já tinha ido lá uma vez desde que chegara a Trantor, alguns meses atrás. Tinha subido no pavimento macio e sem emendas e se aventurado nas estruturas silenciosas e empoeiradas, onde a luz entrava por buracos na parede.

Tinha sentido uma tristeza muito pesada. Havia sido uma blasfêmia.

Ela saíra, pisando no metal – correndo até seu pé tocar novamente na maciez da terra.

E, desde então, só conseguia olhar para trás com uma espécie de saudade. Não ousou perturbar aquela melancolia imponente de novo.

Ela tinha nascido, sabia, em algum lugar desse mundo – perto da velha Biblioteca Imperial, que era o que fazia Trantor ser Trantor. Era o mais sagrado do sagrado; o *sanctum sanctorum*! Do mundo todo, só ela havia sobrevivido ao Grande Saque e, por um século, tinha permanecido completa e intocada, desafiando o universo.

Ali, Hari Seldon e seu grupo tinham montado essa teia inimaginável. Ali, Ebling Mis tinha penetrado o segredo e sentado, perdido em sua vasta surpresa, até ter sido morto para evitar que o segredo se espalhasse.

Ali, na Biblioteca Imperial, seus avós tinham vivido por dez anos, até que o Mulo morreu, e então puderam retornar à Fundação renascida.

Ali, na Biblioteca Imperial, seu pai voltara, com a noiva dele, para encontrar a Segunda Fundação novamente, mas falhara. Ali ela tinha nascido e ali morrera sua mãe.

Ela gostaria de visitar a Biblioteca mais uma vez, mas Preem Palver balançou a cabeça.

– Está a milhares de quilômetros, Arkady, e há muito a ser feito aqui. Além disso, não é bom ficar fuçando por lá. Sabe, é um santuário...

Mas Arcádia sabia que ele não tinha nenhuma vontade de visitar a Biblioteca, que era como o palácio do Mulo. Existiam esses medos supersticiosos por parte dos pigmeus do presente, em relação às relíquias dos gigantes do passado.

Teria sido horrível, porém, sentir algum rancor para com esse homenzinho engraçado por isso. Ela já estava em Trantor havia mais de três meses e, em todo esse tempo, ele e ela – Papa e Mama – tinham sido maravilhosos...

E como ela retribuía? Ora, envolvendo-os na sua ruína. Ela os avisara de que estava marcada para a destruição, talvez? Não! Deixou que eles assumissem o papel fatal de protetores.

Sua consciência doía de remorso – mas que alternativa tinha?

Ela desceu, relutante, as escadas para tomar café. Ouviu as vozes.

Preem Palver tinha enfiado o guardanapo no colarinho da camisa com um movimento do pescoço gordo e atacava o ovo cozido com uma satisfação desinibida.

– Eu fui até a cidade ontem, Mama – ele disse, brandindo seu garfo e quase afogando as palavras com um enorme bocado de comida.

– E quais são as novidades, Papa? – perguntou Mama, indiferente, sentada, olhando inquiridora para a mesa e se levantando para pegar o sal.

– Ah, não muito boas. Chegou uma nave de Kalgan com jornais de lá. Estão em guerra.

– Guerra! Então! Bem, deixe que quebrem as cabeças, se não têm mais bom senso. Seu pagamento já chegou? Papa, estou falando mais uma vez. Avise esse velho Cosker que esta não é a única cooperativa no mundo. Já é ruim eles pagarem um salário que me dá vergonha de contar às minhas amigas, mas pelo menos poderia ser no dia!

– Ah, besteira – disse Papa, irritado. – Olha, não quero falar disso no café da manhã, vai me fazer engasgar com cada pedaço. – E estraçalhou uma torrada com manteiga enquanto falava. Acrescentou, um pouco mais moderado: – A luta é entre Kalgan e a Fundação, e já dura dois meses.

Suas mãos se chocaram uma com a outra numa representação de uma luta espacial.

– Hum-m-m. E o que está acontecendo?

– Está mau para a Fundação. Bem, você viu Kalgan; só soldados. Eles estavam prontos. A Fundação não, então... *puf*!

E, de repente, Mama abaixou o garfo e deu uma bronca:

– Seu tonto!

– Hã?

– Bobo! Você sempre dá com a língua nos dentes.

Ela apontou rapidamente e, quando Papa olhou para trás, ali estava Arcádia, parada na porta.

– A Fundação está em guerra? – ela perguntou.

Papa olhou desconsolado para Mama, depois concordou.

– E estão perdendo?

Novamente, ele balançou a cabeça.

Arcádia sentiu um aperto insuportável na garganta e lentamente se aproximou da mesa.

– Já terminou? – ela sussurrou.

– Terminou? – repetiu Papa, com falsa sinceridade. – Quem disse que tinha terminado? Na guerra, muitas coisas podem acontecer. E... e...

– Sente-se, querida – falou Mama, com voz doce. – Ninguém deveria conversar essas coisas antes do café. Ninguém pensa direito com o estômago vazio.

Mas Arcádia a ignorou.

– Os kalganianos estão em Terminus?

– Não – disse Papa, sério. – As notícias são da semana passada, e Terminus ainda estava lutando. Estou sendo honesto. Estou falando a verdade. E a Fundação ainda está bem forte. Quer ver os jornais?

– Sim!

Ela leu enquanto tomava o café da manhã, e seus olhos se encheram de lágrimas. Santanni e Korell tinham caído – sem luta. Uma esquadra da marinha da Fundação caíra numa armadilha no setor Ifni, que tinha sóis esparsos, e havia sido destruída até quase a última nave.

E, agora, a Fundação estava reduzida ao núcleo dos Quatro Reinos – o domínio original construído sob o governo de Salvor Hardin, o primeiro prefeito. Mas ainda lutava – e ainda poderia haver uma chance –, e, independentemente do que acontecesse, ela devia informar seu pai. Ela devia, de alguma forma, enviar-lhe uma mensagem. Ela *tinha*!

Mas como? Com uma guerra no meio do caminho...

Ela perguntou a Papa depois do café:

– O senhor está indo a alguma nova missão logo, sr. Palver?

Papa estava sentado numa grande cadeira na varanda, tomando um pouco de sol. Um charuto gordo ardia entre seus dedos gordos, e ele parecia um buldogue feliz.

– Missão? – ele repetiu, preguiçoso. – Quem sabe? Estou aproveitando minhas férias. Por que falar em novas missões? Está impaciente, Arkady?

– Eu? Não, gosto daqui. Vocês são muito bons para mim, você e a sra. Palver.

Ele fez um gesto, como se espantasse as palavras dela.

– Estava pensando na guerra – continuou Arcádia.

– Mas não pense nisso. O que *você* pode fazer? Se é algo que não pode mudar, por que se flagelar por isso?

– Mas eu estava pensando que a Fundação perdeu a maior parte dos seus mundos agrícolas. Provavelmente há racionamento de comida lá.

Papa olhou, desconfortável.

– Não se preocupe. Vai dar tudo certo.

Ela nem ouviu.

– Queria poder levar comida para eles, isso, sim. O senhor sabe que depois que o Mulo morreu e a Fundação se rebelou, Terminus ficou da mesma forma, isolado por um tempo, e o general Han Pritcher, que sucedeu o Mulo por um tempo, sitiou o planeta. A comida estava muito escassa, e meu pai contou que o pai *dele* falou que só tinham aminoácidos secos concentrados, com um gosto horrível. Claro, um ovo custava duzentos créditos. E eles conseguiram romper o cerco bem na hora, e as naves com comida vieram de Santanni. Deve ter sido uma época horrível. Provavelmente, tudo está acontecendo de novo, agora.

Houve uma pausa, e então Arcádia falou:

– Sabe, aposto que a Fundação está aceitando pagar preços de contrabando por comida agora. O dobro ou o triplo, ou mais. Nossa, se alguma cooperativa, por exemplo, daqui de Trantor, assumisse o trabalho, ela poderia perder algumas naves, mas aposto que se tornariam milionários de guerra antes de tudo acabar. Os comerciantes da Fundação, no passado, faziam isso o tempo todo. Se havia uma guerra, eles vendiam tudo o que era mais necessário e corriam riscos. Puxa, eles costumavam ganhar até dois milhões de créditos em uma viagem... *de lucro*. Isso só com a carga de uma única nave, também.

Papa se agitou. Seu charuto tinha se apagado e ele nem notara.

– Um acordo para venda de alimentos, hein? Hummm... Mas a Fundação é tão longe.

– Oh, eu sei. Aposto que nem conseguiriam levar daqui. Se pegasse uma linha regular, provavelmente o senhor não chegaria nem em Massena ou Smushyk, e depois disso teria de alugar uma pequena escolta ou algo assim, para atravessar as linhas de combate.

A mão de Papa se moveu no ar, como se estivesse fazendo cálculos.

Duas semanas mais tarde, os arranjos para a missão estavam completos. Mama reclamou o tempo todo – primeiro, pela incurável obstinação com que ele procurava missões suicidas. Depois, pela incrível obstinação com a qual se recusava a permitir que ela o acompanhasse.

– Mama, por que você age como uma velha? – disse Papa.

– Não posso levá-la. É trabalho de homem. O que você acha que é uma guerra? Diversão? Brincadeira de criança?

– Então, por que *você* vai? *Você* é um homem, seu velho tonto... que já está com uma perna e meio braço na cova. Deixe que algum dos jovens vá... não um gordo careca como você.

– Não estou careca – respondeu Papa, com dignidade. – Ainda tenho muito cabelo. E por que não deveria ganhar a comissão? Por que um dos jovens? Ouça, isso pode significar milhões.

Ela sabia disso, e não disse nada.

Arcádia o viu mais uma vez antes da partida.

– O senhor está indo para Terminus? – perguntou.

– Por que não? Você mesma disse que eles precisam de pão, arroz e batatas. Bem, vou fazer um negócio e eles terão essas mercadorias.

– Bem, então... só uma coisa. Se está indo para Terminus, poderia... ver meu pai?

O rosto de Papa se enrugou, e parecia derreter-se em simpatia:

– Oh... e você acha que precisa me pedir? Claro que o procurarei. Vou contar que você está segura, que tudo está bem, e que, quando a guerra acabar, vou levá-la de volta.

– Obrigada. Vou mostrar como o senhor pode encontrá-lo. Seu nome é dr. Toran Darell, e ele vive em Stanmark. É nos arredores da Cidade de Terminus e o senhor pode pegar um pequeno carro aéreo para chegar lá. Estamos na Estrada do Canal 55.

– Espere, vou anotar isso.

– Não, não. – O braço de Arcádia se levantou. – O senhor não deve anotar nada. Deve se lembrar e encontrá-lo sem a ajuda de ninguém.

Papa estranhou. Depois, deu de ombros.

– Certo, então. É na Estrada do Canal 55 em Stanmark, arredores da Cidade de Terminus, e você chega lá de carro aéreo. Certo?

– Mais uma coisa.

– Sim?

– O senhor diria uma coisa para ele, por mim?

– Claro.

– Quero falar em sua orelha.

Ele aproximou o rosto rechonchudo na direção dela e o som de um sussurro passou de um para o outro.

Os olhos de Papa se abriram.

– É isso que você quer que diga? Mas não faz sentido.

– Ele saberá o significado. É só dizer que eu falei e ele entenderá. E diga exatamente como eu falei. Nenhuma palavra diferente. Não vai esquecer?

– Como posso esquecer? Cinco palavrinhas. Veja...

– Não, não. – Ela se agitou de emoção. – Não repita. Nunca repita para ninguém. A não ser para meu pai. Prometa.

Papa deu de ombros novamente.

– Eu prometo. Certo!

– Certo – ela disse, triste, e, quando ele cruzou o jardim até onde o táxi-aéreo esperava para levá-lo ao espaçoporto, ela se perguntou se havia assinado a sentença de morte dele. Se o veria novamente.

Mal teve coragem de voltar para casa para encarar a boa e doce Mama. Talvez, quando tudo terminasse, ela devesse se matar por tudo o que tinha feito para eles.

——— Quoriston, batalha de. ...

Travada em 1, 3, 377 E.F. entre as forças da Fundação e as de lorde Stettin de Kalgan, foi a última batalha importante durante o Interregno...

ENCICLOPÉDIA GALÁCTICA

19.

Fim da guerra

JOLE TURBOR, EM SEU NOVO papel de correspondente de guerra, viu a massa de seu corpo dentro de uma farda naval e até que gostou. Gostava de estar de volta ao ar, e a impotência feroz da batalha fútil contra a Segunda Fundação o abandonou, em meio à animação com outro tipo de luta, com naves substanciais e homens comuns.

Para ser exato, a luta da Fundação não tinha sido marcada por vitórias, mas ainda era possível ser filosófico sobre a questão. Depois de seis meses, o núcleo central da Fundação mantinha-se intocado, e o núcleo central de sua marinha ainda existia. Com as novas aquisições desde o começo da guerra, era quase tão forte, numérica e tecnicamente, quanto antes da derrota em Ifni.

E, enquanto isso, as defesas planetárias foram fortalecidas; as forças armadas, mais bem-treinadas; a eficiência administrativa estava crescendo – e uma boa parte da frota de conquista kalganiana estava sendo desviada pela necessidade de ocupar os territórios "conquistados".

No momento, Turbor estava com a Terceira Frota na periferia do setor anacreoniano. Alinhado com sua política de transformar essa guerra na do "homem comum", ele estava entrevistando Fennel Leemor, engenheiro de terceira classe, voluntário.

– Fale um pouco sobre você, marinheiro – disse Turbor.

– Não há muito para falar. – Leemor arrastou o pé e permitiu que um sorriso tímido e envergonhado cobrisse seu rosto, como se conseguisse ver os milhões que, certamente, estavam olhando para ele no momento. – Sou locriano. Trabalho na fábrica de carros aéreos, chefe de seção, com um bom salário. Sou casado, tenho duas filhas, duas meninas. Posso dar um alô para elas, eu poderia... caso elas estejam ouvindo.

– Vá em frente, marinheiro. O vídeo é todo seu.

– Nossa, obrigado – ele balbuciou. – Olá, Milla, caso você esteja ouvindo. Estou bem. Tudo bem com a Sunni? E Tomma? Penso em vocês o tempo todo, e pode ser que eu volte para uma licença depois de chegarmos ao porto. Recebi seu pacote de comida, mas estou mandando de volta. Está um tanto confuso aqui, mas dizem que os civis estão um pouco apertados. Acho que é tudo.

– Vou procurá-la da próxima vez que estiver em Locris, marinheiro, e garantir que não lhe falte comida. Certo?

O jovem sorriu e balançou a cabeça:

– Obrigado, sr. Turbor. É muita gentileza.

– Certo. Você poderia nos contar agora... É um voluntário, não?

– Claro que sou. Se alguém começa uma briga comigo, não preciso esperar ninguém me arrastar. Eu me alistei no dia em que ouvi o que aconteceu com o *Hober Mallow*.

– Um espírito maravilhoso. Você viu muita ação? Percebo que está usando duas estrelas de batalhas.

– *Pfff* – cuspiu o marinheiro. – Aquelas não foram batalhas, foram caçadas. Os kalganianos não lutam, a menos que estejam com uma vantagem de cinco para um, ou mais, em favor deles. Mesmo assim, ficam de longe e então atacam nave por nave. Um primo meu estava em Ifni numa nave que escapou, a velha *Ebling Mis*. Ele diz que foi o mesmo por lá. Tinham a armada principal deles contra somente uma divisão dos nossos e até quando ficamos só com cinco naves, eles continuavam só à espreita, em vez de lutar. Acabamos com o dobro de naves deles *naquela* batalha.

– Então, você acha que vamos ganhar a guerra?

– Pode ter certeza, agora que não estamos recuando. Mesmo se as coisas ficarem ruins, é quando eu espero que a Segunda Fundação apareça. Ainda temos o Plano Seldon... e *eles* sabem disso também.

Os lábios de Turbor se retorceram um pouco.

– Você está contando com a Segunda Fundação, então?

A resposta veio com uma surpresa honesta:

– Bom, não estamos todos?

O oficial subalterno Tippellum entrou no quarto de Turbor depois da transmissão. Ele deu um cigarro ao correspondente e levantou seu boné até alcançar um equilíbrio instável na nuca.

– Fizemos um prisioneiro – ele falou.

– Sim?

– Meio louco. Afirma ser neutro, ter imunidade diplomática, só isso. Não acho que saibam o que fazer com ele. O nome dele é Palvro, Palver, algo assim, e ele diz que é de Trantor. Não sei o que, pelo espaço!, está fazendo numa zona de guerra.

Mas Turbor tinha se sentado ereto e já havia esquecido a soneca que iria tirar. Lembrava-se muito bem de seu último encontro com Darell, no dia seguinte à declaração de guerra, antes de sua partida.

– Preem Palver – ele disse. Era uma declaração.

Tippellum fez uma pausa e deixou que a fumaça escapasse pelos cantos da boca.

– Sim – ele falou. – Pelo espaço, como você sabia?

– Não importa. Posso vê-lo?

– Espaço, *eu* não sei dizer. O velho o está interrogando. Todo mundo acha que ele é um espião.

– Diga ao velho que eu o conheço, se ele for quem diz ser. Assumirei a responsabilidade.

O capitão Dixyl, no comando da Terceira Frota, olhava incansavelmente para o Grande Detector. Nenhuma nave poderia evitar ser uma fonte de radiação nuclear – nem mesmo se estivesse parada como uma massa inerte –, e cada ponto focal de tal radiação era um pequeno brilho no campo tridimensional.

Cada uma das naves da Fundação estava marcada e nenhuma centelha era ignorada, agora que o pequeno espião que afirmava ser neutro tinha sido capturado. Por um momento, a nave estrangeira havia criado uma comoção na sala de comando. As táticas tiveram de ser mudadas rapidamente. Como se fossem...

– Tem certeza de que compreendeu? – ele perguntou.

O comandante Cenn assentiu.

– Vou levar meu esquadrão pelo hiperespaço: raio, 10,00 parsecs; teta, 268,52 graus; phi, 84,15 graus. Retornar à origem em 1330. Ausência total, 11,83 horas.

– Certo. Agora vamos contar com um retorno exato em termos de espaço e tempo. Entendeu?

– Sim, capitão. – Ele olhou para o relógio de pulso. – Minhas naves estarão prontas a 0140.

– Ótimo – disse o capitão Dixyl.

A esquadra kalganiana não estava dentro da amplitude de detecção no momento, mas logo estaria. Havia informações independentes que confirmavam a posição deles. Sem a esquadra de Cenn, as forças da Fundação estariam em ampla minoria, mas o capitão estava bastante confiante. *Bastante confiante.*

Preem Palver lançou um olhar triste ao redor. Primeiro, para o almirante alto e magro, depois para os outros, todos de farda; e agora para o último, grande e corpulento, com a camisa aberta e sem gravata – diferente do resto –, dizendo que queria falar com ele.

Jole Turbor estava falando:

– Tenho plena noção, almirante, das sérias possibilidades envolvidas aqui, mas vou lhe dizer que, se puder conversar com ele por alguns minutos, serei capaz de acabar com as incertezas atuais.

– Há alguma razão para que isso não aconteça na minha frente?

Turbor pressionou os lábios e persistiu.

– Almirante – ele falou –, desde que fui ligado a suas naves, a Terceira Frota tem recebido uma excelente cobertura. Pode deixar homens postados do lado de fora da porta, se quiser, e pode voltar em cinco minutos. Mas, enquanto isso, dê-me um pouco de liberdade, e suas relações públicas não sofrerão nada. Está me entendendo?

Estava.

Então Turbor, no isolamento que se seguiu, virou-se para Palver e disse:

– Rápido: qual é o nome da garota que você sequestrou?

E Palver só conseguiu abrir bem os olhos e balançar a cabeça.

– Sem besteira – disse Turbor. – Se não responder, será considerado espião, e espiões são desintegrados sem julgamento em época de guerra.

– Arcádia Darell – soltou Palver.

– *Muito bem*! Certo, então. Ela está bem?

Palver assentiu.

– É melhor isso ser verdade, ou você vai se dar mal.

– Ela está bem de saúde, perfeitamente segura – disse Palver, palidamente.

O almirante retornou:

– Então?

– O homem, senhor, não é espião. Pode acreditar no que ele diz. Eu respondo por ele.

– É isso? – O almirante franziu a testa. – Então ele representa uma cooperativa agrícola de Trantor que quer fazer um tratado comercial com Terminus para a distribuição de grãos e batatas. Bem, certo, mas ele não pode sair daqui agora.

– Por que não? – perguntou Palver, rápido.

– Porque estamos no meio de uma batalha. Depois que ela terminar – se ainda estivermos vivos –, nós o levaremos a Terminus.

A frota kalganiana que se espalhava pelo espaço detectou as naves da Fundação a uma distância incrível, e foi também detectada. Tal como pequenos vaga-lumes nos respectivos Grandes Detectores, elas se aproximaram, cruzando o vazio.

O almirante da Fundação franziu a testa e disse:

– Isso deve ser o avanço principal deles. Veja a quantidade. – E completou: – Eles não vão nos enfrentar, no entanto; não se pudermos contar com o destacamento de Cenn.

O comandante Cenn tinha partido horas antes – ao primeiro sinal de detecção do inimigo que se aproximava. Não havia forma de alterar o plano agora. Ele funcionaria ou não, mas o almirante sentia-se bastante confortável. Assim como os oficiais. Do mesmo jeito que os homens.

Novamente, olharam para os vaga-lumes.

Como um balé mortal, em formações precisas, eles brilhavam.

A frota da Fundação ia vagarosamente para trás. Passaram-se horas e a frota se afastava lentamente, provocando os inimigos, que avançavam, saindo um pouco fora do curso, cada vez mais.

Nas mentes dos criadores do plano de batalha, haveria um certo volume de espaço que deveria ser ocupado pelas naves kalganianas. Para fora daquele volume, saíam as naves da Fundação; e nele entravam os kalganianos. Quem o ultrapassava era atacado, súbita e violentamente. Quem ficava dentro permanecia intocado.

Tudo dependia da relutância das naves de lorde Stettin em tomar a iniciativa – de sua vontade de permanecer onde ninguém os atacasse.

O capitão Dixyl olhou friamente para seu relógio de pulso. Era 1310.

– Temos vinte minutos – ele falou.

O tenente a seu lado assentiu, tenso.

– Parece tudo bem até o momento, capitão. Temos mais de 90% deles encurralados. Se pudermos mantê-los assim...

– Sim! *Se...*

As naves da Fundação estavam se movendo outra vez – muito lentamente. Não rápido o bastante para levar a uma fuga kalganiana, e só rápido o suficiente para desencorajar um avanço dos inimigos. Eles preferiram esperar.

E os minutos passavam.

A 1325, a campainha do almirante tocou em setenta e cinco naves da Fundação e elas se prepararam para uma aceleração máxima em direção à linha de frente da frota kalganiana, que contava, no total, com cerca de trezentas naves. Os escudos kalganianos entraram em ação e vastos raios de energia cruzaram o espaço. Cada uma das trezentas naves se concentrou na mesma direção, voltando-se para os loucos que os atacavam sem piedade, descuidadamente, e...

A 1330, cinquenta naves sob direção do comandante Cenn apareceram do nada, em um único Salto através do hiperespaço para um ponto calculado em um momento calculado – e atacaram, com fúria destruidora, os kalganianos despreparados.

A armadilha funcionou perfeitamente.

Os kalganianos ainda tinham os números ao seu lado, mas nenhuma vontade de ficar contando. O primeiro esforço deles foi para fugir, e a formação, uma vez quebrada, era ainda mais vulnerável, com as naves inimigas cruzando o caminho umas das outras.

Depois de um tempo, a batalha chegou à proporção de uma corrida de gato e rato.

Das trezentas naves kalganianas, o núcleo central e orgulho da frota, menos de sessenta, muitas em estado quase irrecuperável, alcançaram Kalgan. A perda da Fundação tinha sido de oito naves de um total de cento e vinte e cinco. Era o terceiro dia do novo ano de 377.

Preem Palver chegou a Terminus no auge da celebração. Ele achou que todo o furor distraía muito, mas, antes de ir embora do planeta, tinha conseguido duas coisas e recebido um pedido.

As duas coisas que ele tinha conseguido foram: 1) a conclusão de um acordo no qual a cooperativa de Palver deveria entregar vinte cargas de certos alimentos por mês pelo próximo ano, a preços de época de guerra, sem, graças à recente batalha, o correspondente risco; e 2) a transferência, para o dr. Darell, das cinco palavrinhas de Arcádia.

Por um momento de espanto, Darell tinha olhado para ele com os olhos abertos, e então havia feito seu pedido. Era para levar uma resposta de volta a Arcádia. Palver gostou; era uma resposta simples e fazia sentido. Era: "Pode voltar agora. Não haverá mais perigo".

Lorde Stettin estava frustrado e furioso. Assistir a cada uma de suas armas quebrar-se em suas mãos; sentir o firme tecido de seu poderio militar se rasgar como as tiras podres que de repente se tornaram – havia transformado a fleuma em lava fervente. Estava desamparado e sabia disso.

Ele não dormia muito bem fazia semanas. Não se barbeava havia três dias. Tinha cancelado todas as audiências. Seus almirantes estavam abandonados à própria sorte e ninguém sabia melhor do que o senhor de Kalgan que se passaria pouco tempo, e não seriam necessárias novas derrotas, antes de que tivesse de lidar com rebeliões internas.

Lev Meirus, primeiro-ministro, não era de muita ajuda. Permanecia ali, calmo e indecentemente velho, seu dedo fino e nervoso seguindo, como sempre, a linha enrugada que ia do nariz ao queixo.

– Bem – Stettin gritou para ele –, contribua com algo. Estamos aqui, derrotados, você entende? *Derrotados!* E por quê? Não sei o porquê. Aí está você. Não sei o porquê. *Você* sabe?

– Acho que sim – disse Meirus, calmamente.

– Traição! – A palavra saiu calma e outras a seguiram no mesmo tom. – Você sabia da traição e ficou quieto. Você serviu ao louco que expulsei do cargo de Primeiro Cidadão e acha que pode servir a qualquer rato fétido que me substituir. Se tiver agido assim, vou extrair suas entranhas e queimá-las na frente de seus olhos ainda vivos.

Meirus não se comoveu.

– Tentei mostrar-lhe minhas próprias dúvidas, não uma vez, mas várias. Tentei fazer com que me ouvisse e o senhor preferiu o conselho de outros, porque inflavam melhor o seu ego. As questões terminaram não como eu temia, mas muito piores. Se o senhor não quiser me ouvir agora, diga, que me retirarei e negociarei com seu sucessor, cujo primeiro ato, sem dúvida, será assinar um tratado de paz.

Stettin encarou-o com os olhos vermelhos, os enormes punhos se abrindo e fechando.

– Fale, sua lesma cinzenta. *Fale!*

– Já falei várias vezes que o senhor não é o Mulo. Pode controlar naves e armas, mas não consegue controlar as mentes de seus homens. Tem consciência, senhor, de contra quem está lutando? Luta contra a Fundação, que nunca é derrotada... a Fundação, que é protegida pelo Plano Seldon... a Fundação, que está destinada a formar um novo império.

– Não há Plano. Não existe mais. Munn disse isso.

– Então Munn está errado. E se estivesse certo, e daí? Nós, senhor, não somos o povo. Os homens e mulheres de Kalgan e seus mundos subjetivos acreditam profundamente no Plano Seldon, assim como todos os habitantes desse extremo da Galáxia. Quase quatrocentos anos de história nos mostram que a Fundação não pode ser derrotada. Nem os reinos, nem os senhores de guerra, nem o próprio velho Império Galáctico conseguiu.

– O Mulo conseguiu.

– Exatamente, e ele estava fora dos cálculos... e o senhor, não. O que é pior, as pessoas sabem que não está. Então, suas naves entraram na batalha temendo a derrota, que viria de alguma forma desconhecida. O tecido insubstancial do Plano paira sobre elas, por isso os homens são cautelosos e pensam antes de atacar, talvez até demais. Enquanto, por outro lado, o mesmo tecido insubstancial enche o inimigo de confiança, remove o medo, mantém o moral em face de derrotas prévias. Por que não? A Fundação sempre foi derrotada primeiro, e sempre ganhou no fim. E seu moral, senhor? O senhor está em toda parte nos territórios inimigos. Seus próprios domínios não foram invadidos, ainda não estão em perigo de invasão... mesmo assim, está derrotado. Não acredita na possibilidade de vitória, porque sabe que não existe. Curve-se, então, ou será derrotado até ficar de joelhos. Curve-se voluntariamente à derrota e poderá salvar o restante. O senhor se apoiou no metal e na força, e eles o sustentaram até onde puderam. O senhor ignorou a mente e o moral, e o abandonaram. Agora, ouça meu conselho. O senhor tem o homem da Fundação, Homir Munn. Liberte-o. Envie-o a Terminus e ele levará sua oferta de paz.

Os dentes de Stettin apareceram por trás dos lábios pálidos. Mas que outra escolha ele tinha?

No oitavo dia do novo ano, Homir Munn deixou Kalgan. Mais de seis meses haviam se passado desde que deixara Terminus e, nesse ínterim, uma guerra ganhara fúria e atingira seu clímax.

Ele chegara sozinho, mas saía escoltado. Tinha vindo como um homem simples; saía com o cargo não oficial, mas mesmo assim verdadeiro, de enviado da paz.

O que mais tinha mudado nele, porém, era sua antiga preocupação com a Segunda Fundação. Ele riu ao pensar naquilo: e imaginou, em luxuosos detalhes, a revelação final para o dr. Darell, para o jovem enérgico e competente, Anthor, para todos eles...

Ele sabia. Ele, Homir Munn, finalmente sabia a verdade.

20.

"Eu sei..."

Os dois meses finais da guerra kalganiana passaram-se rápido para Homir. Em seu posto incomum de mediador extraordinário, ele se viu no centro de negócios interestelares, um papel do qual não podia deixar de gostar.

Não houve outras grandes batalhas – alguns poucos combates acidentais que nem poderiam ser levados em consideração –, e os termos do tratado foram fechados com pouca necessidade de concessões por parte da Fundação. Stettin reteve seu cargo, mas pouco mais do que isso. Sua marinha foi desmantelada; suas possessões, fora do sistema doméstico, ganharam autonomia e decidiram no voto se queriam voltar ao status anterior, ganhar independência completa ou participar da confederação da Fundação, como quisessem.

A guerra foi formalmente encerrada em um asteroide no próprio sistema estelar de Terminus: o lugar da base naval mais antiga da Fundação. Lev Meirus assinou por Kalgan, e Homir foi um espectador interessado.

Durante todo esse período, ele não viu o dr. Darell, nem nenhum dos outros. Mas isso pouco importava. Suas notícias seriam importantes – e, como sempre, ele sorriu com o pensamento.

O dr. Darell voltou a Terminus algumas semanas depois do dia da vitória, 62;377, e, naquela mesma noite, sua casa serviu como ponto de reunião para os cinco homens que, dez meses antes, tinham estabelecido os primeiros planos.

Eles tinham jantado e bebido vinho, como se hesitassem em voltar ao velho assunto.

Foi Jole Turbor que, olhando diretamente para as profundezas púrpuras da taça de vinho com um olho, murmurou, em vez de falar:

– Bem, Homir, você é um homem importante agora, estou vendo. Resolveu as coisas muito bem.

– Eu? – Munn riu alto e com força. Por alguma razão, ele não gaguejava havia meses. – Não tive nada a ver com isso. Foi Arcádia. E por falar nisso, Darell, como ela está? Está voltando de Trantor, ouvi dizer.

– Ouviu corretamente – disse Darell, com voz baixa. – A nave dela deve pousar em uma semana. – Ele olhou para os outros, mas eles só deram exclamações confusas e amorfas de prazer. Nada mais.

– Então, acabou, de verdade – disse Turbor. – Quem teria previsto tudo isso na última primavera? Munn ter ido até Kalgan e voltado. Arcádia ter ido a Kalgan e Trantor, e depois voltado. Entramos numa guerra e ganhamos, pelo espaço! Dizem que vastos trechos da história podem ser previstos, mas não parece concebível que tudo isso que acabou de acontecer, com essa confusão absoluta que tomou conta dos que participaram dos eventos, pudesse ser previsto.

– Besteira – disse Anthor, ácido. – O que o faz se sentir tão triunfante, de qualquer forma? Você fala como se tivéssemos realmente ganhado a guerra, quando, na verdade, nós só ganhamos uma briguinha que serviu para distrair nossas mentes do verdadeiro inimigo.

Houve um desconfortável silêncio, no qual somente o leve sorriso de Homir Munn destoava.

E Anthor bateu no braço da cadeira com um punho fechado e cheio de fúria:

– Sim, eu me refiro à Segunda Fundação. Ninguém a menciona e, se julgo corretamente, todo esforço não deu em nada. É porque essa falsa atmosfera de vitória que paira sobre este mundo de idiotas é tão atrativa que vocês sentem que devem participar? Por que não saem dando cambalhotas, subindo as paredes, dando palmadinhas nas costas dos outros e jogando confete pela janela? Façam o que quiserem, desde que ponham tudo para fora... e, quando estiverem satisfeitos e voltarem ao juízo normal, venham aqui e vamos discutir aquele problema que ainda existe, da mesma forma que existia na última primavera, quando vocês se sentaram olhando por cima dos ombros, por medo de algo que não sabiam o que era. Vocês realmente acham que os mestres da mente da Segunda Fundação devem ser menos temidos porque vocês derrubaram um tonto com umas espaçonaves?

Ele fez uma pausa, tinha o rosto vermelho.

Munn, falou, com calma:

– Você pode ouvir o que *eu* tenho a dizer agora, Anthor? Ou prefere continuar seu papel de conspirador maluco?

– Pode falar, Homir – disse Darell –, mas vamos evitar esse tipo de linguagem. É algo que pode ser bom no momento certo, mas agora só atrapalha.

Homir Munn se inclinou para trás e cuidadosamente encheu sua taça com a garrafa que estava perto de seu cotovelo.

– Fui enviado a Kalgan – ele começou – para descobrir o que conseguisse nos registros contidos no palácio do Mulo.

Passei vários meses fazendo isso. Não quero créditos por isso. Como indiquei, foi Arcádia, com sua engenhosa intermediação, que obteve a entrada. Mesmo assim, o fato permanece de que ao meu conhecimento original sobre a vida e a época do Mulo que, admito, não era pequeno, acrescentei os frutos de muito trabalho entre as evidências primárias que não estão disponíveis para mais ninguém. Estou, assim, numa posição única para estimar o verdadeiro perigo da Segunda Fundação; muito mais que nosso amigo empolgado aqui.

– E – chiou Anthor – qual é sua estimativa desse perigo?

– Ora, zero.

Uma curta pausa, e Elvett Semic perguntou, com um ar de descrença e surpresa:

– Você quer dizer, perigo zero?

– Certamente. Amigos, *não existe nenhuma Segunda Fundação*!

As pálpebras de Anthor se fecharam lentamente e ele ficou ali sentado, o rosto pálido e sem expressão.

Munn continuou, sendo o centro das atenções e adorando:

– E digo mais, nunca houve.

– Em que – perguntou Darell – você se baseia para chegar a essa surpreendente conclusão?

– Eu nego – disse Munn – que seja surpreendente. Vocês todos conhecem a história da busca do Mulo pela Segunda Fundação. Mas o que sabem sobre a intensidade da busca... da firmeza dela? Ele tinha recursos tremendos à sua disposição e não poupou nenhum deles. Estava determinado e, mesmo assim, fracassou. Nenhuma Segunda Fundação foi encontrada.

– Ninguém esperava que fosse – apontou Turbor, inquieto. – Ela tinha meios de se proteger contra mentes inquiridoras.

– Mesmo quando a mente que está perguntando é a mentalidade mutante do Mulo? Acho que não. Mas, vamos, vocês não esperam que eu resuma cinquenta volumes de informes em cinco minutos. Todos eles, pelos termos do tratado de paz, serão parte do Museu Histórico Seldon no futuro, e vocês serão livres para fazer a mesma análise que eu. Encontrarão as declarações dele bem evidentes, no entanto, e como eu acabei de falar. Não há e nunca houve qualquer Segunda Fundação.

Semic se interpôs:

– Bem, então o que parou o Mulo?

– Grande Galáxia, o *que* você acha que o fez parar? A morte; como vai parar todos nós. A maior superstição da era é que o Mulo foi parado, de alguma forma, em sua carreira de conquistador, por algumas misteriosas entidades superiores até a ele mesmo. É o resultado de olharmos para tudo com o foco errado. Certamente, todos na Galáxia sabem que o Mulo era estranho, tanto física quanto mentalmente. Ele morreu aos trinta e poucos anos, porque seu corpo mal ajustado não conseguia mais manter a máquina funcionando. Por vários anos, antes de sua morte, foi um inválido. Seu melhor estado de saúde nunca foi mais do que a debilidade de um homem comum. Certo, então. Ele conquistou a Galáxia e, no curso normal da natureza, seguiu até morrer. É incrível que tenha durado tanto. Amigos, está muitíssimo claro. Só é preciso ter paciência. Só precisam tentar olhar para todos os fatos a partir de um novo foco.

– Bom, vamos tentar isso, Munn – disse Darell, pensativo. – Seria uma tentativa interessante e, se não der em nada, pelo menos ajudará a desenferrujar nossos pensamentos. Esses homens alterados... os registros que Anthor trouxe para nós há quase um ano, como os explica? Ajude-nos a ver em foco.

– Fácil. Qual a idade da ciência de análise encefalográfica? Ou, colocando de outra forma, quão bem desenvolvido está o estudo dos neurônios?

– Estamos começando. Com certeza – disse Darell.

– Certo. Que nível de certeza podemos ter, então, da interpretação do que eu ouvi Anthor e você mesmo chamarem de Platô de Manipulação? Vocês têm suas teorias, mas até onde chega a certeza? Certeza suficiente para considerar isso base firme para a existência de uma força poderosa, para a qual todas as outras provas são negativas? É sempre fácil explicar o desconhecido postulando uma vontade sobre-humana e arbitrária. É um fenômeno muito humano. Já houve casos, por toda a história da Galáxia, em que sistemas planetários isolados se reverteram à selvageria, e o que aprendemos com isso? Em todos os casos, tais selvagens atribuíam a eles forças da natureza incompreensíveis... tempestades, pestes, secas... a seres inteligentes mais poderosos e mais arbitrários do que os homens. Isso se chama antropomorfismo, creio, e, a esse respeito, somos selvagens e caímos nisso. Ao saber pouco sobre a ciência mental, atribuímos tudo que não entendemos a super-homens... os da Segunda Fundação nesse caso, baseando-nos numa frase indireta jogada sobre nós por Seldon.

– Oh – interrompeu Anthor –, então você *se lembra* de Seldon. Achei que tivesse esquecido. Seldon falou que havia uma Segunda Fundação. Mantenha *isso* em foco.

– E *você* sabe, então, quais eram todos os objetivos de Seldon? Sabe quais necessidades estavam envolvidas em seus cálculos? A Segunda Fundação pode ter sido um espantalho muito necessário, com um objetivo bastante específico em vista. Como derrotamos Kalgan, por exemplo? O que você estava dizendo na última série de seus artigos, Turbor?

Turbor esticou o corpo.

– Sim, vejo para onde está indo. Estive em Kalgan, no final, Darell, e era bastante óbvio que o moral do planeta estava incrivelmente baixo. Procurei nos arquivos de notícias e... bem, eles esperavam a derrota. Na verdade, estavam completamente dominados pelo pensamento de que, no fim, a Segunda Fundação entraria em cena, do lado da Primeira, naturalmente.

– Exato – disse Munn. – Eu estive lá por toda a guerra. Falei a Stettin que não havia nenhuma Segunda Fundação e ele acreditou em mim. *Ele* se sentiu seguro. Mas não houve forma de fazer com que as pessoas, de repente, deixassem de acreditar no que acreditaram toda a vida. Por isso, o mito serve a um objetivo muito útil no xadrez cósmico de Seldon.

Mas os olhos de Anthor se abriram, muito repentinamente, e se fixaram sarcásticos no semblante de Munn.

– *Eu digo que você está mentindo.*

Homir ficou pálido.

– Não vejo por que tenho de aceitar, muito menos responder, a uma acusação dessa natureza.

– Digo isso sem qualquer intenção de ofendê-lo pessoalmente. Você não consegue evitar a mentira, não percebe que está fazendo isso. Mas mente, da mesma forma.

Semic colocou uma mão sobre o braço do jovem.

– Respire fundo, meu jovem.

Anthor afastou o braço, pouco gentil, e continuou:

– Perdi a paciência com todos vocês. Não vi esse homem mais de meia dúzia de vezes na minha vida, mas percebo que a mudança nele é inacreditável. O resto de vocês o conhece há anos, mas não vê nada. É o suficiente para deixar qualquer um louco. Vocês chamam esse homem de Homir Munn? Ele não é o Homir Munn que *eu* conheci.

Uma mistura de choque, sobre a qual a voz de Munn gritou:

– Você afirma que sou um impostor?

– Talvez não no sentido comum – gritou Anthor, sobre a confusão. – Mas um impostor da mesma forma. Quietos, todos! Eu exijo ser ouvido.

Seu rosto feroz fez com que todos ficassem em silêncio.

– Algum de vocês se lembra do Homir Munn como eu: o bibliotecário introvertido que nunca falava sem ficar obviamente embaraçado; o homem de voz tensa e nervosa, que gaguejava suas frases incertas? *Esse* homem se parece com ele? Ele é fluente, confiante, está cheio de teorias e, pelo espaço, ele não gagueja. *Será* que ele é a mesma pessoa?

Até Munn parecia confuso, e Pelleas Anthor continuou:

– Bom, vamos fazer o teste com ele?

– Como? – perguntou Darell.

– *Você* pergunta como? Há uma forma óbvia. Você tem o registro encefalográfico dele de dez meses atrás, não tem? Vamos refazer o teste e comparar.

Ele apontou para o bibliotecário com a cara fechada e disse violentamente:

– Eu o desafio a se recusar a fazer a análise.

– Não tenho objeções – disse Munn, desafiador. – Sou o mesmo homem de sempre.

– Será que *você* pode saber? – disse Anthor, com desdém. – Vou mais fundo. Não confio em ninguém aqui. Quero que todos passem por uma análise. Houve uma guerra. Munn esteve em Kalgan; Turbor esteve a bordo de naves e por várias áreas de guerra. Darell e Semic também se ausentaram... não tenho ideia de aonde foram. Somente eu permaneci aqui, recluso e seguro, e não confio mais em nenhum de vocês. E, para ser justo, também me submeterei ao teste. Concordamos, então? Ou vou embora agora e sigo meu caminho?

– Não tenho nenhuma objeção – Turbor deu de ombros.

– Eu já disse que não tem problema – disse Munn.

Semic moveu a mão em um consentimento silencioso e Anthor esperou por Darell. Finalmente, o doutor assentiu.

– Eu vou primeiro – disse Anthor.

As agulhas fizeram seus delicados traços pelas folhas quadriculadas enquanto o jovem neurologista sentava-se, congelado, na cadeira reclinada, com os olhos bem fechados. Dos arquivos, Darell removeu a pasta contendo o antigo registro de Anthor. Ele os mostrou.

– Essa é sua assinatura, não?

– Sim, sim. Esse é o meu registro. Faça a comparação.

O scanner jogou os dois registros na tela. Todas as seis curvas em cada registro estavam ali e, na escuridão, a voz de Munn soou com uma dura clareza.

– Bom, agora, olhe ali. Há uma mudança.

– Aquelas são as ondas primárias do lóbulo frontal. Não quer dizer nada, Homir. Aquelas fases adicionais que você está apontando são só raiva. São as outras que contam.

Ele tocou um controle e os seis pares se fundiram em um só e coincidiram. Só a amplitude mais profunda das primárias apresentava duplicação.

– Satisfeito? – perguntou Anthor.

Darell concordou secamente e se sentou. Semic o seguiu e, depois, Turbor. Silenciosamente, as curvas foram coletadas; silenciosamente, foram comparadas.

Munn foi o último a se sentar. Por um momento, hesitou; depois, com um toque de desespero na voz, disse:

– Bem, vejam, sou o último e estou tenso. Espero que o desconto devido seja dado por isso.

– Será – garantiu Darell. – Nenhuma emoção consciente irá afetar além das primárias, e elas não são importantes.

Poderiam ter se passado horas, no forte silêncio que se seguiu...

E então, na escuridão da comparação, Anthor disse, com a voz rouca:

– Claro, claro, é só o começo de um complexo. Não foi isso que ele nos contou? Não existe essa bobagem de manipulação; é só uma tola noção antropomórfica... mas olhe para isso! Uma coincidência, suponho.

– Qual é o problema? – gritou Munn.

A mão de Darell estava segurando forte o ombro do bibliotecário.

– Silêncio, Munn, você foi manipulado; foi ajustado por *eles*.

Então a luz se acendeu e Munn estava olhando para eles com o olhar alterado, fazendo uma terrível tentativa de sorrir.

– Vocês não podem estar falando sério, claro. Há um objetivo nisso tudo. Vocês estão me testando.

Mas Darell somente balançou a cabeça.

– Não, não, Homir. É verdade.

Os olhos do bibliotecário se encheram de lágrimas, repentinamente.

– Não me sinto diferente. Não posso acreditar nisso. – E com súbita convicção, disse: – Vocês todos estão metidos nisso. É uma conspiração.

Darell tentou um gesto apaziguador e sua mão foi afastada com violência.

– Vocês estão planejando me matar – rosnou Munn. – Pelo espaço, vocês estão planejando me matar.

Com uma arremetida, Anthor já estava sobre ele. Houve um choque forte de osso contra osso e Homir ficou no chão, sem forças, com um olhar de medo congelado no rosto.

Anthor se levantou, cambaleando.

– É melhor amarrá-lo e amordaçá-lo. Mais tarde, podemos decidir o que fazer – disse, enquanto arrumava seus longos cabelos escuros.

– Como você adivinhou – perguntou Turbor – que havia algo de errado com ele?

Anthor se virou sarcástico para ele:

– Não foi difícil. *Acontece que sei onde está realmente a Segunda Fundação.*

Choques sucessivos têm um efeito decrescente...

Foi com uma verdadeira suavidade que Semic perguntou:

– Tem certeza? Quero dizer, nós acabamos de passar por esse negócio com o Munn...

– Não é a mesma coisa – respondeu Anthor. – Darell, no dia em que a guerra começou, eu falei com você muito seriamente. Tentei fazer com que você deixasse Terminus. Eu teria lhe contado, então, o que vou contar agora, se pudesse confiar em você.

– Você quer dizer que sabia a resposta há seis meses? – sorriu Darell.

– Eu sei desde que Arcádia foi para Trantor.

E Darell ficou de pé com uma súbita consternação.

– O que Arcádia tem a ver com isso? O que você está querendo dizer?

– Absolutamente nada que não esteja muito evidente diante de todos os eventos que conhecemos tão bem. Arcádia vai para Kalgan e foge, aterrorizada, para o centro tradicional da Galáxia, em vez de voltar para casa. O tenente Dirige, nosso melhor agente em Kalgan, é manipulado. Homir Munn vai para Kalgan e *ele* é manipulado. O Mulo conquistou a Galáxia, mas, estranhamente, fez de Kalgan seu quartel-general, e me ocorre perguntar se ele era um conquistador ou, talvez, uma ferramenta. A cada volta, nos encontramos com Kalgan. Kalgan... nada mais que Kalgan, o mundo que, de alguma forma, sobreviveu intocado a todas as lutas dos senhores da guerra por mais de um século.

– Sua conclusão, então.

– É óbvio. – Os olhos de Anthor estavam intensos. – A Segunda Fundação está em Kalgan.

– Eu estive em Kalgan, Anthor – Turbor interrompeu. – Estive lá na semana passada. Se houvesse uma Segunda Fundação lá, eu estaria louco. Pessoalmente, acho que você está louco.

O jovem girou para ele selvagemente.

– Então, você é um gordo palerma. O que espera que seja a Segunda Fundação? Uma escola de gramática? Você acha que há campos radiantes formados por raios escrevendo "Segunda Fundação" em verde e roxo perto das rotas das espaçonaves? *Ouça-me*, Turbor. Onde estiverem, eles formam uma oligarquia fechada. Devem estar bem escondidos no mundo onde vivem, assim como esse mundo, na Galáxia.

Os músculos do pescoço de Turbor ficaram tensos.

– Não gosto da sua atitude, Anthor.

– Isso certamente me deixa muito preocupado – foi a resposta sarcástica. – Dê uma olhada aqui em Terminus. Estamos no centro, no núcleo da origem da Primeira Fundação, com todo seu conhecimento de ciência física. Bem, quantos da população são cientistas físicos? *Você* consegue operar uma estação de transmissão de energia? O que *você* sabe sobre a operação de um motor hipernuclear? Hã? O número de cientistas de verdade em Terminus... mesmo em Terminus... pode ser avaliado em menos de 1% da população. E o que dizer da Segunda Fundação, onde o segredo deve ser preservado? Haverá ainda menos conhecedores, e estes estarão escondidos até mesmo do próprio mundo.

– Diga – disse Semic, cuidadoso. – Acabamos de derrotar Kalgan...

– Isso mesmo, isso mesmo – disse Anthor, sarcástico. – Oh, vamos celebrar a vitória. As cidades ainda estão iluminadas, ainda estão soltando fogos de artifício, ainda estão gritando para os televisores. Mas agora, *agora*, quando a busca pela Segunda Fundação voltar, onde será o último lugar em que procuraremos, onde é o último lugar em que qualquer um procurará? Certo? Kalgan! Nós não os destruímos, vejam; não mesmo. Destruímos algumas naves, matamos alguns milhares, destruímos o império deles, diminuímos um pouco do poder comercial e econômico... mas tudo isso não significa nada. Aposto que nenhum membro da verdadeira classe dominante de Kalgan está sequer incomodado. Pelo contrário, eles agora estão mais protegidos da curiosidade. Mas não da *minha* curiosidade. O que você tem a dizer, Darell?

Darell deu de ombros.

– Interessante. Estou tentando ligar isso à mensagem que recebi de Arcádia dois meses atrás.

– Oh, uma mensagem? – perguntou Anthor. – E o que dizia?

– Bem, não estou certo. Cinco palavras curtas. Mas é interessante.

– Vejam – interrompeu Semic, com um interesse preocupado –, há algo que *eu* não entendo.

– O que é?

Semic escolheu as palavras cuidadosamente, seu velho lábio superior soltando cada palavra como se ele as abandonasse de forma relutante.

– Bem, agora há pouco Homir Munn estava dizendo que Hari Seldon estava nos enganando quando disse que havia estabelecido uma Segunda Fundação. Agora vocês estão dizendo que não é assim, que Seldon não estava fingindo, certo?

– Certo, ele não estava fingindo. Seldon disse que tinha estabelecido uma Segunda Fundação, e foi o que fez.

– Certo, então, mas ele disse algo mais também. Disse que tinha estabelecido as duas Fundações em extremos opostos da Galáxia. Agora, jovem, *isso* foi uma mentira... porque Kalgan não está no extremo oposto da Galáxia.

Anthor parecia perturbado.

– Esse é um ponto menor. Essa parte pode ter sido uma cobertura para protegê-los. Mas, afinal, pense... Que utilidade teriam os mestres da mente se estivessem no extremo oposto da Galáxia? Qual seria a função deles? Ajudar a preservar o Plano. Quem são os principais jogadores do Plano? Nós, a Primeira Fundação. Onde eles poderiam nos observar melhor, então, e servir ao seu objetivo? No extremo oposto da Galáxia? Ridículo! Eles estão razoavelmente perto, na verdade, e isso seria bem mais sensato.

– Gosto desse argumento – disse Darell. – Faz sentido. Vejam aqui, Munn está consciente faz algum tempo e proponho que o soltemos. Ele não pode nos fazer mal, na verdade.

Anthor não concordou, mas Homir estava mexendo a cabeça com força. Cinco segundos depois, ele esfregava os pulsos vigorosamente.

– Como se sente? – perguntou Darell.

– Quebrado – disse Munn, mal-humorado –, mas tudo bem. Há algo que quero perguntar a esse jovem brilhante aqui. Eu ouvi o que disse e gostaria de perguntar o que fazer depois.

Houve um silêncio estranho e incongruente.

– Bem, suponhamos que Kalgan *seja* a Segunda Fundação – Munn sorriu, amargo. – *Quem* em Kalgan faz parte? Como vamos achá-los? Como vamos enfrentá-los *se* os encontrarmos, hã?

– Ah – disse Darell. – Posso responder a isso, por mais estranho que pareça. Posso contar o que Semic e eu estivemos fazendo nesses últimos seis meses? Isso pode lhe dar outra razão, Anthor, para eu ter ficado em Terminus todo esse tempo.

– Em primeiro lugar – continuou –, estive trabalhando em análises encefalográficas com outros objetivos, dos quais vocês nem suspeitam. Detectar mentes da Segunda Fundação é um pouco mais sutil do que simplesmente encontrar um Platô de Manipulação... e não consegui, na verdade. Mas cheguei perto o suficiente. Vocês sabem, qualquer um, como funciona o controle emocional? Foi um assunto popular entre os escritores de ficção, desde o tempo do Mulo, e muita besteira foi escrita, falada e gravada sobre o assunto. Na maior parte das vezes, foi tratado como algo misterioso e oculto. É claro que não é. Que o cérebro é a fonte de uma miríade de pequenos campos eletromagnéticos, todos sabem. Toda emoção efêmera faz variar esses campos de formas mais ou menos intricadas, e todos devem saber disso, também. Agora, é possível conceber uma mente capaz de sentir a flutuação desses campos e, até, entrar em ressonância com eles. Quero dizer, pode existir um órgão especial do cérebro capaz de assumir qualquer padrão de campo que possa detectar. Exatamente como faria isso, não tenho ideia, mas não importa. Se fosse cego, por exemplo, eu ainda poderia aprender o significado dos fótons e do quantum de energia e poderia ser razoável, para mim, que a absorção de um fóton de tal energia pudesse criar mudanças químicas em alguns órgãos do corpo, de forma que sua presença fosse detectável. Mas, é claro, eu não seria capaz de entender as cores. Vocês acompanham?

Anthor assentiu com firmeza; os outros duvidaram um pouco.

– Tal órgão de ressonância da mente hipotético, ao se ajustar aos campos emitidos por outras mentes, poderia realizar o que é popularmente conhecido como "leitura de emoção" ou mesmo "leitura da mente", o que é, na verdade, algo ainda mais sutil. É um passo fácil imaginar um órgão similar que poderia, na verdade, forçar um ajuste na mente de outra pessoa. Poderia orientar, com seu campo mais forte, o mais fraco... assim como o magneto forte irá orientar os dipolos atômicos em uma barra de ferro e deixá-la magnetizada. Eu resolvi a matemática da Segunda Fundação na medida em que criei uma função que prevê a combinação necessária de caminhos neurônicos que permitiriam a formação de um órgão como o que acabei de descrever... mas, infelizmente, a função é muito complicada para ser resolvida por qualquer uma das ferramentas matemáticas conhecidas no presente. Isso é muito ruim, porque significa que não posso detectar um manipulador de mentes só pelo seu padrão encefalográfico. Mas poderia fazer algo mais. Poderia, com a ajuda de Semic, construir o que vou descrever como um aparelho de Estática Mental. Não está além da capacidade da ciência moderna criar uma fonte de energia que irá duplicar um padrão de campo eletromagnético do tipo encefalográfico. Além do mais, isso pode ser feito para mudar aleatoriamente, criando, no que diz respeito a esse sentido da mente, um tipo de "ruído" ou "estática" que mascara outras mentes com as quais ele possa estar em contato. Ainda me acompanham?

Semic riu. Ele tinha ajudado a criar aquilo, sem saber o objetivo, mas havia adivinhado e acertado. O velho ainda tinha uns truques na manga...

– Acho que sim – disse Anthor.

– O aparelho – continuou Darell – é relativamente simples de ser produzido e eu tinha todos os recursos da Fundação sob meu controle, quando assumi o comando da pesquisa de guerra. E, agora, os escritórios do prefeito e das assembleias legislativas estão cercados de Estática Mental. Assim como as principais fábricas. Assim como esta casa. Todos estão, de alguma forma, obscurecidos. No fim, qualquer lugar que quisermos pode se tornar absolutamente livre da Segunda Fundação, ou de qualquer futuro Mulo. E é isso.

Ele terminou de forma simples com um gesto da mão.

Turbor parecia espantado.

– Então terminou, Grande Seldon, tudo terminado.

– Bem – disse Darell –, não exatamente.

– Como, não exatamente? Há algo mais?

– Sim, não localizamos a Segunda Fundação ainda!

– O quê? – gritou Anthor. – Você está tentando dizer...

– Sim, estou. Kalgan não é a Segunda Fundação.

– Como *você* sabe?

– É fácil – resmungou Darell. – *Acontece que eu sei onde está realmente a Segunda Fundação.*

21.

A resposta satisfatória

TURBOR RIU DE REPENTE – RIU em gargalhadas sonoras e tempestuosas que ressoavam pela parede e morriam fracas. Ele balançou um pouco a cabeça e disse:

– Grande Galáxia, isso continuará a noite toda. Um depois do outro, apresentamos nossos espantalhos para que sejam abatidos. Estamos nos divertindo, mas não saímos do lugar. Espaço! Pode ser que todos os planetas sejam a Segunda Fundação. Talvez não tenham um planeta, somente homens importantes espalhados por todos os planetas. E o que importa, se Darell diz que temos a defesa perfeita?

Darell sorriu, mas continuou sério.

– A defesa perfeita não é suficiente, Turbor. Meu aparelho de Estática Mental está longe de ser perfeito e, mesmo que fosse, só é algo que nos mantém no mesmo lugar. Não podemos permanecer para sempre, com os punhos fechados, olhando freneticamente para todos os lados, esperando o inimigo desconhecido. Devemos saber não só *como* vencer, mas a quem derrotar. E *há* um mundo específico no qual se concentra o inimigo.

– Vamos logo ao ponto – disse Anthor, cansado. – Qual é a sua informação?

– Arcádia – disse Darell – me enviou uma mensagem e, até recebê-la, eu não tinha visto o óbvio. Provavelmente nunca teria visto. Mas era uma mensagem simples que dizia: "Um círculo não tem fim". Estão vendo?

– Não – disse Anthor com teimosia, e obviamente ele falava pelos outros.

– Um círculo não tem fim – repetiu Munn, pensativo, e sua testa se enrugou.

– Bem – disse Darell, impaciente –, ficou bastante claro para mim... Qual é o fato absoluto que sabemos sobre a Segunda Fundação, hein? Vou contar! Sabemos que Hari Seldon a localizou no extremo oposto da Galáxia. Homir Munn teorizou que Seldon mentiu sobre a existência da Fundação. Pelleas Anthor teorizou que Seldon havia dito a verdade até um ponto, mas mentiu sobre a localização da Fundação. No entanto eu digo que Hari Seldon não mentiu em nada, que ele falou a verdade absoluta. *Mas* o que é a extremidade oposta? A Galáxia é um objeto achatado em forma de lente. Um corte transversal ao longo da sua forma achatada é um círculo, e um círculo não tem fim... como Arcádia percebeu. Nós... *nós*, a Primeira Fundação... estamos localizados em Terminus, na borda deste círculo. Estamos num extremo da Galáxia, por definição. Agora, sigam a borda deste círculo e encontrem o outro extremo. Sigam, sigam, sigam e não encontrarão outro extremo. Vocês simplesmente voltam ao ponto inicial... E *lá* encontrarão a Segunda Fundação.

– Lá? – repetiu Anthor. – Você quer dizer *aqui*?

– Sim, quero dizer aqui! – gritou Darell, com energia. – Ora, onde mais poderia ser? Você mesmo disse que, se os membros da Segunda Fundação fossem os guardiões do Plano Seldon, era improvável que se localizassem no chamado outro extremo da Galáxia, onde estariam isolados demais. Você achou que a distância de Kalgan era mais sensata. Eu digo que isso é ainda muito longe. Nenhuma distância é algo muito mais sensato. E onde estariam mais a salvo? Quem procuraria por eles aqui? É um velho princípio que o lugar mais óbvio é o menos suspeito. Por que o pobre Ebling Mis ficou tão surpreso e paralisado por sua descoberta da localização da Segunda Fundação? Lá estava ele, procurando desesperadamente por ela para avisá-la da chegada do Mulo, só para descobrir que o mutante tinha capturado as duas Fundações em um só golpe. E por que o próprio Mulo fracassou em sua busca? Por que não? Se alguém está procurando por uma ameaça inconquistável, dificilmente iria olhar entre os inimigos já conquistados. Então, os mestres da mente, em seu tempo livre, poderiam montar seus planos para deter o Mulo, e conseguiram. Ó, é absurdamente simples. Porque *aqui* estamos nós com nossos planos e esquemas, pensando que estamos mantendo o segredo... quando, o tempo todo, estamos no próprio coração e núcleo da fortaleza do inimigo. É engraçado.

Anthor não tirou o ceticismo do rosto:

– Você honestamente acredita nessa teoria, dr. Darell?

– Eu acredito honestamente nela.

– Então qualquer um dos nossos vizinhos, qualquer homem que passa na rua pode ser um super-homem da Segunda Fundação, com a mente dele espionando a nossa e sentindo o pulso dos nossos pensamentos?

– Exatamente.

– E nós tivemos a permissão de continuar todo esse tempo, sem sermos molestados?

– Sem sermos molestados? Quem disse que não fomos molestados? Você mesmo mostrou que Munn foi alterado. O que o faz pensar que nós o mandamos a Kalgan, em primeiro lugar, inteiramente por nossa própria vontade... ou que Arcádia nos ouviu e o seguiu por sua própria vontade? Ah! Nós fomos molestados sem parar, provavelmente. E, no final, por que deveriam fazer mais do que fizeram? É muito mais benéfico para eles nos enganar do que apenas nos deter.

Anthor se enterrou na meditação e emergiu de lá com uma expressão insatisfeita:

– Bem, então, não gosto disso. Sua Estática Mental não vale um pensamento. Não podemos ficar em casa para sempre e, assim que sairmos, estamos perdidos, com o que agora achamos que sabemos. A menos que você consiga comprar uma pequena máquina para cada habitante da Galáxia.

– Sim, mas não estamos tão desprevenidos, Anthor. Esses homens da Segunda Fundação têm um sentido especial que nos falta. É a força deles, e também a fraqueza. Por exemplo, há alguma arma de ataque que seja eficiente contra um homem normal, com visão, mas que é inútil contra um cego?

– Claro – disse Munn, rápido. – Luz nos olhos.

– Exato – disse Darell. – Uma boa e forte luz cegante.

– Bem, e daí? – perguntou Turbor.

– Mas a analogia é clara. Tenho um aparelho de Estática Mental. Ele cria um padrão eletromagnético artificial, o que para a mente de um homem da Segunda Fundação seria como um raio de luz para nós. Mas o aparelho de Estática Mental é caleidoscópico. Ele muda de modo rápido e contínuo, mais rápido do que a mente receptora pode seguir. Certo, então pensem em luz piscante, do tipo que nos daria dor de cabeça, se continuasse por muito tempo. Agora, intensifiquem a luz ou o campo eletromagnético até cegar... e se tornar uma dor, uma dor insuportável. Mas somente para aqueles com o sentido apropriado, *não* para os insensíveis.

– Sério? – disse Anthor, começando a ficar entusiasmado. – Você já testou?

– Em quem? É claro que não testei. Mas vai funcionar.

– Bem, onde estão os controles do campo que cerca a casa? Gostaria de vê-los.

– Aqui. – Darell enfiou a mão no bolso. Era uma coisa pequena, pouco sobressaía no bolso. Ele entregou o cilindro preto para o outro.

Anthor o inspecionou cuidadosamente, e deu de ombros.

– Não me diz nada olhar para isso. Diga, Darell, o que não devo mexer? Não quero desligar a defesa da casa por acidente, sabe.

– Não vai – disse Darell, indiferente. – Este controle está travado. – E apertou um botão que não fez nada.

– E o que é essa alavanca?

– Ela muda a taxa de variação do padrão. Aqui... essa varia a intensidade. É ao que estou me referindo.

– Posso... – perguntou Anthor, com seu dedo na alavanca de intensidade. Os outros estavam ao redor.

– Por que não? – deu de ombros Darell. – Não irá nos afetar.

Devagar, quase com dor, Anthor girou a alavanca, primeiro em uma direção, depois em outra. Turbor estava com os dentes cerrados, enquanto Munn piscava os olhos rapidamente. Era como se estivessem afiando seus equipamentos sensoriais inadequados para localizar esse impulso que não poderia afetá-los.

Finalmente, Anthor deu de ombros e jogou a caixa de controle de volta para Darell.

– Bem, suponho que possamos acreditar em sua palavra. Mas é certamente difícil imaginar que qualquer coisa aconteceu quando eu girei a alavanca.

– Mas naturalmente, Pelleas Anthor – disse Darell, com um sorriso. – Aquela que eu lhe entreguei era falsa. Veja, eu tenho outra... – Ele abriu o casaco e mostrou uma réplica da caixa de controle que Anthor havia investigado, pendurada em seu cinto.

– Veja – disse Darell, e, com um gesto, girou a alavanca de intensidade para o máximo.

E, com um grito inumano, Pelleas Anthor caiu no chão. Ele rolava, agonizante; ficou branco, os dedos agarrando e arrancando inutilmente o cabelo.

Munn ficou de pé, para evitar o contato com o corpo retorcido, e seus olhos mostravam todo o horror que sentia. Semic e Turbor eram como um par de moldes de gesso, duros e brancos.

Darell, sombrio, girou a alavanca novamente. E Anthor se agitou mais uma ou duas vezes e ficou parado. Estava vivo, a respiração fazendo o corpo estremecer.

– Levantem-no até o sofá – disse Darell, agarrando a cabeça do jovem. – Ajudem-me aqui.

Turbor pegou os pés. Eles poderiam estar levantando um saco de farinha. Depois de longos minutos, a respiração ficou mais calma e os olhos de Anthor piscaram e se abriram. Seu rosto estava terrivelmente amarelo, o cabelo e o corpo estavam molhados de transpiração, e a voz, quando falou, era rouca e irreconhecível.

– Não – ele murmurou –, não! Não faça isso de novo! Você não sabe... Você não sabe... Oh-h-h. – Era um longo e trêmulo gemido.

– Não vamos fazer de novo – disse Darell –, se você nos disser a verdade. É um membro da Segunda Fundação?

– Preciso beber um pouco de água – pediu Anthor.

– Vá buscar, Turbor – disse Darell –, e traga a garrafa de uísque.

Ele repetiu a questão depois de tomar um trago de uísque e dar dois copos de água para Anthor. Algo pareceu relaxar no jovem...

– Sim – ele disse, cansado –, sou um membro da Segunda Fundação.

– Que está localizada – continuou Darell – em Terminus, aqui?

– Sim, sim. Você está certo em todos os aspectos, dr. Darell.

– Ótimo! Agora, explique o que aconteceu nos últimos seis meses. Conte-nos!

– Eu gostaria de dormir! – sussurrou Anthor.

– Mais tarde! Fale agora!

Um suspiro trêmulo. Depois palavras, baixas e corridas. Os outros se inclinaram para captar o som.

– A situação estava ficando muito perigosa. Sabíamos que Terminus e seus cientistas físicos estavam se interessando por padrões de ondas cerebrais e que o tempo estava maduro para o desenvolvimento de algo como o aparelho de Estática Mental. E havia uma inimizade crescente em relação à Segunda Fundação. Precisávamos parar isso, sem arruinar o Plano Seldon. Nós... nós tentamos controlar o movimento. Tentamos ser parte dele. Para afastar de nós a suspeita e seus esforços. Vimos que a declaração de guerra de Kalgan seria uma distração. Por isso enviei Munn para Kalgan. A suposta amante de Stettin era uma de nós. Ela garantiu que Munn fizesse as jogadas apropriadas...

– Callia é... – gritou Munn, mas Darell mandou que fizesse silêncio.

Anthor continuou, sem prestar atenção na interrupção:

– Arcádia o seguiu. Não tínhamos contado com isso... não podemos prever tudo... então Callia a manobrou para Trantor, para evitar interferência. É tudo. Exceto que perdemos.

– Você tentou me fazer ir para Trantor, não? – perguntou Darell.

Anthor assentiu.

– Precisava tirá-lo do caminho. O seu crescente triunfo mental era evidente. Estava resolvendo os problemas do aparelho de Estática Mental.

– Por que não tentou me controlar?

– Não podia... não podia. Tinha minhas ordens. Estávamos trabalhando de acordo com um plano. Se improvisasse, teria estragado tudo. O plano somente prevê probabilidades... sabe disso... como o Plano Seldon – ele falava de forma angustiada e quase incoerente. Sua cabeça girava de um lado para o outro, com uma febre que não diminuía. – Trabalhamos com indivíduos... não grupos... poucas probabilidades, envolvidas... perdidos. Além disso... se eu o controlar... algum outro inventará o aparelho... inútil... precisava controlar os *tempos*... mais sutil... o plano do próprio Primeiro Orador... não conheço todos os ângulos... exceto... não funcionou, ahhhh. – Ele desmaiou.

Darell o chacoalhou com força.

– Você ainda não pode dormir. Quantos de vocês estão aqui?

– Hã? Oquevoudizer... oh... não muitos... ficaria surpreso... cinquenta... não é preciso de mais.

– Todos aqui em Terminus?

– Cinco... seis no espaço... como Callia... preciso dormir.

Ele se esticou de repente, como se fosse um esforço gigantesco, e sua expressão ficou mais clara. Era uma última tentativa de justificar-se, de reduzir o impacto da derrota.

– Quase o peguei no final. Teria desligado as defesas e o agarrado. Teria visto quem era o mestre. Mas você me deu os controles falsos... suspeitava de mim desde o começo...

E, finalmente, dormiu.

Turbor falou, pasmo:

– Há quanto tempo você suspeitava dele, Darell?

– Desde que chegou aqui – foi a resposta calma. – Ele chegou mandado por Kleise, foi o que me disse. Mas eu conhecia Kleise; e sabia em que condição nós brigamos. Ele era um fanático no assunto da Segunda Fundação, e eu o desertei. Minhas razões foram razoáveis, já que pensei que seria melhor e mais seguro ir atrás de minhas ideias sozinho. Mas não poderia dizer isso a Kleise; e ele não teria ouvido. Para ele, eu era um covarde e um traidor, talvez até mesmo um agente da Segunda Fundação. Era um homem que não perdoava, e daquele momento, até quase o dia da sua morte, nunca mais falou comigo. Então, de repente, em suas últimas semanas de vida, ele me escreve... como um velho amigo... para apresentar seu melhor e mais promissor aluno como um colega, e recomeçar as velhas pesquisas. Não tinha nada a ver com seu caráter. Como ele poderia fazer isso, sem estar sob uma influência externa? E comecei a questionar se o único objetivo não seria me induzir a confiar num verdadeiro agente da Segunda Fundação. Bem, era isso...

Ele suspirou e fechou os olhos por um momento.

Semic falou, hesitante.

– O que faremos com eles... as pessoas da Segunda Fundação?

– Não sei – disse Darell, triste. – Poderíamos exilá-los, acho. Há Zoranel, por exemplo. Eles podem ser colocados ali, e o planeta, saturado com Estática Mental. Os sexos podem ser separados, ou, melhor ainda, eles podem ser esterilizados... e, em cinquenta anos, a Segunda Fundação será uma coisa do passado. Ou talvez uma morte silenciosa para todos fosse mais gentil.

– Você acha – disse Turbor – que poderíamos aprender a usar esse sentido que eles têm? Ou nasceram assim, como o Mulo?

– Não sei. Acho que é desenvolvido por meio de um longo treinamento, já que há indicadores, na encefalografia, de que as potencialidades estão latentes na mente humana. Mas para que você quer esse sentido? Não *os* ajudou.

Darell franziu a testa.

Apesar de não ter dito nada, seus pensamentos estavam gritando.

Tinha sido muito fácil... muito fácil. Eles haviam caído, esses invencíveis, caídos como vilões de um livro de aventuras, e ele não estava gostando.

Galáxia! Quando um homem pode saber com certeza que não é uma marionete? *Como* um homem pode saber que não é uma marionete?

Arcádia estava voltando para casa e seus pensamentos recuaram, trêmulos, daquilo que ele teria de encarar no final.

Ela já estava em casa havia uma semana, depois duas, e ele não conseguia se livrar daqueles pensamentos. Como poderia? Ela tinha mudado de criança para uma jovem mulher durante a ausência, por meio de uma estranha alquimia. Ela era a ligação dele com a vida; sua ligação com um casamento agridoce que durara pouco mais que a lua de mel.

E então, uma noite, ele perguntou, com o tom mais casual que pôde:

– Arcádia, o que a fez decidir que Terminus continha as duas Fundações?

Eles tinham ido ao cinema, nas melhores cadeiras, com visores tridimensionais privados para cada um. Seu vestido era novo para a ocasião, e ela estava feliz.

Ela o olhou por um momento, depois soltou:

– Oh, não sei, pai. Simplesmente me ocorreu.

Uma camada de gelo tomou o coração de dr. Darell.

– Pense – ele disse, intenso. – É importante. O que a fez decidir que as duas Fundações estavam em Terminus?

Ela deu de ombros, levemente.

– Bem, havia lady Callia. Eu sabia que *ela* era da Segunda Fundação. Anthor disse isso, também.

– Mas ela estava em Kalgan – insistiu Darell. – *O que a fez se decidir por Terminus?*

Arcádia esperou por vários minutos antes de responder. O que a *tinha* feito decidir? O que a tinha feito decidir? Ela teve a terrível sensação de algo escapando por entre os dedos.

– Ela sabia de coisas – acabou falando. – Lady Callia, quero dizer, e devia receber suas informações de Terminus. Isso não parece correto, pai?

Mas ele balançou a cabeça para ela.

– Pai – ela chorou –, eu *sabia*. Quanto mais pensava, mais certa estava. A coisa toda fazia *sentido*.

O pai tinha um olhar perdido.

– Isso não é nada bom, Arcádia. Nada bom. A intuição é algo suspeito quando estamos falando da Segunda Fundação. Você entende isso, não? *Poderia* ter sido a intuição... e poderia ter sido o controle deles!

– Controle! Você quer dizer que eles me modificaram? Oh, não. Não, não é possível. – Ela se afastava. – Mas Anthor não disse que eu estava certa? Ele admitiu. Admitiu tudo. E você descobriu todo o grupo, bem aqui em Terminus. Não descobriu? Não descobriu? – Ela respirava depressa.

– Eu sei, mas... Arcádia, você me deixaria fazer uma análise encefalográfica do seu cérebro?

Ela girou a cabeça violentamente:

– Não, não! Tenho muito medo.

– De mim, Arcádia? Não há nada para temer. Mas precisamos saber. Você entende isso, não?

Ela o interrompeu somente uma vez, depois disso. Ela agarrou o braço dele pouco antes que o último controle fosse ligado.

– E se eu *estiver* diferente, pai? O que o senhor terá de fazer?

– Não vou fazer nada, Arcádia. Se você estiver diferente, nós partiremos. Voltamos a Trantor, nós dois, e... e não vamos nos importar com nada mais na Galáxia.

Nunca, na vida de Darell, uma análise pareceu tão lenta, custou tanto e, quando terminou, Arcádia se encolheu toda e não teve coragem de olhar. Então ela ouviu o riso dele e isso era informação suficiente. Ela pulou e se jogou nos braços abertos do pai.

Ele estava balbuciando forte enquanto se abraçavam:

– A casa está sob máxima Estática Mental e suas ondas cerebrais estão normais. Nós realmente os pegamos, Arcádia, e podemos retomar nossas vidas.

– Pai – ela falou com voz abafada –, podemos deixar que nos deem medalhas, agora?

– Como você sabia que eu tinha pedido que não fizessem isso? – Ele segurou seu braço por um momento, depois voltou a sorrir. – Deixe para lá; você sabe tudo. Certo, você pode receber sua medalha num palco, com discursos.

– E... pai?

– Sim?

– Você pode me chamar de Arkady, a partir de agora?

– Mas... Está certo, Arkady.

Vagarosamente, a magnitude da vitória o preenchia e saturava. A Fundação – a Primeira Fundação, agora a única

Fundação – era mestra absoluta da Galáxia. Nenhuma barreira a separava mais do Segundo Império – a realização final do Plano Seldon.

Eles só tinham de estender a mão e pegar...

Graças a...

22.

A resposta verdadeira

UMA SALA DESCONHECIDA, em um mundo desconhecido!

E um homem cujo plano tinha funcionado.

O Primeiro Orador olhou para o Estudante:

– Cinquenta homens e mulheres – ele disse. – Cinquenta mártires! Eles sabiam que isso significava morte ou prisão perpétua, e não poderiam nem ser orientados para evitar que fraquejassem... já que qualquer orientação poderia ter sido detectada. Mas não fraquejaram. Levaram o plano adiante, porque amavam o Plano maior.

– Não poderiam ter sido em número menor? – perguntou o Estudante, duvidando.

O Primeiro Orador vagarosamente balançou a cabeça:

– Era o limite mínimo. Menos poderia não ter sido convincente. De fato, pura objetividade teria exigido setenta e cinco, para deixar uma margem de erro. Não importa. Você estudou o curso de ação, como elaborado pelo Conselho de Oradores, há quinze anos?

– Sim, Orador.

– E comparou com os desenvolvimentos atuais?

– Sim, Orador. – E, depois de uma pausa: – Fiquei bastante impressionado, Orador.

– Eu sei. Sempre a mesma reação. Se você soubesse quantos homens trabalharam por muitos meses... anos, na verdade... para chegar à perfeição, teria ficado menos impressionado. Agora, diga-me o que aconteceu... em palavras. Quero sua tradução da matemática.

– Sim, Orador. – O jovem organizou os pensamentos. – Essencialmente, foi necessário que os homens da Primeira Fundação fossem minuciosamente convencidos de que haviam localizado *e destruído* a Segunda Fundação. Dessa forma, haveria a reversão para a intenção original. Para todos os efeitos, Terminus deveria mais uma vez não saber nada sobre nós, não deveria nos incluir em nenhum de seus cálculos. Estaríamos mais uma vez escondidos e salvos... e o custo a pagar era o de cinquenta homens.

– E o objetivo da guerra kalganiana?

– Mostrar à Fundação que eles poderiam derrotar um inimigo físico... apagando, assim, os danos causados à autoestima e autoconfiança deles pelo Mulo.

– Aqui sua análise ainda é insuficiente. Lembre-se, a população de Terminus tinha uma opinião ambivalente sobre nós. Eles odiavam e invejavam nossa suposta superioridade, mas contavam implicitamente conosco para protegê-los. Se tivéssemos sido "destruídos" antes da guerra kalganiana, isso teria significado pânico por toda a Fundação. Eles nunca teriam tido a coragem de enfrentar Stettin, quando ele *então* atacasse, e ele iria fazer isso. Somente na exaltação da vitória, a "destruição" poderia acontecer com efeitos negativos mínimos. Mesmo a espera de um ano, a partir de então, poderia ter significado um esfriamento muito grande do sucesso.

O Estudante concordou:

– Entendo. Então, o curso da história prosseguirá sem desvios na direção indicada pelo Plano.

– A menos que – apontou o Primeiro Orador – novos acidentes, imprevistos e individuais, ocorram.

– E, para isso – disse o Estudante –, existimos *nós*. Exceto... Exceto... Uma faceta da situação atual me preocupa, Orador. A Primeira Fundação ficou com o aparelho de Estática Mental... uma arma poderosa contra nós. Isso, pelo menos, foi uma grande mudança.

– Bem lembrado. Mas eles não têm contra quem usá-la. Transformou-se em um aparelho estéril; assim como, sem nossa ameaça contra eles, a análise encefalográfica vai tornar-se uma ciência estéril. Outras variedades de conhecimento trarão, novamente, retornos mais importantes e imediatos. Então, essa primeira geração de cientistas mentais da Primeira Fundação será também a última... e, em um século, o Estática Mental será um item quase esquecido do passado.

– Bem... – O Estudante estava fazendo cálculos mentais. – Suponho que o senhor esteja certo.

– Mas o que eu mais quero que você perceba, jovem, para o bem do seu futuro no Conselho, é a consideração dada às pequenas interconexões que foram impostas ao nosso plano na última década e meia, simplesmente porque lidamos com indivíduos. Houve o modo pelo qual Anthor teve de criar suspeitas contra si, de forma que elas amadurecessem no momento certo, mas isso foi relativamente simples. Houve o modo como a atmosfera foi manipulada para que não ocorresse a ninguém em Terminus, antes da hora, que o próprio planeta poderia ser o centro que eles estavam procurando. O conhecimento deveria ser fornecido à jovem Arcádia, que só seria ouvida pelo próprio pai. Ela devia ser enviada a Trantor, depois disso, para evitar que houvesse um contato prematuro com o pai. Aqueles dois eram os polos de um motor hipernuclear; cada um era inativo sem o outro. E a conexão devia ser feita... o contato entre os dois... no momento certo. Eu me assegurei disso! E a batalha final devia ocorrer de forma apropriada. A frota da Fundação deveria estar cheia de autoconfiança, enquanto a frota de Kalgan deveria estar pronta para fugir. Eu me assegurei disso, também!

– Parece, Orador – disse o Estudante –, que o senhor... quer dizer, todos nós... estávamos contando que o dr. Darell não suspeitasse de que Arcádia fosse um instrumento nosso. De acordo com a *minha* checagem dos cálculos, havia algo como uma probabilidade de 30% de que ele *suspeitaria*. O que teria acontecido, então?

– Teríamos dado um jeito nisso. O que você aprendeu sobre os Platôs de Manipulação? O que são eles? Certamente, não são prova da introdução de uma tendência emocional. Isso pode ser feito sem qualquer possibilidade de detecção, mesmo pela mais refinada análise encefalográfica possível. Uma consequência do Teorema de Leffert, sabe. É a remoção, o corte, de tendências emocionais anteriores, que ele mostra. *Deve* mostrar. E, é claro, Anthor fez com que Darell soubesse tudo sobre os Platôs de Manipulação. No entanto... Quando um indivíduo pode ser posto sob controle sem demonstrar? Quando não há nenhuma tendência emocional anterior a ser removida. Em outras palavras, quando o indivíduo é uma criança recém-nascida, com a mente ainda em branco. Arcádia Darell era isso aqui em Trantor, há quinze anos, quando a primeira linha foi desenhada na estrutura do plano. Ela nunca saberá que foi controlada, e será melhor assim, já que seu controle envolveu o desenvolvimento de uma personalidade preciosa e inteligente.

O Primeiro Orador riu.

– Em certo sentido, é a ironia de tudo isso que é surpreendente. Por quatrocentos anos, tantos homens foram cegados pelas palavras de Seldon, "o outro extremo da Galáxia", e trouxeram seus pensamentos peculiares da ciência exata para o problema, medindo o outro extremo com transferidores e réguas, terminando em um ponto na Periferia a cento e oitenta graus ao longo da borda, ou de volta ao ponto original. Mas nosso maior perigo está no fato de que *havia* uma solução possível baseada nos modos físicos de pensamento. A Galáxia, você sabe, não é simplesmente uma ovoide achatada; nem a Periferia é uma curva fechada. Na verdade, é uma espiral dupla, com pelo menos 80% dos planetas habitados no Braço Principal. Terminus está no extremo mais externo do braço espiral, e nós estamos no outro... já que, qual é o extremo oposto de uma espiral? Ora, as regiões centrais. Mas isso é trivial. É uma solução acidental e irrelevante. A solução poderia ter sido encontrada imediatamente, se os questionadores lembrassem que Hari Seldon era um cientista *social*, não físico, e ajustassem seus processos de pensamentos de acordo. O que *poderia* significar "o extremo oposto" para um cientista social? O extremo oposto do mapa? É claro que não. Esta é somente uma interpretação mecânica. A Primeira Fundação estava na Periferia, onde o Império original era mais fraco, onde sua influência civilizatória era menor, onde sua riqueza e sua cultura estavam quase ausentes. E onde é o *extremo oposto social da Galáxia*? Ora, no lugar onde o Império original era mais forte, onde sua influência civilizatória era maior, onde sua riqueza e sua cultura estavam mais presentes. Aqui! No centro! Em Trantor, a capital do Império no tempo de Seldon. E isso é tão inevitável. Hari Seldon deixou a Segunda Fundação para trás, para manter, melhorar e ampliar seu trabalho. Isso é conhecido, ou presumido, há cinquenta anos. Mas onde poderia ser feito da melhor forma? Em Trantor, onde o grupo de Seldon tinha trabalhado e onde os dados de décadas tinham sido acumulados. E foi o objetivo da Segunda Fundação proteger o Plano contra os inimigos. Isso, também, era conhecido! E onde estava a fonte do maior perigo para Terminus e o Plano? Aqui! Aqui em Trantor, onde o Império, moribundo como estava, ainda poderia, por três séculos, destruir a Fundação, se conseguisse decidir fazer isso. Então, quando Trantor caiu e foi saqueada e completamente destruída, há um século, *nós* fomos capazes, sem dúvida, de proteger nosso quartel-general e, em todo o planeta, somente a Biblioteca Imperial e os arredores permaneceram intocados. Isso é algo sabido em toda a Galáxia, mas mesmo essa aparentemente gigantesca pista não foi percebida por ninguém. Foi aqui em Trantor que Ebling Mis nos descobriu; e aqui nós asseguramos que ele não sobreviveria à descoberta. Para fazer isso, foi necessário conseguir que uma garota normal da Fundação derrotasse o tremendo poder mutante do Mulo. Claro, tal fenômeno poderia ter atraído suspeitas para o planeta onde tudo ocorreu... Foi aqui que primeiro estudamos o Mulo, e planejamos sua derrota final. Foi aqui que Arcádia nasceu e o rumo dos acontecimentos começou a levar a um grande retorno ao Plano Seldon. E todas aquelas lacunas no nosso segredo permaneceram despercebidas porque Seldon tinha falado do "outro extremo" da forma dele, e as pessoas interpretavam isso de formas diversas.

O Primeiro Orador tinha parado de falar com o Estudante. Era uma exposição para si mesmo, na verdade, quando parou diante da janela, olhando para o incrível brilho do firmamento, para a gigantesca Galáxia, que agora estava segura para sempre.

– Hari Seldon chamava Trantor de "Fim da Estrela" – ele sussurrou –, e qual o problema com um pouco de imagem poética? Todo o universo foi, uma vez, guiado a partir dessa rocha; todas as rotas das estrelas vinham para cá. "Todas as estradas levam a Trantor", diz o velho provérbio, "e aqui é o fim do caminho de cada estrela".

Oito meses antes, o Primeiro Orador tinha visto aquele mesmo amontoado de estrelas – em nenhum lugar elas aglomeravam-se mais do que nas regiões centrais daquele gigantesco grupo de matéria que o homem chama de Galáxia – com dúvidas, mas agora havia uma sombria satisfação no rosto redondo e vermelho de Preem Palver – o Primeiro Orador.

TIPOLOGIA:	Minion Pro Regular [texto]
	Titania (títulos)
	Base 900 Sans [subtítulos]
PAPEL:	Pólen Soft 80 g/m² [miolo]
	Supremo 250 g/m² [capa]
IMPRESSÃO:	Gráfica Santa Marta [março de 2021]
1ª EDIÇÃO:	abril de 2009 [15 reimpressões]
2ª EDIÇÃO:	agosto de 2020 [1 reimpressão]